내가 바로
세종대왕의
아들이다

내가 바로 세종대왕의 아들이다 11
유아리 퓨전 판타지 소설

초판 1쇄 찍은 날 § 2021년 2월 19일
초판 1쇄 펴낸 날 § 2021년 2월 26일

지은이 § 유아리
펴낸이 § 서경석

총괄팀장 § 노종아
편집책임 § 이민지
디자인 § 소소연

펴낸곳 § 도서출판 청어람
등록번호 § 제387-1999-000006호
등록일자 § 1999. 5. 31
어람번호 § 제1-3115호

주소 § 경기도 부천시 부일로 483번길 40 서경B/D 3F (우) 14640
전화 § 032-656-4452 팩스 § 032-656-4453
http://www.chungeoram.com
E-mail § chungeorambook@daum.net

ⓒ 유아리, 2020

ISBN 979-11-04-92310-4 04810
ISBN 979-11-04-92193-3 (세트)

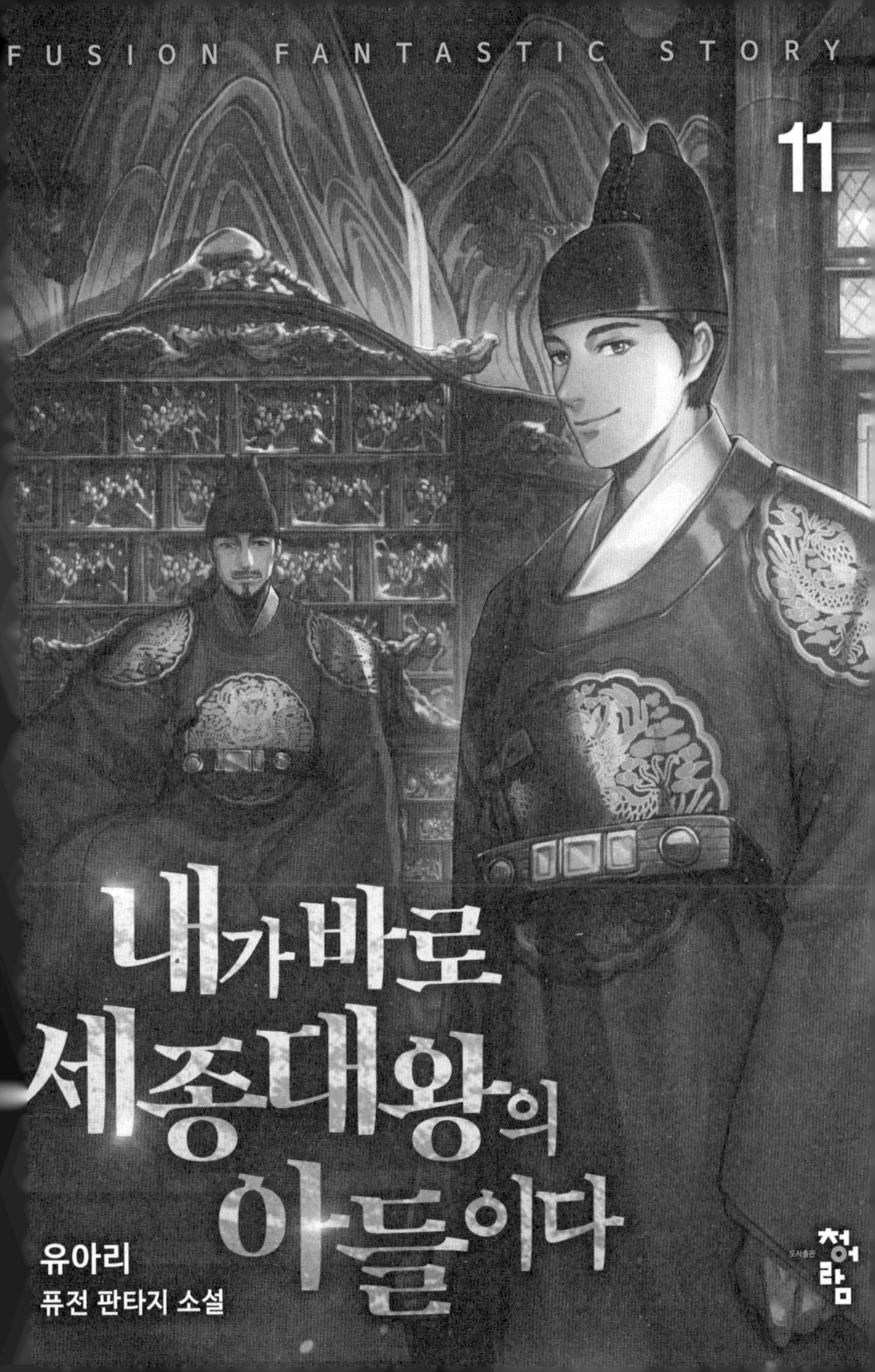
FUSION FANTASTIC STORY
11
내가 바로 세종대왕의 아들이다
유아리
퓨전 판타지 소설
도서출판 청어람

내가 바로
세종대왕의
아들이다

목차

제1장

남이

남이는 최근 힘들긴 해도 기분이 좋은 상황이었다.

잡일만 하던 신세에서 벗어나 중요한 임무를 맡게 되었으니 당연한 심경이기도 했다.

"선발대에 임명된 게 그리도 좋나?"

숲 한가운데서 야영하다 자진해서 보초를 서던 남이는 선 발대 지휘관이자, 틈만 나면 고향에 두고 온 정인을 자랑하던 선배이자 중대장인 어유소(魚有沼)의 물음에 웃으면서 답했다.

"예, 소관이 이제야 무관으로서 제 몫을 하게 되었는데 어 찌 기쁘지 않겠습니까."

"그래? 습하고 덥다가 갑자기 쌀쌀해져서 그런지, 영 자기가 힘들군. 자넨 안 힘드나?"

"소관은 괜찮습니다. 잠이 오지 않으셔서 절 찾아오신 겁니까?"

"그래. 곧 날이 밝을 테고, 심심하기도 해서."

"전 버틸 만합니다. 잡일이나 하던 때와 비교하면 지금이 낫지요."

자다가 일어나 홑갑만 간소하게 차려입고 수석식 권총을 들고 있던 어유소는 자신과는 대조적으로 전신에 판금 갑옷을 전부 갖춰 입은 남이를 훑어보곤 한숨을 쉬며 답했다.

"그런가. 난 이역만리의 땅에서 끝이 보이지 않는 숲을 헤집고 다니는 것도 지쳤어. 얼른 돌아가서 정혼자와 혼례나 올리고 싶은 마음뿐이네."

"정인의 얼굴이 그리도 보고 싶으신 겁니까."

"당연하지. 우리가 어떻게 맺어진 사이인 줄 알아?"

"정혼자께서 황실 종친에게 출가할 뻔했다는 이야기면 이미 여러 번 들었습니다. 결론은 자유(子遊) 선배께서 갑주를 차려입고 장인 되실 분에게 찾아가서 허락을 받았다는 이야기 아닙니까?"

"…그렇지. 그땐 내가 출항을 앞두고 있었으니, 그쪽 집안에서 그녈 생과부 만들 수 없다며 혼례는 돌아가서 치르기로 약조했고."

"선배의 정인이 그리도 아름답습니까?"

"아름답다마다. 그뿐인가? 음악이나 서화에도 능하고 무엇보다 누구보다 날 이해해 주는 상대네. 게다가 문예전을 통해 정식 등단한 문인이기도 하고."

"어, 그건 못 들어본 거 같은데, 정혼자분께서 유명하신 분인가요? 작품명은요?"

나름대로 선배의 기분을 맞추려 한 남이의 질문에 어유소는 자랑스럽게 답했다.

"자네, 박씨전(朴氏傳)이라고 들어봤나?"

남이는 친구 홍위처럼 김생이세정벌기나 삼국지 같은 군담소설 외엔 관심이 없었기에 생소한 작품명을 듣곤 고개를 저었다.

"음… 제가 모르는 작품이군요. 혹시 정담 소설입니까? 제가 그쪽엔 관심이 없어서……."

"자네, 박씨선으로 뼈오른 신예 작가, 어우동(於宇同)을 모른단 말인가? 필명이긴 하지만 이름도 참 예쁘게 지었단 말이야."

남이는 말을 하다 정혼자의 필명을 가지고 헤벌쭉한 표정을 짓는 어유소에게 슬슬 짜증을 느꼈지만, 이내 평정을 되찾았다.

"제가 식견이 어두워 못 들어봤습니다."

"어허, 박씨전은 흔한 정담 소설이 아니야. 도리어 활극에 가깝지. 주인공 박 씨가 오이라트 이적이 침공하자 늙고 병든 아버지 대신 남장을 하고 군역을 수행하다 멋진 상관을 만나……. 흠흠, 그 멋진 상관이란 건 나를 본으로 삼은 인물이기도 하지. 주역 박 씨도 내 정혼자의 이름을 따서 지었기도 했고. 아무튼, 그 재밌는 이야길 못 봤다니, 인생 헛살았군."

남이는 평소 뛰어난 무용과 통솔력, 그리고 나서서 궂은일을 하며 솔선수범하는 기질마저 갖춘 어유소를 존경하긴 했으나, 정혼자 이야기만 나오면 팔불출이 되는 그를 조금 한심하다 여기며 답했다.

"돌아가면 꼭 읽어보도록 하겠습니다. 그보다 제독 대감께서 말씀하신 호수는 얼마나 가야 나올까요."

"글쎄, 우리가 지금 변변한 지도도 없이 두 달 넘게 이동 중인데… 제독 대감께서 뭔가 혼동을 하신 게 아닌가 하는 생각이 들기도 하네."

그의 말대로 최광손은 동쪽과 서쪽이란 단어를 혼동한 나머지, 엉뚱한 방향을 지목했고 덕분에 이들은 텍스코코 호수에 위치한 아즈텍의 수도를 찾지 못하고 있었다.

이들은 결국 중간에 길을 잃고 헤매고 있었던 것이기도 했다.

이야길 나누던 두 사람은 이내 정적이 가득한 숲속에서 심상치 않은 분위기를 느끼곤, 주변을 둘러보았다.

"…들었나?"

"예, 새소리나 풀벌레 소리가 일제히 잦아들었군요."

"잠시 여기서 주변을 살피게, 내가 자네 짝지와 함께 모두를 깨우지."

"알겠습니다."

말을 마친 어유소가 남이와 함께 근무를 서던 수병과 움직이려는 찰나, 숲속에서 돌이 날아왔다.

조선의 전통놀이, 석전(石戰)에 쓰는 돌처럼 잘 다듬어진 석탄(石彈)들이 수도 없이 날아와 주변을 감시하던 이들을 공격한 것이다.

면갑까지 착용한 채 중무장한 남이는 석탄 공격에 무사했으나, 어유소는 그렇지 못했다.

그는 날아온 돌에 얼굴을 맞아 피를 흘리며 쓰러졌고, 바닥에 머리를 부닛히며 정신을 잃었다.

남이는 난데없는 상황에 당황했지만, 이내 쓰러진 선배를 자신의 몸으로 보호하며 크게 외쳤다.

"적습이다! 모두 기상!"

함께 고함을 지른 수병의 목소리는 숲속을 울리는 남이의 우렁찬 함성에 묻혔고, 뒤이어 탐험에 나선 선발 중대원 100명이 잠에서 깨어났다.

수병이 급하게 달려가 상황을 알리는 사이, 숲속에서 더 많은 돌이 남이와 어유소를 향해 날아왔지만, 판금 갑옷 덕에 둘은 무사할 수 있었다.

"막내 나리, 대체 무슨 일입니까?"

혼란 속에서 들려온 선임 수병, 즉 하사급 지휘관 박 갑사의 외침에 남이가 답했다.

"숲속에 적들이 매복해 있다. 전부 투구부터 써!"

남이의 말에 흉갑을 착용한 채 잠들었던 선발대 인원들은 양옆으로 챙이 달린 수병용 투구를 착용했고, 취침 전에 준비해 두었던 창검이나 총을 들고 사각형 방진을 갖췄다.

종군의는 다쳐서 정신을 잃은 어유소를 남이에게 넘겨받아 방진 중앙에 두고 응급조치를 취했고, 숲에서는 수많은 인원이 움직이며 풀을 스치는 소리가 들려 일촉즉발의 상황이 닥쳐왔다.

때맞춰 동이 트기 시작했고, 전면에 나선 남이는 어슴푸레 비치는 광원을 통해 적들의 정체를 확인할 수 있었다.

조선 측에겐 생소한 양식인 천 갑옷과 검은 돌을 쪼개 날을 세운 창이나 넓적한 모양의 몽둥이, 그리고 돌팔매로 무장한 전사들이 이들이 야영지로 쓰고 있던 숲 한가운데 공터를 둘러싸고 있었던 것이다.

"이봐, 박 갑사."

남이에게 지목받은 선임 수병이 조용히 답했다.

"예, 막내 나리."

"자네, 이전에 날아가는 바닷새의 눈을 맞출 수 있다고 호언장담했었지?"

"예, 그렇습니다."

"그럼 저기 돌팔매를 들고 우릴 노려보고 있는 놈의 눈을 맞춰."

"알겠습니다."

남이에게 명령을 받은 선임 수병이 총구를 겨냥해 격발하자, 그가 호언장담하던 대로 과녁이 된 적의 눈과 두개골이 관통되었다.

그렇게 커다란 소리가 울려 퍼지며 한 명의 목숨이 사그라지자, 습격자 측에선 무슨 상황인지 몰라 혼란에 빠졌다.

"모두, 돌팔매를 들고 있는 놈들부터 쏴라!"

남이의 명령을 받은 수병들은 일제히 목표를 찾아 강선총을 쏘아댔고, 굉음과 더불어 자욱한 화약 연기가 피어오르자 십여 명의 목숨이 일거에 끊어졌다.

나름대로 진형을 갖추고 전진하려던 습격자들은 생전 처음 보는 현상에 어찌할 줄 몰라 했지만, 그들의 지휘관이 고함을 지르며 독려하자 전진을 시작했다.

"산탄총 앞으로! 나머진 그대로 방진을 지켜라!"

총구가 나팔처럼 생긴 산탄총을 든 수병들이 방진의 전면에 나서자, 남이는 곧바로 다음 명령을 내렸다.

"내가 적진에 뛰어드는 대로 일제히 방포해라."

그러자 명령을 받은 박 갑사가 의아해하며 물었다.

"그럼, 막내 나리를 상관하지 말고 쏘란 말씀입니까?"

"그래, 산탄으론 내가 입은 철갑을 뚫을 수 없어. 내가 적진에 뛰어들어 시간을 끌 테니 계속 쏘게나. 나머진 전부 방진을 유지하며 중대장 나리를 지켜라! 알겠나?"

"예!"

남이는 지시를 마침과 동시에 검과 방패를 든 채 적진으로 뛰어들었고, 동시에 십여 정의 산탄총에서 산탄이 발사되었다.

천을 덧댄 누비 갑옷으로 상체만 가린 데다 나무로 만든 방패를 들고 있던 습격자들은 눈에 보이지도 않는 산탄의 범위 공격에 피를 뿌리며 쓰러졌다.

게다가 이번엔 첫 공격을 받았을 때처럼, 상황을 확인할 겨를도 없이, 재앙과 직면하고 말았다.

그들이 보지 못했던 강철, 그것도 전신에 철을 두른 거인.

그들보다 머리 하나는 더 클 법한 괴생명체가 진형 한가운데 뛰어들었고.

일격에 어떤 전사의 팔이 들고 있던 방패와 함께 잘려 나갔고, 어떤 이는 다리가, 누군가는 목이 잘려 생을 마감했다.

몇몇 용감한 전사들은 그들이 들고 있던 몽둥이나 창을 이용해 생전 처음 보는 괴물을 공격했지만, 그들의 공격은 전혀 통하지 않았다.

도리어 창날을 이루고 있던 흑요석이 철판과 부딪히며 박살이 나거나 미끄러져 빗나갔고, 몽둥이는 무언가가 깨지는 괴상한 타격음만 내거나 방패에 가로막힐 뿐이었다.

그렇게 그들은 용기를 낸 대가를 몸으로 치러야 했다.

고개를 돌린 거인이 들고 있던 칼끝을 그들에게 돌려 친히 목숨을 거둬준 것이었다,

그런 와중에도 굉음과 함께 정체를 알 수 없는 공격이 날아와 그들의 몸속을 파고들며 더 많은 사상자를 냈고, 개중 운이 좋던 이들은 팔이나 어깨에 피를 흘리며 도망쳤다.

전투가 벌어진 지 단 10여 분 만에 습격자들은 하나같이 정신을 놓은 채 도망치기 시작했고,

그들의 중심에 서서 적을 학살하다시피 했던 남이는 본능적으로 상대의 지휘관을 포착하곤 그에게 달려들었다.

남이는 상대와 가까워지자, 그가 이제껏 몽둥이라고 생각했던 적의 무기가 사실은 넓은 면적의 목검 양쪽 부분에 흑요석을 박아 칼날처럼 고정해 둔 것임을 알게 되었다.

"넌 나와 함께 간다."

남이는 상대의 공격을 일절 무시하곤, 곧바로 그의 목을 틀어쥐었고 무지막지한 힘으로 경동맥을 압박당한 상대는 발버둥을 치다 이내 정신을 잃었다.

"나리, 그놈은 뭔데 잡아 오신 겁니까?"

선임 수병의 명칭에서 막내가 빠졌지만, 남이는 그것을 알아채지 못한 채 답했다.

"아무래도 이놈이 습격자들의 지휘관인 것 같아서 사정을 알아보려 잡아 왔네."

"우리 중에서 여기 말을 할 줄 아는 사람이 아무도 없는데 뭣 하러 그러셨습니까?"

"제독 대감이 계시잖나. 이놈을 제독 대감이 계신 곳으로 데려갈 거다."

"우리 임무는 어쩌고 귀환을 결정하신단 말입니까?"

"지금 중대장께서 부상으로 지휘를 할 수 없고, 정체를 알 수 없는 세력에게 습격까지 받은 상황이다. 그러니 지휘권을 이양받은 내 권한으로 그리 결정한 것이다."

남이의 위엄 있는 태도에 선임 수병은 곧바로 자세를 바로하고 답했다.

"예, 소관이 종사관의 명을 받들겠습니다!"

남이는 선임 수병에게 처음으로 자신의 관명을 듣게 되었고, 뒤이어 많은 대원이 자신을 평소와는 다른 시선으로 보고 있음을 깨닫게 되었다.

그렇게 선발대 인원들은 온 길을 되짚어 최광손이 머무는 푸레페차의 수도 친춘찬으로 향했다.

"종사관 나리, 그놈이 또 도망치려 했습니다."

"그럼 잘 묶어두게나. 먹을 건 받아먹던가?"

"아닙니다. 무언갈 중얼거리면서 겁에 질린 듯 보였습니다."

"혹시, 중대장 나리의 복수를 하겠다고 누가 손본 건 아니고? 나름 중요한 포로인데, 정보를 알아내기도 전에 죽는 건 곤란해."

"그런 일이 일어나지 않게 제가 단속 중입니다."

"아무튼, 제독 대감과 만나기 전엔 그놈에게 무슨 일이 벌어지면 안 되네. 어떻게든 식사를 하게 해봐."

"예, 종사관 나리."

들것에 실려 가다 그런 남이의 모습을 바라보던 어유소가 말했다.

"이리 보니, 자네에게 중대를 맡겨도 좋겠단 생각이 드는군."

"아닙니다. 소관은 어디까지나 중대장님을 대행하는 것뿐입니다."

"아니. 내가 그간 후임들을 여럿 보긴 했는데, 급박한 상황에서 자네만큼 대처한 녀석들은 없었어. 자네 가친께서도 이

일을 아시면 기뻐하시겠지."

남이는 아버지 남빈이 언급되자, 이제껏 짓고 있던 근엄한 표정 대신 쑥스러운 표정을 짓곤 딴청을 피웠다.

"빨리 낫기나 하시지요. 소관은 이 자리가 부담스러워 죽겠습니다."

이들은 한 달에 걸쳐 왔던 길을 단 일주일 만에 주파했고, 그 와중에 나름대로 작성했던 지도를 정리해 보니 이들은 목적했던 서쪽의 반대로 갔었음을 알게 되었다.

선임 수병 박 갑사는 포로의 입에 억지로 음식을 욱여넣으며 그의 건강을 관리했고, 사흘이 지난 후 그들은 목적했던 페레푸차의 수도에 도착했다.

그간 놀고먹느라 찌웠던 살을 빼기 위해 한창 단련에 매진하던 최광손은 어유소의 보고에 반문했다.

"서쪽에 호수가 없었다고?"

"예, 아무래도 대감께서 뭔가 혼동하신 것 같습니다."

"그런데, 넌 왜 머리가 깨져서 온 거야? 어떤 놈이 널 이렇게 만들었어!"

최광손이 머리에 붕대를 감고 있는 어유소를 보고 분노를 토해내자, 곁에 있던 남이가 답했다.

"우릴 습격한 세력이 있었습니다. 중대장께선 불시에 습격을 받아 부상당했습니다."

"뭐? 그래서 어떻게 했나? 다른 녀석들은?"

그러자 어유소가 말을 이어갔다.

"다행히도 여기 있는 남 종사관 덕에 불상사는 벌어지지 않았습니다. 정신을 잃은 소관 대신 선발대를 지휘해서 적들을 격퇴했지요. 저 말고는 다른 부상자나 사망자는 없었습니다."

"그러냐……. 천만다행이군."

최광손이 가슴을 쓸어내리며 답하자, 어유소는 가장 중요한 안건을 보고했다.

"그리고 남 종사관이 그놈들의 지휘관을 사로잡아 왔습니다."

"그래? 여기로 데려와 봐. 내가 한번 이야기해 보지."

그렇게 포로가 잔뜩 겁을 먹은 채 끌려오자, 최광손은 그동안 이곳에서 머물며 익힌 단어들을 토대로 심문을 시작했고, 약 한 시간에 걸친 대화 끝에 그의 말을 이해할 수 있었다.

"사길 믹지 말아달라니, 이게 대체 무슨 소리야?"

*   *   *

"제독 대감, 알아내신 게 있으십니까?"

어유소의 물음에 최광손은 고개를 갸웃대며 답했다.

"아직 내가 모르는 단어나 뜻도 많고, 겁을 집어먹어서 그런지 알아낸 건 몇 가지 안 돼."

최광손의 말에 심문에 동석한 광무함의 부선장 왕충이 말했다.

"소관이 옆에서 지켜보니, 대감께서 말씀하신 것처럼 먹지 말라는 말을 제일 많이 한 것 같군요."

"그렇지. 자넨 어떻게 알아들었나?"

"소관도 이곳에 머무는 동안 대감처럼 이곳 말을 익히려 노력했습니다. 같은 말을 계속 듣다 보니, 조금은 이해가 되더군요. 그 말 외엔 거의 못 알아들었지만요."

"아무튼, 저놈이 말한 바를 내가 이해한 만큼 정리해 보자면 세 가지가 되더군."

"무엇입니까?"

"우선, 무슨 비유인지는 모르겠지만, 먹지 말아달라는 것. 그리고 저들은 여러 부족의 연합국이란 것. 그리고 마지막으로 저들을 주기적으로 침략해서 사람을 잡아가는 나라가 있다고 한 것 같더군. 그게 아무래도 이곳의 군주가 말했던 호수의 나라 테노치티틀란이란 나라 같아."

"여기도 사정이 꽤 복잡하군요."

"그리고 이해할 수 없는 부분이 꽤 많아."

"어떤 부분이 말입니까?"

"먹지 말아달라는 부분은 둘째 치고, 자기들을 일컬어 가축이라고 하더군."

"그게 무슨 뜻입니까?"

"그걸 나도 모르겠다는 거야. 본래 이놈이 워낙 괘씸해서 적당히 알아낼 거만 알아내고 이 나라의 군주에게 넘겨 버릴까도 했었는데. 좀 더 잡아두고 알아내야겠어."

"제독 대감의 뜻대로 하시지요."

"그리고 저놈은 우릴 위칠로… 뭐라고 하는 것의 하수인이냐고 자꾸 묻더라. 아무래도 우릴 침략자로 착각했던 모양이야."

위칠로포치틀리는 아즈텍에서 섬기는 태양과 전사의 신이며, 태양을 뜨고 지게 하는 대가로 매일 인간의 심장을 공물로 요구한다는 왜곡된 믿음이 있기도 했다.

"으음, 아무튼 시간이 더 필요하겠군요."

"그래, 당분간 내 곁에 두고 감시하면서 정보를 얻어봐야겠어."

"괜찮으시겠습니까?"

"왜, 내가 저런 놈에게 당할 거라고 생각하나?"

최광손의 말에 왕충은 아직 빠지지 않은 그의 뱃살을 보며 답했다.

"대감께서도 잘 알고 계시리라 생각하는데요."

"왜 이래, 보기엔 이래도 이 안에 차돌 같은 근골이 그대로 남아 있다고."

"그래도 혹시 모르니, 남 무관이라도 곁에 두시죠."

"예, 예. 그렇지요."

왕충에게 적당히 대답한 최광손은 남이에게 고개를 돌리며 말했다.

"산남, 왕 첨절제사 말대로 당분간 날 따라다니면서 저놈을 감시해."

"예! 알겠습니다."

남이는 비로소 자신의 능력을 윗선에 인정받았다는 사실에 기뻐하며 크게 답했다.

"살살 말해, 나 아직 귀 안 먹었다."

"예."

남이는 웃으면서 그가 포로로 잡은 이와 함께 일정을 시작했다.

남이가 최광손을 따라다닌 지 사흘이 지나서야 최광손은 포로의 이름을 알아냈다.

그의 이름은 주마, 겁에 질린 모습과 안 어울리게도 신의 분노란 뜻이기도 했다.

최광손은 그로부터 석 달 가까이 그와 붙어 다니며 조금씩 말문이 트였고, 그 덕에 나와틀어 실력도 일취월장하기 시작했다.

어느덧 해가 지나 1461년의 봄이 시작될 무렵, 주마와 나름 가까워진 최광손이 친근하게 말을 걸었다.

"주마, 같이 밥 먹으러 가자고."

최광손의 나와틀어를 알아들은 그는 알 수 없는 체념의 표정을 지으며 식사 장소로 향했다.

"대체 밥 먹으러 가자고 할 때마다 저러는 이유를 모르겠네."

최광손과 남이, 주마가 신세 지고 있는 귀족 저택의 식당으로 이동하자, 하인들이 그들을 맞이했다.

이곳의 식사 문화는 귀빈이 식물의 줄기로 짠 방석에 앉아 기다리면 하인들이 식사를 차린 작은 상을 각자에게 돌리는 식이었기에, 조선식 별상 문화와도 유사한 방식이기도 했다.

또한 조악하나마 도자기와 비슷한 식기들도 있었고, 수저나 젓가락 같은 식기는 없었지만, 천축이나 남방을 돌아다니며 맨손으로 집어 먹는 방식에도 익숙해진 최광손에겐 별로 문제가 되지 않았다.

조선과 다른 점이 있다면 쌀 대신 옥수수를 쑤어 만든 죽과 감자 요리, 옥수수 가루로 만든 전병과 비슷한 요리. 혹은 매콤한 고추나 여러 향신료로 조리한 칠면조 고기를 토르티야와 함께 먹는다는 것이며, 후식으로 카카오와 담배가 준비된다는 것이었다.

그러나 담배의 매캐하면서도 지독한 냄새에 질색한 최광손이나 왕충 덕에 조선 원정대의 식사 때는 담배 대신 각종 향초를 넣은 향로가 제공되어 은은한 향을 내고 있었다.

"오늘은 호박이 들어간 아톨리(옥수수죽)네. 어제 식사는 혀가 아파서 힘들었는데 잘됐네."

그러자 아직 옥수수 맛에 적응하지 못한 남이가 말했다.

"이곳의 음식은 이게 안 들어가면 큰일이라도 나는 것 같습니다."

"여기선 쌀 대신 이걸 먹는 거고, 우린 손님으로 여기서 대접받고 있으니 불평 같은 건 하지 말고 얌전히 먹거라."

"예, 알겠습니다."

남이는 식사 자리에 동석한 귀족 자제들을 보곤, 조선과 미묘하게 다르긴 하나 비슷해 보이는 식사 예절에 감탄했다.

"제독 대감, 예전부터 보면서 생각한 건데, 이곳의 사대부들도 나름대로 예를 알고 있는 것 같습니다. 예의범절도 모르고 사는 이족과는 확연히 달라 보이네요."

"산남, 내가 그간 만나본 친우들과 일족들은 우리와 다른 형태지만, 그들만의 예와 인의가 있었고 그걸 지키면서 산다. 네가 지금 한 말은 지나치게 오만한 거라고 생각 안 하느냐?"

최광손이 진지한 표정으로 질책하자 남이는 이해가 가진

않아도 먼저 고개를 숙이며 답했다.

"송구합니다. 소관이 실언했습니다."

"전혀 이해한 표정이 아닌데?"

"…아닙니다."

"나도 너 같은 시절이 있었으니, 이해가 안 가는 건 아닌데. 아무튼 뭐든 네 기준에서 판단하는 버릇은 버리는 게 좋을 거야."

"예."

최광손과 남이가 이야길 하는 사이, 주마는 조금은 체념한 듯한 표정으로 식사를 이어갔다.

"주마, 너는 네가 살던 곳에서 높은 사람이었나?"

표주박과 비슷한 용기에 담겨 있는, 벌꿀을 섞어 걸쭉하게 만든 카카오 차를 후식으로 마신 최광손이 아는 단어를 조합해 질문하자 주마는 고개를 끄덕였다.

"그래, 내게 주어진 시간이 얼마 남지 않은 것 같고, 말도 어느 정도 통하는 것 같으니, 그대가 알고 싶어 하던 길 전부 이야기해 주겠다."

"주어진 시간이 얼마 남지 않았다는 게 무슨 뜻인진 모르겠지만, 그거 반가운 이야기네."

식사를 마치고 숙소로 돌아온 최광손과 주마는 대화를 시작했다.

"너는 전에 너를 가축에 비유했었지. 그건 무슨 뜻? 먹는다는 건 뭐지?"

"다른 뜻은 없다. 난 틀락스칼란의 테욱틀리 중 한 명. 그리고 나의 사람들이 다음 수확 대상으로 정해져 있었다. 난거기에 반발해 전사들을 데리고 틀라토아니의 군대를 습격했다. 상대가 테레푸차인 것도 모르고……."

최광손은 빠르게 흘러나온 주마의 말을 절반도 알아듣지 못했고, 천천히 말을 이어갔다.

"이봐, 좀 더 천천히, 수확은 뭐지?"

"틀라토아니가 전사들을 보내 우릴 잡아가는 행위."

"테욱틀리와 틀라토아니는?"

"둘 다 지배하는 자라는 뜻이지만, 앞에 건 내 고향의 말이고, 뒤엣것은 테노치티틀란에서 쓰는 말이다."

"아아. 그럼 그대의 나라 사람들은 테노치티틀란의 군대에게 잡혀가면 노예가 되는 건가?"

"아니, 그들이 내어 주는 음식을 먹고 지내다, 결국은 그들의 식사가 된다."

"잠깐, 그 말은 그놈들이 잡아간 사람을 먹는다는 건가?"

최광손은 부족한 어휘를 보충하기 위해 먹는 시늉을 보였고, 주마 역시 자신의 몸에 대고 고기를 써는 듯한 시늉을 보였다.

"그래."

"아니… 그게 말이 돼? 어떻게 사람이 사람을 먹… 혹시 그 나라에선 먹을 게 부족해?"

최광손은 자기도 모르게 조선말과 나와틀어를 섞어가며 말했고, 그런 물음에 주마는 짧게 끊어가며 답했다.

"우린, 그들의, 가축이다. 너도 그들처럼 날 먹으려고, 여기에, 데려온 것 아닌가?"

전혀 예상치 못한 주마의 말에 최광손은 충격을 받아 손을 떨었고, 그런 모습을 지켜보던 남이는 고개를 갸웃대며 물었다.

"제독 대감, 왜 그러십니까?"

"……."

하지만 최광손은 그런 남이의 물음에 답하지 않은 채 흙으로 된 바닥에 그림을 그리며 질문을 이어갔다.

"이 나라에서도 사람을 먹나?"

"내가 알기론 그렇다."

그의 말을 들은 최광손은 주먹을 불끈 쥐며 욕설을 내뱉었고, 참을 수 없는 욕지기를 느꼈다.

"이런 개……."

"어느 나라든 흔히 하는 풍습이다. 우리도 또한 적게나마 제물을 신에게 바치니까."

조금은 복잡한 어휘들이 나왔지만, 최광손은 눈치로 그의 말을 대강 이해하곤 다음 질문을 이어갔다.

"그럼 너의 부족이나 호수의 나라나 다를 것이 없는 놈들이 아니냐?"

최광손은 핏발이 선 눈으로 주마를 바라보며 질문했고, 주마는 자신도 모르게 위축되어 변명하듯 답했다.

"우린 어디까지나, 신의 섭리에 따라 세상의 순환을 이어가려 그리 행할 뿐, 그놈들처럼 신의 뜻을 제멋대로 왜곡해 가며 수천에서 수만의 사람을 먹으려고 하진 않아."

최광손은 처음 듣는 나와틀어의 숫자 개념을 그림과 기호로 그리며 되물었고, 한참의 대화가 오간 끝에 그가 말한 규모를 파악하곤 머릿속이 아득해졌다.

더구나 그가 설명하는 아즈텍에서 벌이는 인신 공양은 전혀 상상조차 못 해본 악의의 총아들이었다.

최광손은 차마 셀 수 없이 많은 인신 제의에 대한 설명을 역겨워하면서 듣다가 땅을 비옥하게 만들려 어린아이들을 고문해 눈물을 흘리게 하고 죽인다는 부분을 듣다 자기도 모르게 구토를 할 뻔했다.

"…그놈들이 그렇게까지 하는 이유가 뭐지?"

"그걸 가축의 파수꾼 신세인 내게 물은들 알 수 없지. 내가 아는 건 신께서 분노하시어 땅에 저주가 내렸을 때부터 그렇게 변했다는 거다."

"네 말을 완전히 믿을 수는 없어. 내 눈으로 확인하기 전까진… 판단을 보류하겠다."

"그 말을 듣고 나니, 그대가 이곳과 연관 없는 이방인임을 확신하게 되는군. 이방인이여, 나, 아니, 우리나라와 손을 잡자."

"…아니, 그 말이 맞는지 확인부터 할 거고, 제안은 네가 아니라 내가 하는 거다. 잊지 마, 넌 우리의 포로야."

주마와 말을 마친 최광손은 지휘관들을 전부 소집해 그가 들었던 말의 일부, 즉 이곳의 대중적인 풍습이 인신 공양인 것에 관해서만 설명했다.

그의 말을 들은 이들은 전부 충격을 받아 침묵에 빠졌고, 이내 격렬히 분노했다.

"설마, 우리의 출입을 엄금한 잔치라는 게 그런 의식이었던 겁니까?"

제2선발대의 책임자였던 선장의 질문에 최광손이 답했다.

"정황상 그럴 가능성이 크다."

"허… 이런 곳인 줄 알았으면 제독 대감을 이리로 모시지 않았을 텐데……. 송구합니다."

"아냐, 늦든 빠르든 우리가 이 신천지를 탐색하다 보면 언젠간 겪었을 일이다. 차라리 일찍 알게 된 게 낫다고 본다."

그러자 왕충이 질문을 이어갔다.

"제독 대감, 이후의 방침은 정하셨습니까?"

"일단 단 한 사람만의 말을 곧이곧대로 전부 믿을 순 없다. 그들을 핍박하는 상대를 제거하기 위해 지어낸 말일 수도 있고."

"그럼 이 나라는 어찌하실 겁니까?"

"일단 이곳의 군주를 다시 만나서 이야기해 볼 생각이다."

그러자 왕충은 평소와 다른 진지한 표정으로 최광손을 불렀다.

"제독 대감."

"왜."

"소관을 포함해 모든 원정대원은 대감께서 어떤 결정을 내리든 믿고 따를 것입니다."

"첨절제사 영감의 말이 맞습니다!"

"그래, 고맙다. 다들."

왕충과 원정 함대의 선장들, 그리고 무관들의 진심 어린 말을 들은 최광손은 한결 편안해진 마음으로 왕궁에 알현 신청을 했고, 푸레페차의 군주와 다시 만났다.

"푸레페차의 카존치(군주)여, 나 최광손은 황제 폐하의 대리인으로서 그대에게 묻겠소."

첫 만남과 다르게 들어줄 만한 최광손의 나와틀어에 치치판다퀴레는 감탄했지만, 이내 그의 태도가 고압적임을 깨닫고 반문했다.

"이방인의 우두머리여, 갑자기 날 찾아와서 그런 질문을 하는 의도가 무어지?"

"먼저 내 질문에 답하시오. 카존치의 나라에선 사람을 제물로 바치나?"

"그렇네."

"그것은 먹기 위해서입니까?"

최광손의 태도에 짜증이 난 치치판다쿼레는 이내 화를 내며 외쳤다.

"대체 우릴 뭘로 보고 틀라톨로얀과 동급으로 엮는지 모르겠는데, 우린 먹기 위해서가 아니라 자원한 이들을 받아서 신의 나라로 돌려보낼 뿐이네."

"제물이 자원한다고요?"

"그래."

"대체 누가 자길 죽여달라고 청합니까?"

"이방인, 그 전에 태도가 너무 무례하다곤 생각 안 하나?"

"카존치, 나야말로 최대한의 예의를 갖추고 있는 거요."

"고작 오백의 전사를 믿고 이리 구는 건가? 너무 오만하군."

페레푸차는 현재 멕시코 영역에 위치해 있는 부족국가 중 유일하게 금속 제련 기술이 발달한 나라였고, 조선의 원정대가 가져온 철괴나 강철제 무기와 갑옷들의 가치를 누구보다 잘 알고 있었다.

그런 사정으로 제철법을 알아내거나 우수한 무기들을 손에 넣고 싶은 욕망에 사로잡혀 조선의 원정대를 극진히 대접해 주고 있던 것이며, 최광손의 무례한 말을 참아주고 있던 것이기도 했다.

"어디까지나 손님으로 대접받은 게 있으니 이 정도로 그치는 거고, 일전에 선물로 주었던 검의 가치 정도면 더해도 모자란 것 아닌가?"

최광손의 말대로 2선발대의 선장이 선물해 준 강철 검은 이곳에 존재조차 하지 않던 기술의 산물이었으며, 소량의 카카오와 교환한 거야말로 사기나 다름없는 거래기도 했다.

"으음……. 그건 어디까지나 제사장이 그런 것이고, 난 성의를 다해 그대와 일행을 대접했으니 예의를 갖추게."

"예, 그리할 테니 제 질문에 답을 해주시지요."

"우리가 신에게 바치는 제물은 모두 신분 높은 이 중에서 자원하는 이들이네."

의외의 대답에 최광손은 놀라 질문을 이어갔다.

"그럼 자원하는 사람의 수는 얼마나 됩니까?"

"해마다 몇 십, 많으면 백 명 정도."

최광손은 그가 주마에게 들었던 호수의 나라의 악행과 비교하면 건전해 보이기까지 하는 이쪽이 더 낫다고 생각했지만, 사람을 희생시킨다는 근본적인 부분은 도저히 이해가 가지 않았다.

"…그렇게까지 하는 이유가 뭡니까?"

그러자 카존치는 최광손이 알아들을 수 없는 복잡한 어휘들을 이용해 그들의 신앙과 세계에 관해 설명하기 시작했고, 결국 그림이나 몸짓을 동원해 가며 질문과 답이 오갔다.

최광손이 일부나마 이해한 것은 이들의 세상을 돌아가게 하는 존재가 신이며, 사람은 자연의 일부이자 부품의 일종으로 취급된다는 거였다.

그리고 그는 아즈텍의 끔찍한 풍습이 사실임을 확인받았지만, 그가 모르는 진실이 숨어 있기도 했다.

페레푸차에서도 타국과 전쟁을 벌이면 적의 포로 중 일부를 나눠 먹는 풍습이 있었던 것이다.

이는 그들의 풍습에 거부감을 느끼는 최광손을 보곤 카존치가 의도적으로 숨긴 사실이기도 했다.

카존치의 기나긴 설명을 들은 최광손은 이곳에서만큼은 타국의 문화와 풍습을 존중하는 신념을 어겨야겠다고 마음먹곤, 미리 생각해 두었던 말을 꺼냈다.

"황제 폐하의 대리인으로서 카존치에게 제안하겠습니다."

"무슨 제안인가?"

"우리가 가져온 무기 중 일부를 교역하겠으니, 그대들의 신에게 다른 제물을 바칠 것을 제안하는 바이오."

최광손은 아즈텍이란 거악을 잡기 위해 소악, 아니, 차악과 손을 잡기로 결심했고, 최광손의 제안은 카존치의 마음을 뒤흔들었다.

*　　　　*　　　　*

1461년의 추수가 끝날 무렵, 신대륙에 보낸 원정 함대에서 10여 척의 배가 귀환하며 격무와 집필 활동에 시달리고 있던 내게 장계와 더불어 그들이 수집한 물품들이 도착했다.

최광손이 내게 보낸 장계에는 그가 그간 겪었던 일들이 상세하게 정리되어 있었고, 말미에 은주시대의 폭군 주왕 제신(帝辛)이 하찮게 보일 정도로 극악무도한 모테쿠소마를 내 이름으로 징치하려 하니 내 허락을 구하겠다는 이야기가 적혀 있었다.

그는 내게 전권을 받기는 했으나, 일개 촌락 수준의 일이 아닌 거대한 나라와 전쟁을 벌이겠다는 중대한 사안인 만큼, 사전 작업을 벌이며 내 의견을 물은 것 같다.

…결국, 우려했던 일이 벌어지고 말았다.

최광손의 말대로 현 아즈텍의 군주 모테쿠소마는 미증유의 재해를 겪은 것을 극복하려는 정치적인 이유와 더불어 주변의 나라들을 약화하려 전례가 없던 대규모 인신 공양의 방법들을 창안했고, 더불어 그쪽 문화권에서 봐도 비정상적이고 기상천외한 식인 풍습까지 만들어낸 선구적 학살자다.

최광손이 그쪽과 접촉하면 아즈텍과 공존이나 교류가 아닌 공격을 택할 수도 있다고 생각했는데, 결국 그 예측이 맞은 셈이다.

내가 읽고 있는 장계가 작성된 건 이번 해의 봄 무렵이었으니, 지금쯤이면 최광손과 원정대가 세력 규합에 한창이라 짐작된다.

어쩌면 아즈텍이 먼저 나서서 원정 함대와 연합한 나라를 공격해 전쟁이 벌어지고 있을 수도 있고.

그나마 다행인 건, 아즈텍을 비롯한 그곳의 국가들은 인구가 최소 몇만에서 수십만에 달할 정도로 번성 중인데, 막무가내로 그들을 모두 교화하거나 학살하겠다고 전쟁을 청한 건 아니란 거다.

최광손은 아즈텍만을 적으로 상정하고, 그들의 적성국인 페레푸차와 더불어 틀락스칼텍의 영주 중 한 명과 손을 잡았으며, 동맹에 명확한 이득을 약속함과 동시에 인신 공양의 폐지를 요구했다는 것이 핵심이다.

아즈텍 다음가는 강국인 페레푸차엔 우리의 철제 무기를 수출하고 군사적 교류와 도움을, 그리고 아즈텍의 인간 농장 신세였던 부족연합국 틀락스칼텍엔 독립과 더불어 조선의 산하에 들어오는 것으로 자치권을 보장했으니 내가 생각한 것

이상으로 훌륭하게 일을 진행하고 있다고 본다.

다만, 최광손이 제안한 이득은 지도자층에게나 매력적인 제안이기에, 인신 공양을 당연시하는 그쪽의 백성들이 받아들일 만한 시간이 필요하단 것이 문제기도 하다.

"경들도 원정 함대가 신대륙에서 보내온 소식을 간략하게 나마 들었을 터, 그에 대해 어찌 생각하는가?"

장계를 받은 후 처음 열린 조회에서 내 발언으로 회의가 진행되자, 곧바로 대답이 나왔다.

"신, 예조판서 신숙주가 성상께 감히 아뢰겠사옵니다."

내가 손짓으로 그의 발언을 허하자, 신숙주는 이내 고개를 숙이곤 말을 이어갔다.

"원정 함대 해사제독이 발견한 신대륙의 나라들이야말로 진정 교화가 필요한 곳이라 사료되옵니다. 그러니 제독의 요청을 받아들임이 옳다 여겨집니다."

"그래, 예판의 의견도 타당하나, 사정을 살펴 들으니 그들의 악습은 하루아침에 끊어낼 만한 성질의 것이 아니다. 그러니 좀 더 신중한 접근이 필요할 것이로다."

내 말이 끝나자, 영의정 황보인이 말문을 열었다.

"성상의 말씀이 지당하십니다. 현재 아국의 늘어난 영토를 관리할 관원과 병사도 모자란 지경에 그곳까지 병사를 보내는 건 불가하옵니다. 그보다 원정 함대가 개척해 둔 거점에 파견

할 인력과 이주할 백성을 모집하는 게 우선이라 여겨집니다."

"영상 대감의 말이 지당하옵니다. 아무리 무도한 풍습이라 한들 수백 년 이상 이어진 악습이 하루아침에 근절될 수 있겠 사옵니까? 그런 연유로 파병은 불가하다 사료되옵니다."

지금 난 파병을 논하고자 하는 게 아니라, 아즈텍을 적대시 하는 최광손을 용납하느냐 마냐의 문제를 논하려는 것인데, 황보인이나 김종서는 내가 이야기를 꺼낸 의도를 착각하고 있 는 듯 보였다.

한편, 좌의정 김종서마저 친구인 황보인의 편을 들자, 신숙 주는 웃으면서 답했다.

"두 분 대감의 말씀이 지당하십니다. 무리해서 인력을 투입 할 만한 명분이 없는 것도 맞는 말씀이십니다."

"그럼 예조판서가 생각해 둔 방안이 있는가?"

김종서가 반문하자 신숙주는 이내 생각을 정리한 듯 침착 한 어조로 답했다.

"해사제독 대감에게 맡겨두시면 될 듯합니다. 그곳의 사정 을 제일 잘 알고 있는 것도 제독 대감이니, 성상께서 전쟁에 관한 전권을 위임하시고 원정 함대의 인원만으로 해결하도록 하시는 것이 나으리라 여겨집니다."

"그 말은 고작 몇천의 수병으로 한 지방을 장악하고 있는 패권국과 싸움을 벌이라는 말이 아니오? 그들의 귀환을 기다리는 가족들을 생각하시게!"

김종서의 격렬한 반응에 신숙주는 이내 고개를 저으며 답했다.

"소관이 생각하기론 몇천도 필요 없습니다. 정예 무관이나 수병 몇백으로도 가능할 듯하군요."

"폐하, 예조판서의 발언은 병법이나 군략과 거리가 먼 서생이나 할 법한 말입니다. 예판의 말을 귀담아듣지 마소서."

내가 이미 알고 있던 그곳의 미래를 떠올리며 흥미로운 표정을 짓자, 신숙주는 이내 나를 바라보며 답했다.

"그곳의 주민들이 볼 땐, 아국은 그저 외세이자 이방인에 불과하옵니다."

"정론이군."

내 짧은 대답에 신숙주는 호흡을 잠시 고르곤 말을 이어갔다.

"그러니 무리하게 많은 병사를 투입해 개입하기보단, 그들끼리의 알력을 이용하고 아국은 그들을 모을 구심점으로 남아야 합니다."

"예판의 말이 옳다. 애초에 해사제독 역시 원군을 바라고 청을 올린 게 아니었을 터."

내가 신숙주의 편을 들자, 그는 이내 신이 난 듯 말을 이어갔다.

"예, 신이 해사제독의 장계를 보고 사료한바, 테노치티틀란이란 호수의 나라는 인접한 모든 나라를 적으로 돌린 상황이옵니다. 이를 이용해 반호수연합을 원정 함대의 주도하에 결성하고, 그들이 점유하고 있던 영토와 백성을 나누어 주겠다고 약속하는 것만으로도 충분히 해결할 수 있다고 보입니다."

신숙주는 그간 쌓아온 경험 덕인지 일견 복잡해 보이는 신대륙 중앙의 정세를 일거에 정리했고, 한눈에 핵심을 뚫어 보았다.

실제로 원역사이자 미래에 아즈텍을 멸망시킨 코르테스도 정치적 논리와 외교적인 방법을 동원해 아즈텍에 대항하던 부족들을 규합해서 그런 성과를 낼 수 있었기도 하지.

또한 현재 원정 함대의 전력은 아즈텍을 멸망시킨 스페인의 원정대 콩키스타도르만큼이나 뛰어나며, 더불어 풍족한 물자마저 보유하고 있으니 더 좋은 조건을 갖추고 있다고 생각한다.

김종서는 애당초 예조만큼이나 자세한 정보를 접할 수 없었기에, 황보인의 의견을 따라가나 살못 싶은 듯 보였다.

그는 무작정 파병 불가를 외치다가 옛 직속 하급자였던 신숙주에게 한 방 먹은 것이 창피한지 그를 외면하며 답했다.

"소신 또한 예판 대감의 방안을 듣고 보니, 나름대로 타당하다 여겨집니다."

"그런가. 다른 대신들도 이견이 있나?"

"그 건에 대해선 예판 대감의 말이 옳은 듯합니다."

황보인마저 신숙주의 의견에 공감하자 다른 대신들 역시 수긍한 듯 이견이 나오지 않았다.

"예판은 이 건에 대해 짐과 다음에 이야기하도록 하고, 다음 안건으로 넘어가지. 미리 알고 있는 대신도 있겠지만, 원정 함대에서 그간 볼 수 없었던 새로운 작물의 종자들을 보내왔네."

작물이란 말을 들은 농조판서 이천은 늘어날 업무를 예감했는지 묘한 표정을 지으며 내게 질문했다.

"폐하, 새로 들여온 작물은 민생에 도움이 될 만한 것들이옵니까?"

"그렇네. 신대륙의 주민들이 주식으로 소비하는 작물들이라 하더군. 그리고 해사제독이 그곳의 농부나 관원들에게 물어 상세한 정보를 장계에 적어 보냈는데, 짐이 보기엔 장점이 많았노라."

"신이 그것을 감히 알 수 있겠사옵니까?"

"일단, 내가 감자라 새로 명명한 작물이 있는데, 이는 밭에서 키우는 것이며, 무성한 잎새와 더불어 꽃을 피우지만 먹는 부분은 알처럼 생긴 뿌리 부분이네. 그렇기에 구황작물의 일종이라 여겨지고, 서늘하거나 척박한 곳, 특히 고랭지에서 매우 잘 자라며 다른 작물에 비교해 생육 기간도 극히 짧은 편이라 하네. 단점이 있다면 보존 기간이 짧은 것인데, 이 또한 가공하기에 따라 극복할 수 있으니 큰 문제가 되지 않는다고 생각하네. 다만… 싹이 난 감자엔 독성이 있으니 먹으면 탈이 나게 되어 권농관들의 세심한 지도가 필요할 것이노라."

조금 길긴 했지만 내 나름대로 감자에 관해 최대한 요약한 설명이 끝나자, 이천이 고개를 숙이며 답했다.

"신이 사료하길, 감자라는 것이 좋은 작물이긴 하나, 아국엔 비슷한 특성의 만청(순무)도 있어 독성이 있다는 부분이 조금 꺼림칙하게 느껴지옵니다. 혹여 다른 장점이 더 있사옵니까?"

"만청과 비교가 안 될 정도로 수확량이 많다고 하네. 또한 거름도 덜 먹는 편이지. 또한 감자에서 싹을 도려내서 땅에 심으면 되니, 종자를 증식하기도 쉽다고 하네."

물론 내가 구구절절이 나열한 장점은 어디까지나, 재배 환경과 기후가 맞는다는 조건을 상정하고 이야기한 거다.

지금 조선에 들어온 감자는 멕시코 쪽과 안데스산맥의 환경에 맞춰 진화된 개체일 테고, 비슷한 기후 조건의 강원도나 함길도, 혹은 화령 같은 곳이 아니면 기우기 힘들 거다.

또한 본격적으로 종자를 키워서 퍼뜨리려면 단기간으론 부족할 테고.

"농조에 감자를 내릴 테니, 아국의 기후에 적합한 종자들을 분류해서 선별하고 늘려보게."

"예. 신, 농조판서 이천이 성상의 명을 받들겠사옵니다."

그리고 난 누구보다 다음 소식을 기뻐할 이를 바라보며 말을 이어갔다.

"또한 신대륙의 이들이 화폐 대용으로 쓰는 차가 올라왔네. 저들의 말론 카카와, 혹은 카카우아틀이라 부르던데, 짧게 줄여 카카오라고 명명했노라."

내 말을 들은 황보인은 화색을 띠며 답했다.

"폐하, 그것은 커피와 비슷한 종자이옵니까?"

"그렇네. 다만 커피보다 키우기가 까다롭다 하고, 양도 얼마 되지 않으니, 당분간 시중에 푸는 건 무리겠군. 또한 그것 외에도 여러 가지 작물이 진상되었으니, 그중 일부를 대신들에게 미리 선을 보이려 하노라."

내가 김처선에게 손짓으로 신호를 보내자 대신들은 시식회가 준비되었음을 깨닫고 기뻐 보이는 표정을 지었다.

뒤이어 내관들이 대신들 앞에 별상을 대령하고 물러나자, 내 말이 떨어졌다.

"차린 건 부족하지만 맛있게들 들게나."

"황은이 망극하옵니다!"

내가 내오게 한 건, 옥수수 알갱이에 버터와 치즈를 녹여 볶은 콘치즈와 더불어 고추로 양념한 칠면조 고기볶음이었다.

그리고 후식으로는 카카오를 가공해서 우유와 섞어 굳힌 쇼콜라틀, 미래식으로 말하자면 밀크초콜릿과 더불어 우유한 잔, 그리고 카카오의 본래 맛을 보이려 아무것도 넣지 않은 코코아차를 준비했다.

"먼저, 내가 '옥수수'라고 명명한 작물에 수유(버터)와 유락(치즈)을 넣어 만든 음식, 옥수수 유락전이네. 그것부터 들고 칠면조라 부르는 새고기 요리를 맛본 다음, 후식으로 준비한 것들을 들게나."

대신들은 콘치즈에서 풍기는 고소한 냄새에 정신이 팔린 듯, 내 말이 떨어지자마자 대접에 담긴 음식을 게 눈 감추듯 먹어 치웠고, 양이 적은 것이 아쉬운지 내심 입맛을 다셨다.

현재 조선에선 티무르를 통해 들여온 젖소의 수가 해마다 늘어나 우유와 더불어 유제 가공품의 생산도 늘어 사대부나 양인들도 돈을 주면 살 수 있는 상황이긴 하나, 값이 비쌌기에 치즈나 버터는 아직 고가의 식재료라 할 수 있다.

게다가 난생처음 보는 곡물인 옥수수와 더불어 마요네즈까지 들어가 있으니, 미래에선 술안주로나 나오는 저가의 음식이 지금은 초호화 음식이나 다름없는 것이다.

그리고 한식이긴 하나 영어로 명명되어 외국의 음식으로 착각되던 콘치즈가 몇백 년 앞서서 조선에서 선보이게 되었으니, 젠틸레와 어의 전순의(全循義)가 공동 편찬 중인 만국식료찬요(萬國食療纂要)에도 등재될 것 같은 느낌이 들었다.

대신들이 먼저 콘치즈를 맛보고 나자, 기존의 음식에선 볼 수 없던 붉은색을 띠는 음식을 두고 흥미를 보이는 이들도 많았다.

그들이 미지의 향신료이자 매운맛의 대표 주자인 고초(苦椒, 고추)가 들어간 칠면조 볶음을 입에 넣는 순간, 편전에선 각양각색의 반응이 나왔다.

내 앞에서 고개를 돌린 채 기침을 하는 황보인을 시작으로, 바늘로 찔러도 눈물 한 방울 흘리지 않을 것 같던 김종서 역시 얼굴이 시뻘게져 눈물을 쏟았다.

여러 나라를 오가며 나름 자극적인 향신료를 접해 보았을 신숙주조차 고추의 맛에 깜짝 놀랐는지 어안이 벙벙한 표정을 짓고 있었다.

다른 신료들 역시 내 앞에서 어떻게든 표정을 다잡아 보려 애를 썼지만, 대부분 실패하고 땀과 눈물을 쏟아내며 울상을 짓고 있었다.

오직 홍문관 대제학 유성원만이 아무렇지도 않은 표정을 지으며, 자신이 맛본 음식에 대해 적는 듯해 보였다.

괴로움에 시달리던 대신들은 급하게 우유를 맛보곤, 고통스럽던 혀와 위가 진정되기 시작했는지 한결 편안한 표정을 지었다.

지금 조리한 고추는 미래의 한반도산 고추처럼 매운맛과 단맛을 동시에 갖춘 최고급 품종도 아니고, 산지 직송의 매운맛을 그대로 간직하고 있었다.

매운맛이라곤 겨자나 산초, 후추 정도가 전부였던 이들에겐 멕시코산 고추 하바네로의 맛은 고통 그 자체였을 거다.

내가 시험 삼아 만들어보게 했던 고추가 들어간 음식을 기미 나인이 먼저 맛보곤, 표정을 일그러뜨리며 독인 것 같다며 난리를 칠 정도였으니까.

대신들은 쏟아낸 눈물과 땀을 관복의 소매로 닦아낸 채 뒤이어 밀크초콜릿을 입에 넣었고, 사당만으론 느낄 수 없었던 부드러우면서도 끈적한 단맛에 취한 듯 보였다.

"허어……. 이 맛은 실로 훌륭하다 못해 황홀하기까지 하옵니다. 이국에서 화폐로 쓰일 만한 가치가 있다고 보입니다."

황보인이 연신 감탄하며 행복한 표정으로 내게 고했고, 난 최광손의 보고를 떠올리며 답했다.

"해사제독의 장계를 보니, 그쪽에선 카카오 콩 2천여 개가 건장한 노비 한 명의 값이라 하더군."

"신이 그게 어느 정도의 값어치인지 가늠이 잘 안 되옵니다."

"오늘은 내오진 않았지만 홍감이라는 과채가 있는데, 그것은 그곳에서 끼니마다 들어가는 양념의 재료라고 들었네. 그것 한 알의 가격이 카카오 한 알과 같다고 들었네."

내가 토마토 한 개의 값이 카카오 콩 한 알과 비슷하다고 언급하자, 황보인은 이내 인상을 찌푸리며 답했다.

"인명을 경시하는 이들이라 그런지, 사람의 가치를 지나치게 낮게 보는 듯합니다."

"비록 야만한 풍습을 유지하는 이들이라 하나, 노비에 관해선 다른 나라와 별 차이가 없는 듯하네."

황보인은 내 말을 듣곤 물었다.

"혹여 성상께선 왜국과 살래의 경우를 말씀하시는 겁니까?"

"그래, 사치를 위해 그들의 영민을 서슴없이 내다 팔던 이들이 아닌가. 또한 아국도 그들과 연관이 없다곤 할 수 없지."

북경에서 부족한 인력을 충당하고 나서 사람을 사지 않게 되니, 그들은 요즘 구주의 광부로 인력을 충당하는 것을 보곤 대상을 바꿔 수입을 보충하고 있었다.

"……."

"또한, 서역의 영토인 살래성에서 향신료의 대가로 받아들이는 이국의 노비들은 그조차도 미치지 못한다고 들었노라."

"성상의 말씀이 맞사옵니다. 신이 파악한바, 많은 나라에서 노비는 사람이 아닌 존재로 인식하고 있사옵니다."

내가 꺼낸 이야길 신숙주가 긍정하자 시식회 자리는 노비제도에 대한 성토장으로 변했고, 신료들은 사노비의 수가 급감한 현 상황에서 유명무실해지고 있는 천민 계급을 완전히 없애고 군역과 세수를 늘릴 방안을 제시하며 이야길 이어갔다.

난 그들의 토론을 지켜보며 나름대로 생각에 잠겼다.

내 동생 안평, 이젠 살래왕이 된 용이의 기지로 사라이가 아국의 영지가 된 지 이 년도 채 되지 않아 노비 신분으로 유입된 인구만 근 2천에 달했다.

이는 미당이나 후추, 그리고 동남아산 향신료들을 갈구하는 유럽의 국가들, 그리고 오스만이나 맘루크에서 노예를 모아 아국에 팔아넘긴 결과기도 하다.

그 부분은 내가 의도한 바는 아니었지만, 본격적인 노예무역이 활성화되는 계기가 되었다고 보이기도 한다.

용이는 지금 그들을 양인으로 만들어 일자리를 주곤, 징세의 의무를 부과해 조선의 백성으로 만들고 있기도 하다.

하지만 이런 식으로 나가다 보면 언젠간 사라이의 인구가 포화 상태에 달할 텐데, 그리되면 여분의 인력을 개척민으로 삼아 그쪽의 빈 땅을 개간할 수 있을 것 같다.

거기다 감자와 옥수수마저 그쪽으로 전해지면, 폭발적인 성장을 보이게 되겠지.

현재 러시아의 전신인 모스크바 공국의 귀족들이나 백성들은 7할 이상이 에센이 새로 건국한 동방 정교국의 신민이 된 상황이다.

그를 따라가지 않은 이들은 노브고로드 공국에 흡수되어 한자동맹의 일원이 된 것으로 보고받았다.

이젠 러시아가 없어진 상황에서 유명인의 이름을 딴 도시이
자 2차 세계대전의 격전지였던 스탈린 그라드는 살래성이자
아국의 영토로 오랫동안 존속될 테지.

북미 쪽의 원주민들과는 크리족 말곤 제대로 된 접촉이 안
된 상황이라 고구마는 들여오지 못했지만, 지금 들여온 감자
와 옥수수, 토마토와 카카오만으로도 식량 생산과 무역 양쪽
방면으로 커다란 자산이 되어줄 것이다.

내가 이해한 미래 과학의 이론이나 개념을 간략하게 정리
하던 저술도 곧 끝이 보이는 상황이고.

그 책이 완성되면 심양에서 조선 최초의 과학자들이라 할
수 있는 이들을 단련시키고 계신 아버지에게 전달할 예정이기
도 하다.

작년에 내게도 비밀로 하고 몰래 가별초 선발 대회에 출전
해 대련과 더불어 마상창 종목의 우승자가 되어 내 뒷목을 잡
게 한 홍위는 지난여름에 안동 권씨 집안의 여식 중비(仲非)와
눈이 맞아 혼례를 올린 상황이었다.

홍위에게 듣자 하니 중비와 군역 복무 중에 우연히 악연으
로 얽혔었다는데, 맞선 자리에서 다시 만나곤 왠지 모를 운명
이 느껴졌다나?

내가 보기엔 며늘아기는 자신감이 넘치고 당차 보이던데,
홍위는 그런 성격을 좋아하는 듯하다.

태자비의 친척인 권람은 일전에 주먹 패와 얽혔던 죄를 만회하고자 권농관으로 임명되어 해삼위에서 임기를 보내고 있는데, 거긴 농사보다 어업, 그것도 해삼 채취가 주력이라 거길 벗어나고 싶었는지 얼마 전 해삼과 다시마 양식법을 고안해 장계를 올리기도 했다.

솔직히 양식이 제대로 될지는 미지수지만, 시도해 봐서 나쁠 것은 없다고 본다.

흑룡강의 오지에서 생존 수렵물 소설을 집필해서 예조에 보내는 김시습도 그렇고, 사람은 극한의 상황을 겪어봐야 진가가 나오는 듯싶다.

그런 생각을 하다 보니, 이젠 거국적인 국가의 훗날보단 가까운 미래를 생각해 볼 때가 오고 있다고 느꼈다.

그 방편의 하나로, 홍위에게 태자 첨사원부터 만들어줘야겠어.

사랑하는 아들아, 일전의 대리청정은 체험판이었단다.

*   *   *

내 대답이 담긴 칙서와 더불어 신숙주가 작성한 행동 방침이 적힌 서류가 원정대의 선박과 함께 출발했고, 난 태자 직속 첨사원 창설을 승인하는 안건에 옥새를 찍었다.

홍위는 안건이 시행되기 전부터 날 찾아와 아직은 때가 되지 않았다며 내 결정을 돌려보려 했지만, 결국 녀석이 보는 앞에서 옥새가 결재되는 걸 확인하자 체념한 표정으로 내게 답했다.

"소자가 아바마마의 명을 받들겠나이다."

"그래, 오늘은 첨사원의 관원으로 임명된 이들과 안면부터 트거라."

"예. 소자는 이만 물러가겠사옵니다."

홍위가 뒷걸음으로 천천히 집무실에서 물러나자, 난 상선을 불렀다.

"처선아."

"폐하, 소신을 찾으셨나이까."

"당분간 네가 태자를 따라다니면서 부족한 점이 보이면 돕거라."

"소신이 명을 받들겠사옵니다."

그렇게 김처선마저 물러나자, 난 다른 내관들을 이끌고 창경궁 외곽에 위치한 군기감으로 향했다.

군기감에선 기존에 사용하던 총을 개량한 퍼커션캡 방식의 총을 완성했고, 지금은 뇌홍을 이용한 격발 실험에 한창이었다.

최공손을 비롯한 장인들은 병사들만큼이나 숙련된 움직임으로 원추형 탄환을 장전 후 발사했고. 전보다 확연하게 줄어든 격발음이 시험장에 울려 퍼졌다.

"폐하, 어찌하여 기별도 없이 이곳을 찾으셨나이까."

사격 시험 중이던 최공손은 말없이 지켜보고 있던 날 뒤늦게 발견하곤 황급히 절을 하려 했지만, 내가 손짓으로 제지하자 그 대신 고개를 숙였다.

"짐이 기별 없이 이곳에 오는 게 한두 번도 아니고, 하는 일에 방해가 될 것 같아 그냥 보고 있었네. 그보다 개량된 뇌홍의 안정성은 어떻던가?"

"초기 생산품보다 품질이 많이 좋아진 듯하옵니다. 불발되는 수도 전보다 적사옵니다."

"그런가, 조만간 화학청의 관원들에게도 상을 내려야겠구나."

아버지께선 예전에 우연히 니트로글리세린을 제조할 뻔했다가 폭발로 실패했던 화학자들을 심양에 데려가 각종 연구를 거듭하게 했었고, 그 결과 니트로보단 아주 약간 더 안전한 뇌홍을 개발하는 데 성공하셨다.

아버지에게 듣기론 뇌홍 합성엔 폭발 사고가 잦았고, 그런 위험 때문에 모든 작업자는 뇌홍을 합성하기 위해 두꺼운 손 보호구와 더불어 갑옷마저 입고 작업해야 했었다고 한다.

게다가 합성된 뇌홍을 물 안에 넣어 보관하는 방식을 정립하기까지, 보관법에서 있어서도 수많은 시행착오를 겪었으며.

결국 가장 중요한 안전과 더불어 여러 가지 사정을 고려한 바, 숙달된 작업자 한 명이 하루에 간장 종지만 한 양을 생산하는 정도로 체계가 잡혔다고 한다.

　이는 군기감과 장인청, 그리고 각도의 병기청에서 일하는 장인처럼 표준규격화와 더불어 명확한 작업 체계에 맞춰 나온 결과물이기도 하다.

　그 결과 심양에서 뇌홍 합성법을 배워 온 화학청의 이들이 얼마 전부터 개량된 뇌홍을 생산했고, 난 퍼커션캡 방식의 총을 생산해 안정성을 시험하도록 한 것이다.

　"아무래도 신식 총을 전군에 보급하기는 무리겠군. 총통위부터 보급하고 시간을 두어 교체해 가는 방향으로 가야겠노라."

　내가 생각을 정리하며 말하자, 최공손은 격발을 마친 후 총에서 분리한 뇌홍이 담겨 있던 구리 용기, 즉 캡을 보여주며 말했다.

　"앞으론 구리탄포(彈包)도 회수하여 다시 가공해 사용하는 게 좋을 듯하옵니다. 아국의 구리가 풍족해졌다곤 하나, 원추탄을 감싸는 지탄피(紙彈皮)처럼 버리기엔 지나친 낭비가 될 듯하옵니다."

　현재 미니에탄에 사용하는 페이퍼 카트리지는 되도록 회수하여 재활용하는 게 방침이긴 하나, 일선에선 거의 지켜지지 않고 있었다.

펄프를 이용한 종이 생산이 비약적으로 늘어난 탓이기도 하다. 미래처럼 첨단 기계로 수십 톤씩 생산하는 정도 아니지만, 조선 전역에서 성업 중인 임업 상회들 덕에 종이에 쓰일 목재는 충분했다.

본래, 전열함을 생산하려 창립되었던 상회는 현재 동남아 지방에 인부를 보내 벌목하는 데 주력하고, 펄프 재료용 잡목은 하청을 주어 따로 벌채하고 있었다.

그나저나, 미래의 군대에서도 탄피를 전부 수거해서 사용한다고 하던데, 그 전통이 몇백 년 앞서서 부활하게 생겼네.

"그 말이 옳도다. 자네가 앞으로 총통위의 선임 무관에게 일러두도록."

"예, 총통위의 첨사, 장기동에게 황명을 전하겠습니다."

장기동이라, 오래간만에 듣는 이름이네.

그는 얼마 전 평안도 관찰사로 영전한 박장현에 이어, 총통위장 김경손의 다음 자리까지 올라선 갑사 출신 무관이다.

총통위의 초대 부대원이자, 칙호갑시의 교관인 그는 여진족의 침입에 맞서 총 한 자루만으로 마을을 구해낸 공을 세우기도 했었다.

지금은 나이가 들어 주로 후임 양성에 주력하고 있으나, 일년에 한두 번씩은 맹수를 사냥하는 실전 훈련, 착호행에 나선다고 들었다.

"요즘 우르반과 가선대부는 뭘 하고 있는지, 올 때마다 통 보이지 않는군."

내가 장영실과 우르반의 행방을 묻자, 최공손은 고개를 숙이며 답했다.

"소신이 일전에 듣기론 여리고포를 뛰어넘을 화포를 고안 중이라 했사옵니다. 이곳으로 불러 올리오리까?"

"아니다. 괜스레 방해하긴 싫구나. 완성되면 볼 수 있겠지."

여리고포는 우르반의 거포를 한자식으로 음차한 명칭이고, 여리고는 예리코를 뜻한다.

김경손의 소개로 알게 된 그 둘은 동서양을 대표하는 장인답게 한눈에 서로의 진가를 알아보았고, 첫날부터 의기투합하여 둘도 없는 친구가 되었다고 김경손에게 들었다.

그런 두 명이 합작해 새 화포를 만들려고 하고 있다니……. 기대되기도 하는 한편, 어떤 규격 외의 괴물이 튀어나올지 몰라 두려운 마음도 들었다.

그런 생각을 하며 난 다음 목적지인 내의원으로 향했다.

"폐하, 혹여 보체에 불편하신 곳이 있으시어 이 늙은이를 찾으셨나이까?"

내 행차에 내의원의 이인자인 전순의가 버선발로 달려 나와 맞이했고, 그와 함께 저술에 한창이던 젠틸레 벨리니도 그를 따라 익숙한 몸짓으로 절을 올렸다.

"불편한 곳은 없네. 그보다 만국식료찬요의 저술은 잘되어 가고 있나?"

만국식요찬료는 동방과 서역의 음식을 망라하고, 그간 대부분이 모르고 먹었던 식재료들의 좋은 점과 나쁜 점 등을 정리해 편찬 중인 요리 서적이다.

"예, 공동 저자인 젠틸레 덕에 순조롭게 되어가고 있사옵니다. 그의 지식은 실로 뛰어나기 그지없어 많은 도움이 되고 있사옵니다."

전순의가 공동 저자인 젠틸레를 띄워주며 고하자, 당사자인 젠틸레는 전과는 비교조차 할 수 없는 유창한 조선말로 내게 답했다.

"아니옵니다. 외신은 서역, 그중에서도 고향인 베네치아의 음식을 알려주는 것에 불과하옵니다. 내의원 부제조 덕에 외신이 배우는 것이 더 많사옵니다."

"그는 외인이지만, 학식도 풍부하고 겸양의 미덕 또한 갖추고 있으니, 비록 나이는 어리지만, 대학자의 풍모를 갖추고 있사옵니다."

전순의는 어의지만, 조선에서 제일가는 요리사 겸 영양학의 전문가인 식의(食醫)이고, 젠틸레는 내가 관찰한 바론 사관처럼 모든 것을 기록하는 역사광의 기질을 지녔고 한동안 유성원을 비롯한 사관들을 쫓아다니며 귀찮게 굴기도 했었다.

그런데 두 명은 음식이란 매개체로 나이를 초월한 우정을 나누고 있는 듯 보였다.

"그런가. 오늘 짐이 이곳에 들른 건, 자네의 저작도 확인할 겸, 새 작물인 감자와 홍감을 이용한 음식을 나름대로 고안해 보았기에 그것을 일러주려고 왔음이야."

"폐하께서 그런 일을 손수 하시었단 말이옵니까? 그리고 성상께서 이곳까지 행차하시는 것은 신이 불충을 저지르는 것이나 다름없으니 부디……."

난 전순의의 말이 더 길어지기 전에 끊었다.

"짐은 해사제독의 장계를 보고 고안해 본 것뿐이고, 실제로 시험하며 방법을 개발하여 책을 적어낸 이들은 숙수들이로다. 그리고 단련 삼아 행차한 것이니, 부제조는 그만하라."

"…망극하옵니다."

"아무튼, 여기엔 감자를 가공해 전분(澱粉)을 만드는 법과, 그것을 각종 반죽에 활용하는 법. 그리고 그다음 장에 홍감을 이용해 만드는 양념 제조법이 적혀 있네."

토마토케첩 제조법이 적힌 부분을 잠시 훑어보며 내 말을 들은 전순의는 안타까워 보이는 표정을 지으며 물었다.

"폐하, 이런 일은 전부 신에게 맡겨주셨으면 좋았을 듯합니다."

"부제조는 지금 공무와 저술로 바쁘니, 내 나름대로 배려를

해준 것이네. 또한, 숙수들이 했던 일의 결과가 나왔으니, 세계 제일의 식의인 자네의 검증과 확인이 필요해 이리 온 것이고."

그는 일부러 천하란 말 대신 세계라고 지칭한 내 칭찬에 얼굴을 붉혔고, 이내 고개를 저으며 답했다.

"망극하옵니다. 허나 소신은 아직 그만한 역량이 없으니, 지나친 과찬이시옵니다. 신의를 따라가려면 멀었사옵니다."

"그래, 자네 말고 내의원정 대감이 세간에서 신의라고 불린다는 것을 짐도 알고 있네. 하지만 비록 그와는 분야가 다르지만, 자네도 그에 버금가는 성취를 이룬 것을 알고 있노라."

전순의는 본래 원역사의 내가 삼년상으로 약해진 몸으로 중증의 종기를 앓을 때, 처방을 잘못해 날 죽게 만든 이기도 했지만.

지금은 열심히 공부해 내과 부분과 영양학, 식약 동원 부분에 있어선 독보적인 경지에 이르렀고, 나도 그의 성취를 인정하고 있었다.

"그저 황송할 따름이옵니다."

"아닐세, 조만간 시간을 나는 대로 다른 조리법도 고안해 보려 하네. 그땐 자네의 도움을 받도록 하지."

난 만국식료찬요 중 새로 작성된 부분을 읽어본 후, 집무실인 천추전으로 돌아와 문건들을 확인해 보았는데, 그중엔 대월에서 온 서신이 있었다.

대월의 군주 여방기가 내게 보낸 서신인데, 첫머리부터 그의 어머니의 안부를 내게 묻고 있었다.

그가 내게 이런 서신을 보낸 이유에는 여러 가지가 얽혀 있었다.

현재 조선에서 신의라 불리는 내의원정 배상문은 티무르에서 해부학 연수를 마치고 돌아와, 몇 가지 간단한 외과 수술들을 집도해 환자들을 치료했고 모두 성공했다.

항생제나 수혈 기술이 확보되지 않은 상황에서 그가 할 수 있는 수술은 지극히 제한되어 있었지만, 가뜩이나 높았던 그의 명성은 한층 더 높아지기 시작했다.

그리고 무엇보다, 현재 아국에서 요양 중인 대월국의 대왕대비, 선자태후 여씨의 망가진 손을 내 허락하에 집도한 것이 결정적인 사건이기도 했다.

그녀는 반란 당시, 패륜아 여의민에게 무자비할 정도로 폭행을 당해 손뼈가 조각 난 데다, 손가락 대부분이 탈구될 정도로 심각한 외상을 입었다.

그런 상태로 하루 가까이 방치되었기에, 자칫 잘못했으면 망가진 손을 쓰지 못할 지경까지 갈 뻔했었다.

그러나 신숙주는 복위시킨 여방기를 설득해 그녀를 데리고 조선으로 서둘러 귀국했고, 신숙주 대신 김집과 이시애가 대월에 머물며 여방기를 돕고 있다.

배상문은 조각난 손뼈를 전부 맞추는 대수술을 집도했고, 결국 수술은 성공적으로 끝났다.

나 역시 사전을 뒤져가며 재활치료 방법을 찾아 도왔다.

그녀는 양손의 신경이 일부 손상되어 감각을 조금 잃긴 했지만, 부러졌거나 탈구되었던 뼈를 전부 무사히 맞춘 덕에 재활치료를 진행할 수 있었다.

결국 그 소식이 대월에까지 알려져 여방기가 내게 서신을 보내온 것이었다.

여방기는 서신에 적길, 모후의 손을 고쳐준 것과 더불어 목숨을 잃을 뻔한 자신과 나라를 구해준 것에 재조지은을 입었다며 거듭 감사를 표했고, 앞으로 대월은 대국 조선의 산하로 들어가 조공을 바치겠다고 했다.

거기다 그의 동생 여사성이 조선으로 유학을 오고 싶다는 의사를 보였다며 귀국하는 몇몇 관원들과 함께 보냈다고 한다.

여사성은 원역사에서 폐제 여의민의 뒤를 이어 대월의 5대 왕이 된 인물이고, 대월 최고의 성군으로 불리는 현군이다.

그는 호족의 세력을 약화하고 중앙집권체제를 완성했으며, 과거시험을 적극적으로 활용해 능력 있는 관료들을 등용했다. 동시에 남쪽으로 영토를 확장하는 와중에 사서를 편찬하고 홍덕형률(洪德刑律)이란 법전까지 반포해 낸 능력자기도 하다.

아마 지금쯤이면 조선행 배에 몸을 실었을 듯한데, 생각외의 인재가 조선의 품에 들어온 것을 보자 그 일을 신숙주에게 맡기길 잘했다는 생각이 든다.

대대적인 원정을 감행했던 명나라도 대월을 온전히 굴복시키지 못한 채, 적당히 거리를 두고 교류를 이어갔었다.

결국은 명과 전쟁까지 치러가며 독립한 대월의 마음을 우리 쪽으로 돌리게 했으니, 신숙주의 공은 실로 대단하다고 할 수 있다.

그걸 보고 반란이 일어날 만한 나라가 더 없을까 하는 생각이 들 정도였으니.

신숙주의 명성은 대월의 인근 국가에서도 유명해져서 미래의 태국, 지금은 아유타야란 나라의 왕도 신숙주를 만나고 싶어 했었다며 김집이 장계에 적어 보내기도 했었다.

쉽게 쉬어버리는 숙주나물의 어원이자 변절의 상징으로 불리던 그는 현재 옥좌의 수호자라고 해도 좋을 정도로 달라진 삶을 사는 거나 다름없기도 하다.

어쩌면 숙주란 이름이 충절의 상징으로 남을 수도 있단 생각이 들자, 나도 모르게 웃음이 나왔다.

난 신숙주가 유럽에 가게 되면 그것도 나름대로 재미있을 거란 생각을 하다 빠르게 남아 있는 공무를 처리했고.

업무 이양 작업의 일환으로 일 년 전보다 확연하게 줄어든 업무를 내 몸으로 체감하며, 업무를 마치자 사전을 띄워 내 새로운 취미인 막장 드라마 감상을 시작했다.

이런 말도 안 되는 이야기가 재밌어진 걸 보면 나도 조금씩
나이가 들긴 하나 보다.

내가 어제 보던 부분에 이어서 재생을 시작하자, 보기만 해
도 매워 보이는 시뻘건 김치로 귀싸대기를 맞아 셔츠를 붉게
물들인 어느 남자의 모습이 보였고.

나도 모르게 매운 고추 맛을 떠올리며 진저리가 쳐짐과 동
시에, 미래 방식의 붉은 김치 맛이 궁금해졌다.

그렇게 난 드라마 감상을 마치고 조만간 황실에서도 고추가
들어간 배추김치를 담가봐야겠다는 생각을 하며 하루의 일정
을 마무리했다.

제2장

신과 신

"절재, 오늘도 고초가 들어간 음식을 드는 건가?"

좌의정 김종서는 의정부의 점심 식사 시간에 눈앞에 놓여 있는 음식과 눈싸움을 하고 있었고, 영의정 황보인에게 질문을 받자 고개를 끄덕이며 답했다.

"그렇네. 요즘 새로운 맛에 익숙해지려고 노력 중이야."

"며칠 전에도 그 말을 들은 것 같은데, 자네가 울면서 항복하는 모습만 본 거 같으이."

"울긴 누가 울었다고 그러나? 그냥 땀 좀 흘린 것 가지고 무슨……"

"요즘 세상엔 땀이 눈에서 나기도 하는가 보군. 시식회 때문에 오기가 든 듯한데, 자네 말고도 다들 그랬잖는가?"

"아니야, 예조판서와 대제학은 멀쩡했었지."

김종서는 황보인의 질문에 유도되어 자신도 모르게 본심을 드러내고 말았고, 그런 친우의 대답에 질문한 당사자는 한숨을 쉬며 고개를 저었다.

김종서가 착각하고 있는 게 있다면, 멀쩡해 보였던 유성원과 달리 신숙주는 필사적으로 참은 것에 불과했다.

"쓸데없는 것에 오기를 부리긴……. 쯧쯧, 자네도 곧 여든이 되어 가는데, 나이를 허투루 먹었어."

"난 아직 젊은것들에게 호락호락 져줄 생각 없네. 홍문관 대제학은 요즘 매 끼니마다 고초를 생으로 먹는다고 하던데. 거기에 비하면 난 양호한 거지."

"…그게 정말인가?"

"그렇다고 들었네. 아무튼 오늘은 고초로 만든 양념을 육계(肉鷄)와 면에 얹어보았어. 자네도 조금 들어볼 텐가?"

황보인은 쓸데없는 걸로 경쟁하지 말라고 핀잔을 주고 싶었지만, 김종서의 오기가 발동된 상황에서 자신이 무슨 말을 한들 소용없음을 알고 고개를 저었다.

"아니, 내 섬세한 혀는 도저히 그 맛을 견딜 수 없어. 자네나 많이 들게."

김종서는 질겁하며 거부하는 황보인에게 말했다.

"며칠 전에도 말했다시피, 이 고초란 게 괴롭긴 해도 계속 먹고 싶어지게 하는 끌림이 있다니까?"

"아무리 그래도 체통도 버리고 눈이랑 코에서 땀을 흘리면서 먹는 건 사양하고 싶군. 자네나 많이 들게."

김종서는 자신의 자리로 가는 황보인을 한 번 노려보곤, 닭고기와 고추 양념을 넣어 만든 비빔면을 빠르게 흡입했다.

김종서는 처음엔 맛있다고 느끼긴 했으나, 조금 시간이 지나자 몸이 후끈 달아오르는 기분이 들었다.

그다음엔 한 박자 느리게 혀에서 뇌까지 곧바로 치는 듯한 통증을 느꼈지만, 참아내며 생각했다.

'으음, 닭고기와 면이 매운맛을 조금 중화시키는 듯한데? 이 정도면 오늘은 끝까지 먹을 수 있겠어.'

김종서는 나름대로 버틸 만하다고 생각이 들자 고통을 호소하는 신체의 반응을 무시하고, 더 빠르게 남아 있는 면과 고기를 입에 넣었다.

점심 식사를 위해 모였던 의정부의 관원이나, 영의정 황보인과 우의정 정인지는 빠르게 음식을 흡입하는 김종서의 모습을 경악하며 바라보았다.

지켜보던 이들은 평소처럼 김종서가 눈물을 쏟아 내리라 생각했지만, 그 바람은 결국 이루어지지 않았다.

"좌상 대감, 정말 괜찮으신 겁니까?"

김종서는 눈과 코가 시큰거리는 것을 참아낸 채 정인지에게 애써 아무렇지도 않은 표정으로 답했다.

"괜찮소이다. 이 매운맛에 나름대로 익숙해지기만 하면 일미(一味)나 다름없소."

"허어……. 좌상 대감께서 그리 맛나게 잡수시는 걸 보니, 저도 다시 먹어보고 싶단 생각이 드는군요."

"그럼, 우상 대감도 한번 시도해 보시지요."

"으음, 그래도 대감처럼은 힘들 듯하니, 조금씩 먹으며 적응해 봐야겠습니다."

김종서는 나름 합리적인 정인지의 말에 답했다.

"무릇 대국의 사대부라면 매운맛 정도는 화끈하게 이겨내야 하는 법 아니겠습니까? 면을 넉넉하게 싸 왔으니 조금 나누어 드리지요."

정인지는 결국, 사대부를 운운하는 김종서의 말에 넘어가 그 제안을 수락하고 말았다.

"그럼 염치 불고하고 한번 먹어보도록 하지요."

김종서는 정인지에게 가져온 찬합 통을 건네며 말했다.

"요즘은 남는 시간에 텃밭에도 씨를 뿌려 고초를 키우고 있는데, 그것도 나름 재미있더군요."

"좌상대감께서 직접 텃밭을 일구고 계신 겁니까?"

"예, 이젠 집에 고용인도 없으니 직접 하고 있습니다."

"대감의 가택도 나름 규모가 있던 것으로 알고 있었는데, 고용인도 없이 어찌 살림하십니까?"

"아닙니다. 지난가을에 적당한 집을 구해 이사했지요."

"으음…… . 참으로 소탈하십니다. 저는 대감처럼 살긴 힘들겠어요."

늘그막에 은퇴하고 부를 즐기는 황희를 동경한 정인지는 나름대로 여러 사업에 투자해 성공을 거뒀고, 거대한 가택에서 살며 많은 고용인을 두고 있기도 했다.

"다들 삶의 방식이 다른 게지요. 그보다 맛은 어떻습니까?"

매운 닭고기와 면을 맛본 정인지는 생각보다 버틸 만하다는 걸 깨닫곤, 놀란 표정을 지었다.

"지난번 편전에서 맛보았던 칠면조란 새고기보다 친숙한 맛이라 그런지, 먹을 만하군요."

"그렇습니까? 우상 대감이 좋아하는 걸 보니, 새벽에 일어나 손수 만든 보람이 있군요."

결국 김종서는 특유의 오기 덕에 매운맛의 전도사가 되었고, 그런 그에게 영향을 받은 의정부의 관원 중에서 고초가 들어간 음식에 도전하는 이들이 생겨났다.

의정부의 관원들 사이에서 매운맛이 조금씩 유행하자, 업무로 쌓인 압박감이나 짜증이 매운맛으로 풀린다며 호평하는 이들도 나오기 시작했다.

그렇게 매운맛을 예찬하는 이들이 늘자, 이 좋은 걸 혼자만 먹기 아깝다며 주변 사람들에게도 그 맛을 보여주는 이들도 생겼다.

그렇게 매운맛에 중독된 이들이 늘어갈 무렵, 황실에선 황명으로 고추가 들어간 대량의 김장을 하였고.

개중 절반가량은 내수사나 궁인, 내관을 통해 시중으로 나가게 되었으며, 그로 인해 사대부들 사이에서도 새로운 김치에 도전해 보는 이들이 나오기 시작했다.

그렇게 도성을 중심으로 시작해 고추가 조금씩이나마 퍼졌고, 고통스럽긴 하나 묘한 중독성을 지닌 매운맛은 서서히 한성부와 개성 일대에서 유행의 일종이 되기 시작했다.

고추의 수요가 갑작스레 늘자, 사대부 중에서 제일 처음으로 고추를 키운 김종서는 본의 아니게 키웠던 종자의 씨를 시중에 팔아 커다란 수익을 낼 수 있었다.

또한 그는 자신이 수확한 고추의 맛을 보곤, 미묘하게 달라졌음을 깨달았다.

김종서가 키운 고추는 전처럼 무작정 맵기만 한 게 아니라, 약간의 단맛이 함유되어 있었다.

전보다 한결 먹기가 수월하다는 것을 느끼게 되자, 김종서는 시간이 나는 대로 고추로 음식이나 장 만드는 법을 연구하기 시작했고 이는 만국식료찬요를 편찬 중인 전순의에게도 알려졌다.

그로부터 반년 후, 김종서는 전순의의 도움으로 고추로 장을 만드는 데 성공했고, 이는 고초장으로 명명되어 세간에 대호로 유명했던 김종서의 별명도 고초장 대감으로 친숙하게 통칭되기 시작했다.

*   *   *

1462년의 봄이 끝나갈 무렵, 고추의 산지인 신대륙에선 최광손은 조선 측을 중심으로 반아즈텍 연합을 결성하는 데 성공했다.

또한 페레푸차의 수도 친춘찬에선 그동안 행하던 인신 공양의 의식 대신 새 제물을 바치는 기념비적 제사가 시행되는 현장에 동석해 참관 중이기도 했다.

"사람 내신 제물을 바치는 거라곤 하나, 말이 죽는 걸 보니 마음이 좋지 않습니다."

페레푸차의 제사장이 사람 대신 백마의 심장을 꺼내 제단 위에 올려두자, 말을 아끼는 남이가 인상을 찌푸렸다.

"산남, 저 정돈 아국에서도 흔한 광경이었단다."

"예전에 둑제(纛祭)라는 이름의 제례를 군에서 지냈다는 이야길 들었습니다만… 저들처럼 하진 않았을 것 아닙니까?"

남이의 말대로 조선에서도 출정 전에 둑제나 마제란 이름으로 제례를 올리는 풍습이 있었다.

"개중엔 백마를 제물로 올리고 그 피를 마시는 것도 있었단다. 요즘은 그게 없어져 생소한 광경이 되었나 보네. 그게 옛날엔 말이야……."

어린 시절을 아버지 최윤덕과 함께 북방에서 지내던 그의 경험담이 흘러나오자 남이는 집중해 가며 들었고, 제사가 끝나자 최광손에게 가장 궁금해하던 것을 물었다.

"악습이긴 해도 그동안 이어온 풍습을 버리긴 쉽지 않았잖습니까? 제독 대감께서도 부단히 노력하셨었지만 실패했는데, 이번에 저들을 어떻게 설득하신 겁니까?"

"얼마 전에 받아본 예조판서 대감의 제안대로 적당한 허풍을 치고 이득을 쥐여준 것뿐이란다."

"허풍이요?"

"그래, 눈처럼 새하얀 백마야말로 가장 귀한 짐승 중 하나며, 아국의 전통 제사에서도 신에게 바쳐지는 공물이라 이야기했더니, 저들의 제사장도 고민하더구나."

"그런 다음엔 어찌하셨습니까?"

"저들의 신들도 그동안 받아보지 못했던 이국의 귀한 공물을 받으면 기뻐하지 않겠냐며 새로운 제의를 해보라고 권하며 그에겐 다른 선물을 주었지."

"어떤 선물 말씀이십니까?"

"지난번에 폐하께서 보낸 선단이 도착했었잖아? 거기엔 아국의 장인들이 선물로 만든 저들의 전통식 제례용 도구와 종이 있었다. 그걸 주고 제사장의 권위를 높여주었지."

최광손의 말대로 페레푸차의 제사장은 기존에 사용하던 것과는 비교조차 할 수 없는 철제 제례 기구와 아름다운 청동종을 보곤 자신의 권위가 오를 거라 생각해 제안을 수락했다.

"그럼 백성들의 반발은 어찌 잠재우셨습니까?"

"그동안 친분을 쌓아 포섭한 세족들이 바람을 넣었지. 이곳의 세족들은 사대부와는 비교조차 할 수 없는 권력이 있는 걸 너도 알잖니."

"…그것도 예조판서 대감의 계책이었습니까?"

"그래, 그 부분은 나도 미처 생각지 못한 건데, 귀중한 선물을 쥐여주었더니 잘 통하더구나."

제사가 끝나고 모인 이들이 백마와 함께 바쳐진 돼지들을 나누어 먹는 걸 보며 둘의 대화가 계속 이어지자 왕충이 끼어들었다.

"제독 대감, 조만간 호수의 나라에서 움직일 거라고 합니다."

"으음, 그게 주마가 전에 말했던 수확인가 뭔가 하던 걸 말하는 거지?"

"예, 저들이 부르는 명칭은 수확제일 겁니다."

"그럼 우리가 저들에게 강철로 만든 제물을 선사해 줄 차례로군. 진군을 준비해."

"알겠습니다."

1462년의 봄, 아즈텍에선 그들의 인간 농장 틀락스칼라에 가축을 수확하려 나섰지만, 예상외의 복병을 만났다.

예정되어 있던 2천 명의 제물은 고사하고, 도리어 수백의 사상자를 내곤 후퇴해야 했던 것이다.

화약 병기를 비롯해 처음 보는 무기에 수많은 전사가 죽어나갔고, 그들이 그동안 괴롭히던 틀락스칼라의 이들에게 오히려 포로로 잡힌 전사도 수백에 달했다.

단 100여 명의 무관으로 이뤄진 기병대는 전장을 종횡무진으로 움직이며 그들을 압도했고, 그들은 처음 보는 말이란 생물에 겁을 집어먹고 도망치기 바빴다.

소수긴 하지만, 판금 갑옷과 마갑으로 중무장한 기병대에겐 아즈텍의 흑요석 무기는 그저 무력할 따름이었다.

그 전투를 시작으로 원정 함대와 반아즈텍 동맹은 내륙으로 진군을 시작했고, 주요 거점을 지키던 아즈텍은 많은 병사를 잃고 수도로 후퇴해야 했다.

뒤늦게 보고를 들은 모테쿠소마는 비로소 소문으로만 들었던 이방인의 전력을 확인하곤, 그들과 대화를 해봐야겠다고 마음먹었다.

"틀라토아니시여, 저 이방인들은 우리의 전통을 버리라고 강요하고 있다 합니다. 타라스칸 놈들이 이방인에게 굴복해 새로운 의식을 열었다고 소문이 자자합니다."

"그 건은 나도 들었다. 사람보다 귀한 것을 공물로 바쳤다고 하던데… 그게 사실일까?"

"그들의 사정이야 어쨌건, 이대로 침략자들에게 굴복하실 생각이십니까? 그렇게 되면 우리 동맹의 피필틴(귀족)들이 먼저 틀라토아니에게 반기를 들 수 있습니다."

고위 귀족이자, 황제 다음가는 권력자인 제사장이 조언하자, 모테쿠소마는 신중하게 답했다.

"그래, 잘 알고 있네. 애초에 그들을 포함해 주변의 나라를 억누르기 위해 자네와 함께 신의 섭리를 왜곡한 게 바로 나다. 지금 상황에서 외세에 굴복하는 것은 자살행위나 다름없는 걸 누구보다 잘 알고 있어. 그래도 시간을 벌려면 최소한의 시늉이라도 해봐야 할 것 아닌가."

본래 아즈텍에는 태양신에게 매일 사람의 심장을 바치는 풍습은 존재하지 않았지만, 모테쿠소마의 아버지 때부터 교묘하게 신화를 조작하기 시작해 지금처럼 대규모의 인신 공양 체계가 정립된 것이었다.

"어떻게 하실 생각이십니까?"

"일단 저들을 초대하고, 그사이 병력을 집결해 우리에게 반기를 든 틀락스칼란 놈들의 본거지부터 공격하는 거다. 잘만 하면 이방인을 인질로 잡을 수도 있고."

"과연 저들이 순순히 초대에 응할까요?"

"틀락스칼란에 파견한 포치테카(외교관)가 보낸 보고를 보니, 이방인의 우두머리는 우리말에 능하고 대화를 좋아하는 성격이라고 들었다. 그런 호기심을 가진 이방인이라면 분명 나와도 이야길 하고 싶어 하겠지. 내가 항복하겠다는 명분으로 초대하면 그들도 거부하지 못할 거다."

모테쿠소마는 나름대로 꿍꿍이를 가지고 연합군에 외교사절을 보내 최광손과 대화를 시도했다.

그리고 그가 바란 대로 최광손은 아즈텍의 수도인 테노치티틀란에 500여 명의 수병과 2천의 원주민 연합 병력을 이끌고 당당하게 입성했다.

*   *   *

"제독 대감, 전에도 말씀드렸다시피, 적지에 대감이 들어가시는 건 다시 한번 생각해 주시기 부탁드립니다."

원정 함대 첨절제사 왕충이 최광손에게 간청하자, 그는 안심하라는 투로 답했다.

"저들을 전부 죽이자고 시작한 일도 아닌데, 저들과 협상하는 건 우리가 바라던 일이잖아."

"행여 저들이 다른 마음을 품지 않을까 그게 걱정됩니다."

"저들의 수도로 들어가는 것도 아니고, 우리 요구대로 호수의 군주가 성시 밖으로 영접하러 나온다잖아."

"그래도 위험하긴 마찬가지입니다."

"나도 나름대로 생각이 있어, 적국의 성도에 내가 발을 들일 일은 없을 거야."

"그래도 계획을 다시 한번 생각해 주시지요. 동행 중인 연합의 병사들이 있다곤 하나, 수병 500여 명만 데리고 적지로 가는 건 자살행위나 다름없습니다."

"광무정난 때 오이라트 놈들의 군대에 포위당했을 때도 살아남은 나야."

"그건 성상께서 친히 금군을 이끌고 구원해 주신 천행이 아닙니까! 신하 된 자로서 섬기는 군주를 위험에 빠뜨린 일을 어찌 자랑스럽게 말씀하십니까?"

"…맞는 말인데, 산동 출신인 자네가 그리 말하니 조금 어색한걸."

"제독 대감께선 지금 소관의 충절을 의심하시는 겁니까? 소관이 충을 바치는 분은 북경에서 무위도식하는 천자가 아니라 우릴 달자의 침략에서 구원해 주신 폐하십니다."

"실언이었어, 미안하네. 그리고 내가 말하고 싶은 건 그게
아니라… 거참."

최광손이 말을 이어가는 대신 짧게 자른 머리를 긁자 왕충
은 자세를 바로 하며 답했다.

"예, 말씀하시지요."

"아무튼, 자네와 예비대 천여 명을 새로 구축한 진지에 남
겨두려는 거야. 그리고 반호수연합에 새로 합류한 나라들에서
도 병사 오천을 지원해서 북동쪽에 대기시켜 두기로 했어."

"그건 저도 알고 있지만, 제독 대감께서 적지에 들어가는
건 절대 용납할 수 없습니다."

"그럼 저들의 군주와 대화는 어떻게 하려고?"

"저도 그동안 이들의 말을 익혔습니다. 제가 대감의 대리인
으로 저들의 군주를 만나보도록 하지요."

"자넨 나와 오래 지내긴 했지만, 근본은 유학자이자 문관이
잖아. 여차하면 몸을 뺄 수 있는 나와는 달라."

"아니요. 만에 하나, 대감께 무슨 일이라도 벌어지게 되면
소관이 대감을 대리하게 되는데, 전 그 후에 일어날 일을 감
당할 수 없습니다."

"무슨 일?"

"출신도 신분도 다른 무관과 병사들을 한데 묶어두고 계신

분이 바로 제독이십니다. 대감께서는 구주나 남방 출신 수병들 절반가량이 수적이나 해적이었던 것을 잊으셨습니까?"

"그거야… 과거의 일이고 지금은 모두가 폐하의 신민이잖아."

"예, 비록 교화되었다곤 하나, 제독 대감에게 불상사가 벌어지면 저들이 어찌 행동하겠습니까?"

"모두가 내 복수를 하겠다고 제멋대로 날뛰겠군……."

"맞습니다. 그리고… 나도 자네의 친우로서 이렇게 부탁하겠네. 제발 이곳에 남아주게나."

왕충이 처음으로 사적인 관계마저 들먹이며 부탁하자, 최광손은 한숨을 내쉬며 답했다.

"알겠어. 그 대신 남 종사관을 데리고 가."

"그는 왜?"

"지금 호위가 필요한 건 내가 아니라 자네니까."

"그러지."

"그럼… 원정 함대 해사제독의 권한으로 첨절제사 왕충을 내 대리인으로 임명하지."

"예, 소관 왕충이 제독 대감의 명을 받들겠습니다. 대감께서는 여기서 제일 잘하는 일을 하시지요."

"그래, 자네 말대로 난 병사들을 지휘하도록 하지. 자넨 자네가 가장 잘하는 일을 하게."

"예, 소관도 예조판서 대감의 계획을 참조해서 안에서부터 저들을 무너뜨려 보겠습니다."

그렇게 왕충은 남이를 포함한 스무 명의 무관과 500명의 수병, 그리고 2천여 명의 원주민 연합 병사를 이끌고 진군을 재개했다.

*　　　　　　*　　　　　　*

한때 아즈텍인들을 지배했었던 선주민들의 수도였던 아즈카포찰코는 아즈텍에 흡수되었고.

지금은 아즈텍의 수도 테노치티틀란으로 이어지는 두 개의 다리를 방어하는 관문 노릇을 하고 있었다.

그런 아즈카포찰코엔 이방인이 이끄는 연합군을 맞이하러 수많은 이들이 모여 있었다.

아즈텍의 군주이자 신의 목소리를 대변하는 자 틀라토아니 모테쿠소마는 초조한 심정으로 연합군의 도착을 기다렸고.

해가 가장 높이 뜰 무렵 북서쪽 방향에서 일련의 무리가 모습을 드러내는 걸 보았다.

"드디어 왔군……"

"틀라토아니시여, 저들이 만남의 장소로 이곳을 지정한 것을 보니 무척이나 우릴 경계하고 있음이 분명합니다."

제사장의 물음에 모테쿠소마는 고개를 끄덕였다.

"그렇겠지."

"그럼 어떻게 하실 생각이십니까?"

"그냥 지켜보기나 하거라. 나도 나름대로 생각한 게 있으
니."

"대체 무슨 일을……."

"보면 알 것이다."

제사장에게 적당히 답하던 모테쿠소마는 이복형이자 아즈
텍의 재상인 틀라카엘렐을 바라보며 눈짓으로 대화를 나눴
다.

그의 이복형은 주로 군사적 방면에 힘을 썼던 모테쿠소마
의 부족함을 메워준 책사이기도 했다.

1시간가량이 지나자, 군대의 선두에 선 이방인들이 도시에
입성했고, 뒤이어 그들이 가축으로 삼았던 틀락스칼란의 전
사들이 아즈텍인들을 노려보며 이방인들이 지원한 것으로 보
이는 창검과 방패를 들고 뒤따라왔다.

모테쿠소마는 이들의 선두에 선 마른 중년의 남자가 소문
으로 들었던 이방인의 우두머리라 생각하며 말을 건넸다.

"케찰코아틀을 섬기는 대변자여, 우리의 주신 우이칠로포
치틀리와 대지를 가호하는 틀랄록을 대변하는 자로서 그대에
게 경의를 표하며, 깃털의 뱀 케찰코아틀의 예언을 이룰 이를

환대하는바, 내 모든 것은 당신의 것이라 선언하오."

한편 그의 말을 들은 왕충은 침묵하다 나름대로 들어줄 만한 나와틀어로 답했다.

"그대의 항복을 받아들이겠노라."

"그럼 그대를 케찰코아틀의 화신으로 맞이하며, 예를 다하겠소."

모테쿠소마는 말을 마침과 동시에 말을 타고 있던 이방인의 우두머리에게 다가가 발에 입을 맞췄다.

느닷없이 벌어진 행동에 왕충이 놀라긴 했지만, 모테쿠소마는 부연 설명을 덧붙였다.

"깃털 달린 뱀의 화신께선 이 땅을 오랫동안 떠나 계셔서 잊으셨나 본데, 이것이 우리가 손님에게 경의를 표하는 방법이오."

"알겠다."

이곳에 모인 사제나 귀족들, 그리고 백성들은 급작스러운 모테쿠소마의 발언에 놀란 듯 침묵했다.

모테쿠소마는 그런 관중의 반응을 보며 크게 말을 이어갔다.

"듣거라, 테노치티틀란의 신민이여! 이들은 이방인이 아니라 오래전 이 땅을 통치하다 떠났던 토필친 케찰코아틀의 후손이다."

모테쿠소마의 난데없는 선언에 다른 이들은 놀라 웅성댔고, 몇몇 귀족들은 황제에게 되묻기도 했다.

"틀라토아니시여, 그게 정녕 사실입니까?"

"그래, 틀림없는 사실이다. 모두 이 땅을 떠났던 세 아카틀 토필친 케찰코아틀이 언젠가 다시 돌아올 거란 예언을 알고 있을 터, 이들이 바로 그분의 후손이자 화신인 것이다."

토필친 케찰코아틀은 몇백 년 전 이 땅을 지배하던 왕이었고, 깃털 달린 뱀 신 케찰코아틀을 섬기는 사제이며 아즈텍의 지배를 받고 있던 이들의 선조이자 명군이기도 했다.

또한 아즈텍이란 나라가 세워지고 인신 공양을 위해 신화를 왜곡하던 과정에서 그들의 지배를 정당화하기 위해 선택받았던 이기도 하다.

뒤바뀐 신화에선 언젠간 그가 이곳에 돌아와 통치를 이어 갈 것이며, 아즈텍의 황제는 그의 자리를 대신 맡아두고 있는 거라고 알려져 있기도 했다.

그러나 이는 날조된 선동에 불과했고, 왜곡된 진실을 알고 있는 모테쿠소마는 조작된 신화에 이방인을 끼워 맞췄을 뿐이었다.

이는 지극히 현실적인 정치적 의도였고, 자신이 거짓으로 항복한다 해도 황제의 권위가 손상되지 않을 것이란 계산을 내세운 것이었다.

또한 이들을 지극히 환대하고 그들의 말을 들어주는 척하다 보면, 강력한 이방인의 힘을 언젠간 자신의 것으로 할 수 있다는 계산이 들어가 있기도 했다.

"화신께서 묵으실 숙소를 준비해 두었습니다."

"틀라토아니의 배려에 감사드리오."

모두에게 여러 가지 의미로 충격적인 환영식이 끝나자, 일행은 모종의 장소로 발을 옮겼다.

"화신의 요청이라곤 하나, 제가 머무는 궁전으로 모시지 못해 죄송하군요. 이런 보잘것없는 곳에서 머무시게 해야 하다니… 유감입니다."

하지만 그의 말과 달리 이방인을 위한 숙소는 호화롭기 그지없었다.

신을 표현한 조각상이 입구에 세워져 있었고, 입구를 지나 커다란 정원을 거쳐 건물 안으로 들어가니 대리석을 조각 내 깔아둔 바닥이 그들을 맞이했던 것이다.

한때는 아즈카포찰코 왕조의 궁전이었던 이곳은 웬만한 나라의 왕성만큼이나 넓고 화려하기 그지없었다.

이방인의 우두머리를 위해 준비한 방은 멸망한 나라의 왕이 거주하던 침전이었으며, 호화로운 장식과 대조적으로 바닥엔 이류 모를 풀을 짚처럼 엮어 짠 깔개가 늘어져 있었다.

침실 한쪽엔 금이나 보석, 비취 등으로 장식한 장신구들이

선물로 준비되어 있었으며, 이는 손님으로 온 이들을 놀라게
했다.

왕충의 요청으로 하인들이 물러나자, 그는 안도와 놀라움
이 섞인 한숨을 쉬었다.

"허, 이런 식의 극진한 환대는 예상 못 했는데……. 대체 깃
털 달린 뱀이 뭐길래 이러지?"

왕충을 호위하던 남이가 답했다.

"일종의 은유나 비유가 아니겠습니까?"

"아니, 자넨 못 알아들었겠지만, 호수의 군주가 예언을 운운
하며 나를 깃털 뱀의 화신이라 칭하더군. 아무래도 신과 연관
이 있는 것 같아."

"그렇습니까……. 그건 그렇고 이곳은 전에 머물던 친춘찬
과는 비교할 수 없이 호화스럽네요. 혹시 여기가 저들의 왕궁
입니까?"

"아닐세, 전조의 궁성이자 별궁 비슷한 장소라더군. 호수의
군주가 말하는 투를 보니, 그가 머무는 왕성은 이곳과는 비
교조차 할 수 없이 호화스러운 듯하네."

"소관이 태자 전하를 오랫동안 모시며 궁에 머물렀었는데,
이곳의 양식이 조금 생소한 것만 빼면 규모도 비슷합니다. 그
런데 여기보다 더 크고 호화로운 궁이 있다니 믿기지 않는군
요."

"그만큼 이들이 오랫동안 주변국을 수탈했다는 방증 아니 겠나. 옛 상나라와 주변국의 관계가 이곳과 비슷하네. 사람을 제물로 바치는 짓도 그렇고……."

"…그렇겠군요. 저들이 환대하는 척하면서 독을 탈 수도 있으니, 첨절제사 영감의 음식은 제가 먼저 확인해 보겠습니다."

"자네 본래 신분도 따지고 보면, 황실의 일족이 아닌가. 어째서 그렇게까지 하려는 거지?"

"소관은 그저 주어진 임무를 수행하려는 것뿐입니다."

"그런가……. 내가 그동안 자네를 잘못 보고 있었는지도 모르겠어."

"예? 무슨 말씀이신지 모르겠습니다."

"아무것도 아니네. 아무튼 저들의 군주가 우릴 이용하려 하는 것 같은데, 나도 거기에 맞춰서 행동해야겠어."

"어떻게 하실 생각입니까?"

"잘은 몰라도 깃털 뱀이란 게 여기서 무척 고귀한 존재인 듯하니, 그것부터 이용해야겠지."

왕충은 입고 있던 흉갑을 벗곤 병사들이 쓰는 화살 깃을 가져오게 해 목도리처럼 어깨에 걸치는 걸이와 머리에 쓰는 관을 만들었다.

그러나 그것만으론 부족함을 느끼곤, 아즈텍에서 선물로 바친 케찰새의 깃털을 추가했고 3시간의 작업 끝에 그럴듯한 완성품을 만들 수 있었다.

이곳에선 케찰새의 깃은 금붙이나 비취 같은 귀금속과 비슷한 값어치였지만, 그것을 모르던 왕충은 아낌없이 깃털을 사용했다.

왕충이 완성된 깃털 어깨걸이를 짙은 남색으로 물들인 비단옷 위에 걸치니 기묘한 멋스러움마저 느껴졌다.

"어떤가? 이들의 복식을 조금 흉내 내서 변형시켜 봤는데, 이만하면 봐줄 만한가?"

"훨씬 낫습니다. 어쩌면 본국에서도 팔릴 만한 거 같기도 하고요."

"그래? 이곳에선 이렇게 입고 다녀야겠어."

왕충은 모테쿠소마와 귀족들이 모인 저녁 식사 시간에 입고 나간 의복이 생각 외로 좋은 반응을 얻은 것을 보며, 생각한 것 이상으로 깃털 뱀의 권위가 높은 것을 알게 되었다.

그는 말을 최대한 조심하며 나름대로 이곳의 사정을 파악하려 노력했고, 남이는 상관을 호위하며 음식을 먼저 맛보면서까지 그의 임무를 다했다.

힘든 식사를 마치고 돌아오자, 왕충은 어깨걸이를 벗으며 한숨을 쉬었고, 남이는 그런 상관에게 물었다.

"영감, 알아내신 게 있습니까?"

"그래, 깃털 달린 뱀은 저들이 믿는 신의 일종인 것 같더군."

"예? 그럼… 저들은 첨절제사 영감을 신으로 착각하고 있다는 겁니까?"

"그렇기도 하고 아니기도 하더군."

"그게 무슨 말씀이십니까?"

"예전에 이곳을 다스리던 왕의 이름도 깃털 달린 뱀이라고 하더군. 잘은 모르겠지만, 이곳의 군주는 그를 대신해 이곳을 통치하는 이쯤으로 여겨지는 모양이고."

"뭔가 복잡하군요."

"사정을 아는 척하면서 정보를 얻는 게 쉽지 않았지만, 정리해 보니 같은 이름의 신도 있고, 둘 다 신성시되는 모양이야."

"그럼 저들의 군주가 왕위를 넘기려고 합니까?"

"그건 아니라고 보여. 저들의 군주가 우리를 이용하기 위해 내세운 명분일 테고, 앞으로 어찌 대처하는가가 중요하네."

"그럼 어찌 움직이실 생각인지 정하셨습니까?"

"그래, 깃털 달린 뱀의 이름으로 인신 공양은 삿된 짓이며, 옛 전통은 그렇지 않았다고 소문을 낼 생각이다."

"저들이 그런 말을 쉽게 믿겠습니까?"

"내게 권위를 쥐어준 사람이 다름 아닌 이곳의 군주니, 내 말을 의심하는 건 그를 의심하는 꼴이 되네."

"으음……. 그래도 말만 가지고는 힘들 듯합니다만."

"자네가 모르나 본데, 난 관직에 나서기 전 곡부(曲阜)에서 공자의 직계 후손에게 가르침을 받았었네. 말이 얼마나 무서운지 유학자였던 내가 보여주지."

"…알겠습니다."

왕충은 다음 날부터 만나는 사람들과 이야기하며 이곳의 상식에서 크게 벗어나지 않는 선에서 유학적 지식을 가미해 인신 공양을 교묘하게 비판했고, 본래 깃털 달린 뱀은 인간 말고 더 귀한 것을 좋아한다는 소문을 내기 시작했다.

대부분은 왕충의 말을 쉽게 믿지 않았으나, 차츰 시간이 흐르자 아즈텍의 황제가 부여한 깃털 달린 뱀이란 권위와 더불어 세련된 말솜씨, 그리고 왕충이 선물하는 화려한 치장품과 그들이 볼 수 없었던 선물에 넘어가는 이들이 나오기 시작했다.

왕충 일행은 별궁에 머물며 1462년의 여름을 보냈고, 그들을 붙잡아두고 있던 모테쿠소마는 충격적인 소식을 들어야 했다.

모테쿠소마가 틀락스칼라 방면으로 움직인 별동군이 최광손이 지휘하는 원주민 연합군의 매복에 걸려 전멸에 가까운 손해를 입고 도망친 것이었다.

거기다 동북 방향에서 수많은 병사가 진군 중이라는 소식마저 들려왔다.

모테쿠소마는 이방인들을 초대해 발을 묶어두었기에 안심

하고 군을 움직였다가 예상치 못한 패전이 벌어지자, 마음이 한층 더 다급해졌다.

그는 이방인들만 없다면 손쉬운 상대가 될 것으로 생각했던 이들에게 패하자, 여태껏 공들여 세웠던 세상 자체가 무너져 내리는 느낌을 받았다.

결국 그는 이방인의 수장을 어떻게든 설득해야 한다고 생각하고 결단을 내렸다.

"깃털 달린 뱀의 화신이시여, 그대에게 옛 고향 땅을 돌려드리고 머물고 계신 궁을 가득 채울 만한 보물을 드리겠습니다. 그러니… 깃털 달린 뱀의 이름으로 주변을 진정시켜 주십시오."

다급한 황제의 말에 왕충은 고개를 저으며 답했다.

"그럼 그대가 신의 이름으로 행하고 있는 그릇된 만행부터 멈춰야 할 것이오."

"…그건 짧은 시간 내에 해결될 문제가 아니오. 내가 의식을 멈추려 해도 그런 의식에 익숙해진 피필틴(귀족)과 마세우알틴(평민)들이 반발하고 나설 거요."

"아니, 변해야 할 거요. 이 문제는 우리 손을 떠난 거나 다름없소."

"그게 무슨 말씀이시오?"

"우린 그저 계기가 되었을 뿐이고, 이 사태의 원인은 어디까지나 그대의 나라에서 자초한 일이오."

"…그동안 우리가 했던 일은 이 나라를 유지하기 위해 어쩔 수 없던 일이오."

왕충은 황제의 뻔뻔한 태도에 역겨움을 느끼며 말을 이어 갔다.

"우리의 개입이 없이도 이 호수의 나라에서 그간 손쉽게 거두는 제물의 수급도 이제 막힌 거나 다름없소. 그대들이 농장으로 취급하던 나라에 심어둔 고위층은 이미 대부분 죽었소."

"…그래도 케찰코아틀과 제가 힘을 합치면 수습할 수 있을 것이오."

"아니, 이미 많은 부족과 나라가 그대에게서 등을 돌렸소. 이런 상황에서 전처럼 의식을 진행하면… 신에게 바칠 제물은 그대의 백성이 되겠지. 그런 상황에서도 지금의 체계가 지속될 수 있으리라 생각하오?"

최악의 상황을 떠올린 모테쿠소마는 자존심도 모두 버린 채, 고개를 숙였다.

"도와주십시오. 깃털 달린 뱀께서 원한다면 빛의 힘을 지닌 고귀한 분에게 무릎을 꿇겠습니다."

광무제(光武帝)의 제호를 이들의 방식으로 풀어서 해석한 모테쿠소마가 속내를 드러내자, 왕충은 엷게 웃으며 답했다.

"역시, 우리에 대해 많은 걸 알고 있었군. 페레푸차에도 정보원으로 삼은 귀족이 많았나 봅니다."

"…그렇소."

"그럼, 나, 아니, 우리가 듣고 싶은 약속이 뭔지 알 텐데?"

"지금 당장 페레푸차처럼 바꾸는 것은 무리지만, 조금씩이라도 제물의 수를 줄여보겠소. 그러니 제발 중재를 부탁드리오!"

왕충은 어느 정도는 소기의 목적을 달성했다고 여기고 모테쿠소마에게 점진적으로 인신 공양을 줄이겠다는 약속을 받았다.

그와 더불어 그가 제시한 영토 중 일부를 할양받고, 해마다 특산품들을 조공으로 바치도록 조치했으며, 그 대신 동북면에서 진군하던 연합의 병사들과 중재를 약속했다.

순조롭게 왕충과 모테쿠소마의 협상이 마무리될 무렵, 그 누구도 예상하지 못한 사태가 외부에서 발생했다.

조선 원정대를 호위하기 위해 별궁에 머물던 틀락스칼란의 전사가 아즈텍의 제사장을 우발적으로 살해하고 말았던 것이었다.

*   *   *

왕충과 모테쿠소마가 밀약을 맺고 있을 무렵, 반아즈텍 연합군의 병사 포포카는 별궁의 정원에서 노닐던 아즈텍의 제사장과 마주쳤다.

그는 수많은 동족을 수확이라는 명목하에 잃었던 피해자였고, 누구보다도 아즈텍인을 증오하던 이였다.

그는 그런 상황에서도 자신에게 주어진 임무, 즉 조선 원정대를 호위하는 것을 충실히 이행했지만.

도저히 참을 수 없는 상황을 맞닥뜨리고 말았다.

아즈텍의 제사장이 얼마 전 시행했던 의식에서 희생된 여인의 가죽을 벗겨 옷처럼 입고 있었던 것이다.

원정대와 연합군 일행은 그동안 수도와 떨어진 별궁에 머물며 아즈텍 내부에서 벌어지는 의식을 피했었기에, 그동안 별문제 없이 지낼 수 있었다.

그러나 황제와 동행한 제사장은 평소처럼 의식을 실행했고 그 결과물을 자신의 몸에 두른 채 별궁을 방문한 것이었다.

"이 개새끼!"

틀락스칼라 출신의 포포카는 친해진 조선 수병에게 배운 욕설을 내뱉으며 강철로 만든 칼을 휘둘렀고.

정원에서 초조하게 황제를 기다리던 제사장은 생소한 욕설에 반응할 시간조차 없이 목이 달아나 버렸다.

제사장이 기나긴 시간 동안 관습이란 핑계로 치르던 의식의 대가는 결국 그의 목숨이 되고 말았다.

우발적인 상황이 발생하자 제사장과 함께 대기하던 황제의 측근은 욕설과 저주의 말을 내뱉으며 그를 비난했고.

우발적으로 제사장을 살해한 당사자는 분노에 눈이 멀어 그에게 다가오는 아즈텍의 귀족마저 공격하기 시작했다.

그가 조선 원정대에게 받은 강철 검은 간단하게 귀족의 목숨을 앗아갔고, 흥분한 포포카는 시체를 난도질하며 고함을 질렀다.

"맛이 어떠냐! 이 개새끼야! 네놈들이 즐겨 먹던 우리의 고기와는 다를 거야. 안 그래?"

아즈텍의 귀족들은 참극을 보곤, 기르던 가축에게 살해당한 주인을 보는 듯한 충격에 빠졌고, 그것은 그들을 지키고 있던 아즈텍의 전사들 역시 마찬가지였다.

"뭘 쳐다보고만 있어! 당장 저놈을 죽여!"

어느 귀족이 정신을 차리고 명령을 내리자, 아즈텍 전사들이 달려들어 범인을 공격했다.

포포카는 강철 방패를 이용해 방어했지만, 결국 수에 밀려 곳곳에 상처를 입었다.

그러자 틀락스칼라 출신의 전사들 역시 동료가 당하는 모습을 보곤 달려들어 별궁의 정원은 순식간에 난장판이 되고 밀있다.

"이게 무슨 짓인가! 당장 멈추게!"

조선 원정대의 무관이나 병사들이 달려들어 틀락스칼라의 전사들을 필사적으로 말리려 했지만, 오랜 시간을 쌓여온 분노는 쉽게 해소될 성질의 것이 아니었고.

또한 조선 원정대의 일원들도 그들과 오랜 기간을 함께했기에 쉽사리 손을 쓰지 못했다.

그렇게 광기와도 같은 증오와 분노는 조선 측을 제외하고 정원에 모여 있던 모든 이들에게 전염되어 버렸다.

아즈텍 전사들의 무예가 원주민 연합군의 전사보단 뛰어난 편이긴 했지만, 그들이 사용하는 흑요석과 연합에서 쓰는 강철의 차이를 극복할 정도는 아니었고, 관습상 살상에 특화되지도 않았다.

결국 호위병마저 전부 당하자 제사장을 따라온 사제들과 귀족들은 그간 그들이 행했던 의식의 제물이라도 된 것처럼 농락당하다 살해당했다.

학살이 끝나자, 연합의 전사들은 흩어져 다음 목표를 찾았고, 정원에 없던 이들 또한 뒤늦게 합류해 울분을 풀기 시작했다.

별궁에 초대되어 각자 배정된 방에 나뉘어 머물던 아즈텍 귀족 30여 명과 호위병 300명은 연합군의 난데없는 기습에 살해당했으며.

그 와중에 간신히 이변을 감지해 살아남은 귀족 20여 명과 오백가량의 병사들은 별궁의 여러 장소에서 필사적으로 항전을 이어갔다.

결국 상황을 파악한 왕충과 모테쿠소마는 이 사태를 수습하려 나섰다.

"이게 뭐 하는 짓인가! 당장 멈추게!"

"틀라토아니의 명령이다. 당장 그만둬!"

왕충과 모테쿠소마가 별궁 한편에서 싸움을 벌이고 있던 50여 명의 인원을 발견하곤 일갈했지만, 그들의 외침은 격렬한 전투에 묻히고 말았다.

"당장 저들을 제압해!"

왕충은 그를 호위하던 무관들에게 소리쳤고, 그들 중 가장 선임 무관인 어유소가 반문했다.

"영감, 어느 쪽을 제압하란 말씀입니까?"

"지금 그걸 질문이라고 하나? 전부 다 제압해!"

"예."

왕충의 말이 끝나기 무섭게 판금 갑옷을 갖춰 입고 있던 어유소와 남이를 비롯한 무관 10명이 싸움의 한복판으로 뛰어들었다.

이들은 공격을 몸과 방패로 받아가며 한 손으로 목을 조르거나, 방패의 넓은 면으로 제압 대상을 후려치며 무력화해 갔다.

광기에 물들어 아즈텍인을 살해하던 연합의 전사도, 평소 가축이라고 깔보던 이들에게 공격당해 분노한 아즈텍인도 모두 사이좋게 전투 불능이 되었고.

이는 왕충 곁에서 전투를 지켜본 모테쿠소마에게 커다란 인상을 남겼다.

"영감, 전부 제압했습니다."

"잘했네. 그럼 다음 장소를 찾아가도록 하지."

어유소에게 지시를 내린 왕충은 모테쿠소마를 바라보며 나와틀어로 말했다.

"이 일은 제가 지시하거나, 꾸민 일이 아닙니다."

조선의 무관들이 순식간에 전사들을 제압하는 걸 본 황제는 약간 얼이 빠진 채로 답했다.

"…알겠소. 지배자인 나를 두고 저들을 공격할 이유가 없을 테지."

"또한, 틀라토아니께서 살아남은 이들을 수습하시는 게 좋을 듯합니다."

"그러지요."

모테쿠소마는 자신의 근위병에게 명령을 내려 아즈텍 소속 전사들의 신병을 확보했다.

이들은 별궁을 돌아다니며 앞에 했던 행동을 반복했고 해가 질 무렵, 학살을 완전히 멈출 수 있었다.

"…시작한 이가 누군가?"

제압당한 이들을 한곳에 모아둔 채 왕충이 묻자, 자질구레한 상처를 입고 가쁜 숨을 몰아쉬던 포포카가 답했다.

"접니다."

"어째서 저들을 공격했나?"

"…도저히 참을 수가 없었습니다. 저놈들은……."

"그만, 나도 무슨 마음으로 일을 저질렀는지 알 것 같으니, 변명은 필요 없네. 그런데… 자네의 행동이 불러올 결과를 알고 있나?"

"……."

왕충의 물음에 포포카는 침묵했고, 그 대신 전투에 적극적으로 참여한 그의 직속상관이 손자국이 선명하게 남아 있는 목을 어루만지며 답했다.

"이 일은 언젠간 일어날 일이 아니었습니까? 연합의 대변인께서도 우리의 정당한 복수를 막으실 수는 없습니다."

"아니, 난 방금 틀라토아니와 그대들의 처우를 두고 협상했고, 그의 양보를 받아냈었다."

"…혹시 수확을 멈추겠다는 답을 받아내시기라도 했습니까?"

그러자 왕충은 솔직하게 답했다.

"시간을 두고 차츰 줄여가겠다고 약속했다."

왕충의 답을 들은 틀락스칼라의 지휘관은 모테쿠소마를 짧게 노려보곤 말을 이어갔다.

"그럼, 그동안 여전히 우린 저들의 제물이자 식량 취급을 받는 거 아닙니까?"

"앞으로 자네의 나라가 그리되지 않게 하려 협상을 이어간 거야. 어째서 참지 못한 건가?"

그는 증오스러운 아즈텍의 황제 역시 그가 죽인 귀족들처럼 배 속을 비워주고 싶었지만, 왕충이 이들을 위해 노력한 것을 떠올리며 말을 이어갔다.

"정말 죄송합니다."

지휘관이 왕충에게 고개를 숙이며 말을 마치자 당사자가 나섰다.

"원하신다면 깃털 달린 뱀께 제 목숨을 바치겠습니다."

그러자 왕충은 냉소적으로 답했다.

"그대의 죄는 그대의 군주에게 물을 것이다."

"…알겠습니다."

틀락스칼라는 여러 영주가 모인 연합 왕국이었고, 그렇기에 지휘 체계를 영주의 소속별로 나눠야 했으며, 그런 조치가 이번 사태의 원인 중 하나이기도 했다.

왕충이 틀락스칼라의 전사들과 이야길 마치고 별궁으로 들어가자, 남이가 다가와 물었다.

"첨절제사 영감, 이제 어찌하실 겁니까?"

"어쩔 수 없군. 상황이 이리되었으니, 여기서 후퇴해 제독 대감의 부대와 합류해야겠어."

"저들의 군주가 우리 손에 있으니, 인질로 삼아 수도로 진군하면 끝난 거나 다름없지 않습니까?"

"남 종사관, 이건 그리 간단히 해결될 문제가 아니네."

"소관이 미욱해서 그런지, 이해가 안 됩니다."

"호수의 군주에겐 이복형이 있고, 명칭은 다르지만 우리식으로 따지자면 재상급 관직으로 나랏일을 관장하고 있어. 게다가 본래 이 나라는 세 개의 세력이 연합해 세워진 나라기도 하네. 그런 상황에서 우리가 저들의 군주를 인질로 내세워 수도로 진군한들, 순순히 항복하겠나?"

"으음, 사정이 복잡하군요."

한때 명나라의 관원이었던 왕충은 지난 광무정난 당시 에센에게 포로로 잡혔던 정통제, 그리고 지금은 남명의 황제가 된 경태제의 일을 떠올리며 말을 이어갔다.

"저들은 바로 틀라토아니의 형이나 삼각 연합의 권문세족 중 한 명을 새 군주로 추대하고 결사 항전에 들어갈 것이야. 우리의 병기와 병사가 뛰어나도, 현 상황에서 수도를 점령하는 건 불가능해."

왕충의 말대로 테노치티틀란은 텍스코코 호수의 거대한 섬에 건설된 도시이며, 그곳을 공격하려면 폭이 좁은 다리를 통과하거나 배를 이용해야 했다.

왕충은 입고 있던 깃털 장식을 쓰다듬으며 생각을 정리했고, 다시금 말을 이어갔다.

"남 종사관, 호수의 군주는 지극히 정치적인 사람이야. 날깃털 달린 뱀의 화신이라 부르며 항복한 자신의 권위를 지키는 한편, 몰래 군사를 움직여 연합의 뒤를 치려는 교활함도 가지고 있지. 그는 자신의 옥좌를 지키기 위해선 무슨 짓이든 할 수 있는 이네."

"영감의 말씀을 듣고 보니 암군이나 간신에 가까워 보입니다."

"하지만 그렇기에 말이 잘 통하는 상대기도 하지. 아무튼, 그는 여기서 인질로 잡히는 즉시 가치를 잃게 되네. 또한 죽이는 것 또한 안 될 일이야. 이곳의 신민들은 외세의 손에 군주를 잃는 순간 일치단결해서 우릴 공격하려 들 테지."

"그럼 호수의 군주를 설득하면 되지 않겠습니까?"

"자국의 고위층과 병사들이 몰살을 당하다시피 했는데, 다른 이들이 가만히 있겠나? 호수의 군주 역시 돌이킬 수 없음을 잘 알고 있을 거다."

"그렇군요……."

"그러니 우린 여기서 후퇴해 훗날을 기약해야 해."

"예, 알겠습니다."

원정군은 왕충의 결정으로 곧바로 철수를 준비했다.

왕충은 떠나기 전 모테쿠소마에게 말했다.

"될 수 있으면, 피를 흘리지 않으려 했건만… 이젠 돌이킬 수 없게 되었습니다."

"하긴, 이젠 돌이킬 수 없게 되었구려."

"이제 우리에게 남은 건 전쟁뿐이군요."

"…알겠소."

왕충이 병사를 이끌고 본거지로 행군을 시작하자, 살아남은 이들을 수습해 테노치티틀란으로 귀환한 황제는 고위 귀족들이나 사제들을 달래보려 시도했지만, 그의 예상대로 수많은 이들이 전쟁을 부르짖었다.

아즈텍은 그동안 수많은 전사를 잃긴 했지만, 상비군 제도가 잘 갖추어져 있기에 유사시엔 수만의 병력을 동원할 수 있었다.

주변국 중에선 페레푸차를 제외하곤 상대가 될 나라가 없는 것이 현실이었다.

모테쿠소마는 이방인의 강력한 전력을 보곤, 나름대로 최소한의 대가를 지불해 나라와 권력을 유지하려 협상에 나섰던 것이며, 거의 성공 직전까지 갔었다.

하지만 대세가 전쟁으로 기울어지자 그는 이제껏 잃은 전사들보다 더 많은 이들이 희생될 거라 여기며 수심에 잠겨갔다.

하지만 이런 와중에도 모테쿠소마는 현재 상황을 최대한 이용하며 난관을 타개하고자 여론전을 펼쳤다.

자신은 예언을 지키고자 선의로 그들을 대했지만, 결국 돌아온 것은 무자비한 학살이었고 그들이 우릴 모두 죽이려 하니 대항해야 한다고 선동하기 시작한 것이었다.

아즈텍의 주민들은 황제의 말을 이야깃거리로 삼으며, 아국의 사제들과 귀족들이 일방적으로 학살당한 비극을 가리켜 슬픔의 밤이란 명칭을 제멋대로 붙이기도 했다.

그 결과 아즈텍의 백성들은 잔혹한 깃털 달린 뱀의 화신에게 적대감을 가지고 뭉치기 시작했다.

한편 모테쿠소마의 이복형, 틀라카엘렐은 황제의 권위를 살리고자 직접 병사를 이끌고 깃털 달린 뱀의 화신과 사도들을 뒤쫓았다.

조선의 부관들은 말을 타고 있긴 하나, 극히 소수고 나머진 모두 보병인 상황이었고.

연합군의 전사들은 학살을 벌인 그날부터 크고 작은 상처를 입은 이들이 즐비한 데다, 제대로 쉬지도 못한 채 강행군을 벌여 속도가 떨어질 수밖에 없었다.

최악의 상황에서 퇴각하던 원정대와 연합군은 근방의 지리를 잘 알고 있는 아즈텍 추격대에 금세 따라잡히고 말았다.

"첨절제사 영감! 적의 규모가 우리의 몇 배는 됩니다! 최소 1만가량은 되어 보입니다."

왕충은 남이의 다급한 보고를 듣곤 가장 궁금한 것을 물었다.

"지금 전력으로 돌파할 수 있겠나?"

"이미 진행로의 양면을 포위당했습니다. 여기서 저들은 전부 죽일 각오를 하고 싸우는 수밖에 없습니다."

"음……. 어쩔 수 없군."

그렇게 전투가 벌어지자, 연합군은 전투 초반엔 장비의 우월함을 내세워 버틸 수 있었다.

그러나, 일주일가량이나 제대로 먹지도 쉬지도 못한 채 강행군을 이어온 전사들은 금세 체력이 바닥나 몸을 가누지 못했고.

그런 이들은 마쿠아후이틀이라 불리는 흑요석 검에 무수한 상처를 입었다.

가뜩이나 중과부적인 상황에서 부상자마저 속출하자, 전방의 진형이 차츰 붕괴하였고, 예상 밖의 일이 벌어졌다.

아즈텍의 전사들이 쓰러진 이들을 잡아서 뒷줄로 끌고 가는 것이었다.

"설마 저들은 이런 상황에서도 우릴 생포하려는 건가?"

"아무래도 그런 듯합니다."

사실 이는 문화적 차이에서 기인한 현상이었다.

아즈텍에겐 전쟁이나 전투란 것은 제물을 수확하는 행위의 일종으로 취급되었고, 무술 또한 상대를 죽이는 것보다 상처를 입혀 생포하는 데 특화된 방향으로 발전해 왔던 것이다.

"영감, 연합군의 진형이 거의 다 무너졌습니다. 이제 곧 우리만 남을 듯합니다."

남이의 말대로 4시간 남짓한 전투 동안 연합군 전사들은 대부분 무력화되어 포로로 끌려가는 중이었고.

어느새 조선 원정대 소속의 500명만 사각형 방진을 짠 채 아즈텍군에게 둘러싸이고 말았다.

"허, 나도 여기까진가."

"아닙니다. 제가 나서서 길을 뚫을 테니, 영감께선 틈을 보아 탈출하시지요."

"대체 어쩌려고 그러나?"

"저기, 화려한 깃털의 사내가 보이십니까?"

"보이네."

"아마 저놈이 일선에 나선 적장인 듯한데, 저놈의 목을 거두면 뭔가가 일어나겠지요."

태생이 문관인 왕충은 그런 남이를 만류하려 했지만, 남이는 왕충의 대답이 떨어지기도 전에 면갑의 가리개를 내리곤 타고 있던 말을 몰아 돌격을 시작했다.

"남 종사관!"

왕충은 남이가 금세 죽임을 당하리라 생각하며 절규하듯 외쳤지만, 그의 예상은 빗나갔다.

말을 본 적 없던 아즈텍 전사들은 빠르게 달리는 거대한 무언가에 겁을 먹은 채 남이가 달려갈 길을 터주었고,

포위진의 한편을 무인지경으로 달린 남이는 적의 지휘관으로 추정되는 이의 어깨에 기병창을 꽂아버렸다.

그렇게 일선의 지휘관이 순식간에 무력화되자, 그가 담당하고 있던 휘하 전사 천여 명은 신이 우릴 버리셨다고 외치며 진형을 흐트리고 말았다.

"지금이다! 저쪽에 화력을 집중해!"

남이의 느닷없는 활약을 본 어유소는 곧바로 명령을 내려 화약 무기 공격을 이어갔고, 세 차례의 일제사격이 이어지자, 견고해 보이던 포위진의 한쪽에 구멍이 생겼다.

"첨절제사 영감, 지금입니다. 무관들을 따라 저쪽으로 달리시지요!"

어유소의 외침에 왕충은 고개를 저으며 답했다.

"지금 나보고 자네와 병사들을 두고 홀로 도망치라는 건가? 그럴 순 없네!"

"아닙니다. 영감마저 잡히면 남 종사관의 희생은 아무런 쓸

모가 없어집니다. 정녕 그 마음을 저버리실 생각이십니까?"

"……."

"그리고 저들은 우릴 생포하려 하잖습니까. 그러니 소관은 적당한 시기를 보아 항복하려 합니다."

"대체 그렇게까지 하는 이유가 뭔가."

"제독 대감께서 우릴 구하러 오실 테니까요."

왕충은 금방이라도 눈물이 쏟아질 듯한 얼굴로 눈물을 참아내고 평소처럼 냉정한 표정을 지으려 애썼지만, 그의 의지처럼 되지 않았다.

"알았네. 그럼, 명령이니 죽지 말게나. 반드시 자네들을 구하러 올 것이야."

어유소는 왕충의 울음기가 가득한 목소리를 듣곤 상관을 안심시키려 웃으면서 답했다.

"예. 그럼 소관은 병사들과 함께 기다리고 있겠습니다."

왕충은 소수의 호위 무관과 함께 필사적으로 달려 포위진을 돌파하는 데 성공했고, 그를 살리기 위해 홀로 석진으로 돌격했던 남이의 행방은 묘연해졌다.

한편 아즈텍군은 막판에 커다란 희생을 내긴 했지만, 항복한 원정대원과 본래 가축으로 삼았던 연합의 전사들을 대부분 생포해 테노치티틀란으로 귀환했다.

추격대를 지휘한 아즈텍의 재상이자, 황제의 이복형 틀라카엘렐은 깃털 달린 뱀의 사도들을 사로잡았다고 대대적으로 선전하며 승전을 널리 알렸고.

슬픔의 밤에 제사장을 잃은 사제들은 깃털 달린 뱀의 사도들이야말로 가장 귀중한 제물이라며, 다음 해의 의식에 바쳐야 한다고 이야기하기 시작했다.

모테쿠소마는 어쩔 수 없이 전쟁을 결정하긴 했지만 이방인들의 처우를 두고 고심했고, 그들 중 가장 중요하다 여긴 왕충이 없는 것을 보며 초조함을 느껴야 했다.

제3장
남생이세정벌기

"나 따위가 어찌 유학자이자 관료이고, 무엇이 깃털 달린 뱀이란 말이냐……. 아아… 나야말로 조괄(趙括)을 비웃을 처지가 아니었구나."

아즈텍군에서 벗어난 원정 함대 첨절제사 왕충은 최광손을 찾아가는 와중에도 끊임없이 자책하듯 한탄을 쏟아냈다.

처음엔 그를 호위하는 무관들도 상관을 위로하려 했지만, 왕충은 그런 하급자에게 아랑곳하지 않고 자책을 이어갈 뿐이었다.

"난 인신 공양을 근절하긴커녕, 형제들을 이족에게 제물로 바친 거나 다름없어……."

"영감, 그렇지 않습니다."

"아니, 난 고작 백면서생일 뿐인데, 매사를 아는 척했을 뿐이야……. 내가 겪고 보니 야만한 시대를 교화했던 옛 성현들이 얼마나 대단한 분들인지 알 것 같네."

왕충의 혼잣말은 해사제독을 만날 때까지도 멈추지 않았고, 넋 나간 친우와 재회한 최광손은 그의 어깨에 손을 얹었다.

"잘 돌아왔어."

"죄인 왕가가 제독 대감께 죄를 청합니다."

"죄인이라니, 어째서 그런 말을 하나?"

직속상관의 말에 왕충은 고개를 저으며 답했다.

"보잘것없는 소관을 살리고자, 남 종사관이, 그리고 어 중대장과 수많은 수병이 목숨을 걸었습니다! 그런데 잘못한 게 없다뇨? 부디 소관의 죄를 엄히 다스려 주소서."

"해암, 말도 안 되는 소리 그만해."

"이 일을 어떻게 포장하여 이야기한들, 소관은 패장일 뿐입니다. 그러니 그 책임을 물어 죽여주시지요."

최광손은 왕충의 눈을 바라보며 천천히 말을 이어갔다.

"그렇게 도망치듯 가면, 자넬 위해 애쓴 형제들은 뭐가 되나?"

"전 형제나 다름없는 이들을 이족의 식사로 제공한 죄인입니다."

그러자 최광손은 고개를 저었다.

"자네를 데려온 무관들에게 간략한 사정은 들었어. 우리 병사들은 당분간 무사할 거야."

"그게 무슨 말씀입니까?"

"호수의 나라에서 지내고도 몰랐던 건가? 그들은 사로잡은 포로들을 바로 의식에 쓰지 않아. 최소 두어 달에서 반년 가까이 보류 기간을 두지."

"…호수의 군주나 그 나라의 세족들은 그런 이야길 제대로 해주지 않았습니다."

"아마도 자네의 심기를 거스를 수 있다고 생각해서 그랬겠지. 인신 공양의 제례도 아예 보여주지 않았다며."

"……."

왕충이 침묵한 사이, 최광손은 말을 이어갔다.

"난 자네가 이리 무사히 돌아온 게 정말 기쁘기 그지없어. 원정 함대의 녀석들 모두가 내 형제나 자식 같지만, 자넨 그중에서 유일한 내 친우이니까."

왕충은 최광손의 말에 참아왔던 눈물을 흘렸고, 목이 멘 듯 제대로 말을 잇지 못했다.

"대감……."

"지금은 자책할 때가 아니야. 그럴 시간에 우리 형제들을 구하러 움직여야지. 원정 함대 해사제독의 명이다. 왕충, 출정을 준비하라."

"알겠습니다."

최광손은 이제껏 왕충을 달래느라 지었던 온화한 표정을 거뒀고, 젊은 시절 전장에서 보이던 살기 넘치는 모습으로 돌아갔다.

"저놈들이 감히 누굴 건드린 건지, 알게 해주자고."

그런 최광손의 모습을 본 왕충은 눈물을 소매로 훔쳐내곤 결연한 표정을 지으며 답했다.

"원정 함대 첨절제사 왕충이 제독 대감의 명을 받들겠습니다."

최광손은 원정 함대의 배를 지킬 최소한의 인원만 남긴 채, 수병과 무관 대부분을 동원했다.

그렇게 모인 삼천의 병력은 함대에서 사용하던 화포 50여 정과 수천의 포환을 가지고 합류했고, 반아즈텍 연합에선 추가로 2만의 병사를 지원했다.

그리하여 삼만이 넘는 대병력이 아즈텍의 괴뢰국들을 힘으로 부수며 호수의 도시를 향해 진군했다.

최광손은 지난 전투들에서 얻었던 교훈과 왕충의 조언들을 되새기며 원정 함대가 가져온 말을 총동원해 100인의 기병 중대를 편성했고.

그 자신도 갑주로 중무장한 채, 선두에 서서 말을 몰았다.

연합군에 새로 합류한 전사나 귀족들은 말이란 생소한 생물에 타고 이동하는 최광손이나 무관들을 보며 겁을 먹긴 했으나, 다른 한편으로는 그들이 아군이기에 다행이란 생각을 했다.

"제독 대감, 이대로 계속 남진하면 야트막한 산맥과 맞닿아 있는 평원이 있습니다."

"첨절제사, 거기가 전투가 벌어졌던 곳인가?"

"예, 일전에도 설명해 드렸었지만, 호수의 나라는 산으로 둘러싸인 지형이라 규모가 있는 군대가 싸움을 벌일 만한 곳은 호수의 북쪽과 서남쪽 평야뿐입니다."

최광손은 연합의 귀족들과 왕충이 간략하게 정리해서 주었던 지도를 꺼내 확인하며 말을 이어갔다.

"이걸 보니 남쪽에도 진군할 만한 경로가 있긴 한데, 실질적으론 지금 우리가 향하는 곳이 유일한 진입로겠지."

"예, 남쪽도 산지투성이에 대부분이 호수의 나라 영역이라고 합니다."

"아냐, 연합의 이들에게 들어보니 호수 남쪽이나 동쪽으로 향하면 이곳 지방과 말도 잘 안 통하는 나라들이 더 있다더군. 남쪽은 구름의 나라고, 동쪽은 망한 나라의 후손들이 있다더군."

"지금 중요한 건 그게 아닙니다. 당장 저들을 어찌 상대할지 생각해 볼 때입니다."

"아니, 중요해."

"어떻게 중요하단 말씀이신지요?"

"듣자 하니, 구름의 나라는 우리의 동맹 페레푸차처럼 쇠붙이를 귀하게 여긴다고 하더군."

"대감께선 전령을 보내 그들과 접촉하실 생각입니까?"

"그래, 연합을 통해 그들마저 포섭하면 호수의 나라는 4면을 모두 적으로 두게 되는 거지."

최광손은 구름의 나라 미스테카를 포섭하기 위해 연합의 귀족 몇 명과 전령을 보냈고, 난생처음 말을 타보는 그들은 무서워했지만, 이 생소한 생물이 생각만큼 무섭지 않음을 느끼고 차츰 적응해 갔다.

1462년의 가을이 끝나갈 무렵, 조선 원정대와 원주민 연합군이 테노치티틀란의 북쪽 평원을 점거하고 이들의 전통적 방식으로 전쟁을 선포하자, 아즈텍의 민중들은 누구라고 할 것 없이 나서기 시작했다.

그들은 앞선 전투에서 황제의 군대가 침략자를 모두 생포해 온 사실을 알고 있었기에, 이번에도 이겨낼 수 있으리란 자신감을 느끼고 있었으며.

그들의 귀족을 학살한 침략자에 맞서 황제와 나라를 지키겠다는 일념 아래, 수많은 이들이 자원해 십만에 가까운 대군이 결성되었다.

그들을 지휘할 이론 지난 추격전에서 훌륭하게 임무를 수행한 재상 틀라카엘렐이 적임자로 선출되었고, 원정대와 연합군에게 빼앗은 강철제 무기들로 무장한 정예 부대도 편성되었다.

그들은 노획한 몇 벌의 판금 갑옷을 활용하려 했지만, 전사 중엔 갑옷의 체격과 맞는 이도 거의 없는 데다.

덩치가 비슷한 전사들은 재규어나 독수리를 형상화한 화려한 전통 갑옷에 익숙했기에 갑옷을 입는 것을 거부했고, 이방인의 갑옷은 창고에 처박히고 말았다.

총사령관 틀라카엘렐만이 그들의 흉갑을 챙겨 전통 갑옷 안쪽에 입었을 뿐이었다.

이들은 총의 원리를 알아보려 했지만 포로들이 침묵했기에 실패했고, 노획한 총은 지난 전투에서 공을 세웠던 전사들에게 전리품으로 분배되었다.

새로운 무기를 받은 전사들은 총에 달린 장전용 봉은 일종의 찌르개나 장식품으로, 강철과 단단한 나무로 구성된 총은 그들이 쓰던 것보다 튼튼한 둔기로 인식한 채 그것을 가지고 다녔다.

아즈텍은 출정에 앞서 포로로 잡아 왔던 연합의 전사들을 연기 나는 거울의 신, 테스카틀리포카에게 제물로 바쳤다.

사실 그들이야말로 학살 사건의 주역이었기에, 처벌을 겸하는 인신 공양이었다.

연합의 전사들은 죽기 전까지 아즈텍을 향해 저주의 말과 더불어 수병들에게 배운 조선의 욕설을 내뱉었고.

차마 상상조차 못 해본 욕설들을 내뱉는 제물들의 모습을 본 아즈텍인들은 분노했다.

제의에 모인 이들은 광기와도 같은 증오를 쏟아내며 제물들의 죽음을 기뻐했다.

그간 소문으로만 들었던 아즈텍의 풍습을 처음으로 보게 된 조선 원정대 인원들은 그 끔찍함에 치를 떨었고, 그간 동고동락하며 친구처럼 지낸 연합의 전사들이 희생된 것을 보곤 격렬히 분노했지만 겉으로 표현하진 못했다.

그리고 그들을 더 경악하게 한 것이 있었으니.

바로 제물로 바쳐진 이들의 목을 모아둔 장식품 촘판틀리를 보고 만 것이었다.

그들이 본 장식물은 세로로 세운 나무 기둥 여러 개에다 장대로 희생자들의 머리를 꿰어 사다리처럼 연결해 두었고.

의식 현장 주변엔 그것을 다른 방식으로 형상화해 해골 그림을 새겨둔 석벽도 있었다.

"중대장님, 이놈들은 정말 살아 있어선 안 될 족속들이란 생각이 듭니다."

포로가 된 이들 중 선임 수병이 제의를 마친 제물들을 요리하는 광경을 보며 나지막이 말하자, 어유소는 고개를 끄덕이며 답했다.

"그래, 자네 말이 맞아. 별궁에 머물 때, 이들도 우리와 같은 사람이라고 생각했었던 게 정말 부끄러울 정도야."

"그리고… 이다음은 우리 차례가 될 거라는 말이 수병들 사이에서 나오고 있습니다."

"아니야. 그리되기 전에 제독 대감께서 구하러 오실 거다. 우린 그냥 믿고 기다리면 된다. 그러니 자네가 잘 다독여 보게."

"예, 그건 그렇고 남 종사관은 무사할까요?"

그러자 어유소는 아즈텍군이 시체 하나 남기지 않고 전부 이곳으로 데려온 것을 떠올리며 답했다.

"아마 첨절제사 영감하고 합류했겠지. 전장에서 거둬 온 시신마저 전부 확인해 봤는데 없었잖은가."

그들이 이야길 나누는 사이, 아즈텍의 출정 의식이 끝났고 아즈텍군은 출정을 시작했다.

십만에 가까운 대군이 이동을 개시하자, 수도 테노치티틀란에서 북쪽의 평원 방면으로 이어지는 다리는 삽시간에 가득 차 쪽배들마저 동원해야 했다.

사실상 수도의 거주민 중 싸울 수 있는 나이대의 남자는 전부 동원된 것이나 마찬가지기에, 그들이 수도를 비우자 남은 이들은 노인과 여자, 아이들이 대부분이 되었다.

연합군이 기다리는 전장까지 고작 40㎞의 거리긴 하지만, 수도에서 이만한 대군을 한 번에 움직이는 게 처음인 데다, 지난 학살에서 고급 장교나 다름없는 이들을 많이 잃었던 아스텍 측은 통제에 애를 먹어야 했고, 일정이 지체되었다.

게다가 원정에 나선 이들은 침략자를 몰아내고 전처럼 주변국을 농장으로 삼을 수 있을 거란 단꿈에 빠져 있기도 했다.

누구보다 이방인의 전력을 잘 알고 있는 황제 모테쿠소마는 그런 인식에 비관적이었으며, 전쟁을 승리로 이끌어도 이방인들과 교류를 계속 이어가 군대를 강화하려는 속셈을 가지고 있기도 했다.

본래 사제들은 중대한 전쟁에 앞서 깃털 달린 뱀의 사도들부터 제물로 바치는 게 좋지 않겠냐는 의견을 내었지만, 길일이 아니란 이유로 보류시킨 것이 바로 황제였다.

아즈텍군이 진군을 시작한 지 사흘째 되던 날, 평원의 양쪽 지평선을 가득 메운 대군이 격돌했고.

원정대는 그들을 환영하려 철의 구체를 선사했다.

북쪽 평원을 가득 메울 정도로 밀집한 표적들은 전선에서 가져온 대구경 화포의 공격으로 수많은 사상자가 나왔다.

대구경 포환의 공격에 당한 어떤 아즈텍인들은 평소 최고의 미식으로 꼽던 팔다리만 세상에 남긴 채, 몸통은 흔적조차 찾을 수 없게 날아가 버렸고.

뒤이어 날아온 비격진천뢰가 폭발하며 쇳조각으로 만들어진 양념을 그들에게 뿌려주었으며.

재앙과도 같은 참사에서 간신히 살아남아 전진한 이들에겐 선형진으로 이뤄진 일제사격이 이어지며 훌륭히 마무리를 지어주었다.

생전 처음 보는 이방인의 공격을 받은 전사들은 케찰코아틀이 저주를 내리고 있다며 괴성을 질렀고, 무자비한 화기 공격이 이어지자 선두의 전열은 근접전을 벌여보지도 못하고 후퇴해야 했다.

아즈텍은 회전 첫날, 해가 질 무렵까지 1만에 가까운 사망자를 냈고 선략을 수성해야만 했다.

아즈텍 총지휘관 시우아코아틀(재상) 틀라카엘렐은 밀집 대형을 버리고 느슨한 분산 대형을 취하게 했고.

그의 명령을 받은 일선의 지휘관들은 새로운 진형을 갖춘 채 부대마다 시차를 두고 이동을 시작했다.

산개한 진형과 더불어 차륜식 전진의 효과 덕인지 첫날만큼 심각한 인명 피해는 나오지 않았고, 되레 연기와 불을 뿜는 막대기를 가진 병사들이 뒤로 물러나는 모습을 보이자 아즈텍의 전사들은 사기가 충전했다.

아즈텍의 전사들이 적군과 근접하는 데 성공하자, 그들을 맞이한 건 페레푸차의 전사들이었다.

본래 신대륙 최고 수준의 금속 제련 기술을 가지고 있던 페레푸차는 조선에 선물로 받은 철괴를 조악하게나마 그들 식의 무기로 가공하는 데 성공했다.

또한 작게 가공한 철판을 그들의 전통식 갑옷 안에 넣어 고정해 중남미 양식의 두정갑을 만들기도 했다.

그들이 만든 무기와 갑옷의 강도는 조선 본토에서 만든 것에 비교할 정도는 아니었지만, 기존에 쓰던 흑요석이나 청동 무기에 비교하면 몇백 년 이상의 발전이 이뤄진 셈이었다.

아즈텍 전사들의 흑요석 무기가 페레푸차 전사들에게 별다른 타격을 주지 못하자, 전황은 소강상태에 빠졌다.

뒤늦게 상황을 파악한 총지휘관 틀라카엘렐이 노획한 강철 무기로 무장한 정예 전사대를 출동시켰지만, 그와 동시에 그가 그토록 경계하던 생물이 전장에 출현했다.

원정 함대의 총지휘관 최광손이 직접 이끄는 150명의 기병대가 산개한 채 전진하던 전사들을 일거에 지워 버리며 돌격했던 것이다.

최광손은 항상 입버릇처럼 말하던 기병대의 지휘를 머나먼 신대륙에서 하게 되었기도 했다.

기병대는 전장을 종횡무진으로 움직이며 일선의 지휘관과 정예 전사들을 사냥했다.

이전까지 왕충은 최광손이 기병 지휘관으로 공을 세운 걸 알고 있긴 했으나, 직접 본 적이 없었기에 그중 몇 가지는 과장된 면도 있으리라 생각했었다.

그러나 전장을 휩쓰는 그의 모습을 지켜보니 소문에 과장된 면이 없었음을 알 수 있었다.

한때 늘어졌던 살을 빼기 위해 쉼 없이 단련한 최광손은 전성기까진 아니지만 어느 정도까지는 몸을 회복했고.

그가 치켜든 기병창은 일격에 여러 명을 꿰뚫어 올렸으며, 뒤이어 휘두르는 마상용 쌍수검은 적이 방어를 위해 치켜든 무기와 함께 몸을 일도양단해 버렸다.

교착 상태인 선두를 지원하기 위해 진군하던 아즈텍 전사들은 기병대에게 지휘관이 사망하자, 그들의 관습대로 후퇴해 버렸고.

전열에서 페레푸차의 전사들과 전투를 벌이던 이들은 결국 고립된 채 목숨을 잃어갔다.

전장을 지배했던 기병대가 말의 체력 회복을 위해 진으로 돌아왔을 때, 최광손의 손엔 아즈텍 지휘관들의 상징이 여러 개 들려 있었다.

"이게 저들의 군기인 듯해서 거둬 왔어."

장식된 장대들을 받아 든 왕충이 그것들을 살펴보다 답했다.

"…이 푸른색 깃털이 달린 장대는 제가 만나보았던 세족의 상징입니다. 상대는 어찌 되었습니까?"

"목을 베어버렸던 거 같은데. 그럼, 자네하고 알고 지낸 이를 내가 죽인 건가?"

"친분이 조금 있었긴 했지만, 지금은 적으로 만났으니 어쩔 수 없지요."

"하긴, 우리가 지면 저들의 배 속에 들어가게 생겼는데 이런 말을 늘어놓을 때가 아니지."

"이참에 제가 아는 대로 저들의 상징을 더 알려 드리지요."

"그래, 이 전략이 생각 이상으로 잘 통하니, 외워두는 게 좋겠어."

한편 아즈텍의 총사령관은 이방인의 기병대를 막아보려 고심했고, 대응할 방법도 여러 가지를 떠올려 봤지만, 지금 당장 해낼 수 있는 것이 없었다.

결국 그는 후퇴한 전사들을 모아 이런 식으로 물러나면 결국 패할 수밖에 없게 되고 수도가 함락되면 너희와 가족들이 우릴 증오하는 연합군의 식사가 될 것이라며 일장 연설을 이어갔다.

그의 현실적인 위협이자 경고가 먹혔는지, 다음 날부턴 지휘관 부재에도 진형이 흐트러지는 일이 눈에 띄게 줄기 시작했다.

그 후로도 사흘간의 대회전이 이어졌고, 최광손은 마침내 적의 총사령관 시우코아틀 틀라카엘렐을 무력화한 채, 깃발을 탈취하는 데 성공했다.

본래 최광손은 기병창으로 상대의 몸통을 꿰뚫어 버리려 했으나, 틀라카엘렐은 그가 챙겨 입은 조선제 흉갑 덕에 바닥에 머릴 부딪히며 뇌진탕을 당했다.

그리고 최광손은 의도치 않게 사로잡은 총사령관을 자랑하듯, 말 뒤편에 짐짝처럼 얹어두고 깃발을 눈에 띄게 들어 보이며 전장을 돌아다니기 시작했다.

총사령관마저 패하고 잡혔다는 사실을 알게 된 아즈텍의 병사들은 그간 간신히 유지하던 사기를 잃고 호수를 향해 도망쳤고.

승리를 거둔 원정대와 연합군은 당당하게 호수의 도시 테노치티틀란을 향해 진군을 시작했다.

연합군이 대승을 거둘 무렵, 구름의 나라 미스테카도 연합에 합류하기로 해, 호수 이남의 영토를 노리고 5천가량의 병력이 북상하기 시작했다.

그렇게 아즈텍의 패배가 기정사실로 될 때쯤, 행방불명되었던 남이는 전장에서 머나먼 동쪽의 숲에서 먹을 것을 찾아 헤매다 어느 아름다운 소녀를 만나 한눈에 반하고 말았다.

＊　　　　　＊　　　　　＊

아즈텍은 연합군에게 수도를 점령당했고, 철저하게 몰락하기 시작했다.

원정 함대의 책임자이자 반아즈텍 동맹의 맹주나 다름없는 최광손과 왕충의 허락하에 연합에 참여한 영주와 왕들은 아즈텍의 영토를 나눠 가졌다.

많은 희생을 치른 틀락스칼라 연합 왕국은 아즈텍의 동쪽을 점유했고, 가장 많은 병력과 물자를 동원한 페레푸차는 서부와 북부 대부분을 점유했다.

그 외에 연합에 적게나마 병력과 물자를 지원한 소국들은 작은 이권과 교역권을 보장받았고, 제일 늦게나마 대규모의 병력을 이끌고 참전한 미스테카는 그들이 점령한 남쪽의 영토 점유를 보장받았다.

한편, 호수의 도시 테노치티틀란에 입성한 원정대와 연합의 일원들은 아즈텍이 저질러 온 만행의 결과물을 보곤 경악했다.

"제독 대감, 저걸 내버려 두자니, 진심입니까?"

촘판틀리에 전시되어 있던 희생자들의 목을 거두게 하곤, 아즈텍이 인신 공양을 벌이던 신전과 광장은 그대로 보존하도록 지시한 최광손은 왕충의 물음에 답했다.

"그래, 이참에 확실하게 양국의 문자를 병용해 저들의 만행을 기록을 남겨둘 생각이야."

왕충은 기록을 운운하는 최광손의 답을 듣곤 의도를 파악하며 답했다.

"혹여, 대감께서 이 만행의 현장을 보존하시려는 의도가……. 한 치의 가감 없이 역사에 남기시려는 겁니까?"

"그렇지. 이들이 무슨 일을 했는지도 모르는 후손들이 나타나서 조상을 미화할 수도 있으니까. 그리고 다른 한편으론 경고이기도 해."

"경고요?"

"그래, 이런 삿된 짓을 하게 되면 호수의 나라처럼 몰락하리라는 경고."

"으음……. 대감의 의도는 알겠지만… 형제나 다름없는 이들이 희생당할 뻔한 장소고, 또한 죄를 짓긴 했으나 소관을 호위하던 연합의 일원들이 목숨을 잃은 장소라 그런지 이곳을 그대로 두는 건 꺼림칙합니다."

"자네도 학자 출신이니 이 일이 얼마나 중요한지 알 텐데?

그리고 그간 희생된 이들의 유골을 거두어 제대로 된 장례를 치르는 것도 중요한 일이야."

"듣고 보니 대감의 말씀이 지당하군요. 그리고 이곳의 백성들을 교화하려면 시간이 얼마나 걸릴지도 모르겠습니다."

"그건 우리 고귀하신 깃털 달린 뱀께서 해결하실 문제 아닌가?"

왕충은 난감한 표정으로 침묵했고, 최광손은 그런 친우의 모습을 보며 웃었다.

"……."

왕충은 아직도 아즈텍의 황제가 부여한 신분인 깃털 달린 뱀, 케찰코아틀로서의 명성이 남아 있었다.

또한 전과는 뒤바뀐 입장으로 아즈텍의 귀족들에게도 큰 영향을 끼치고 있기도 했다.

"아무래도 대륙 북쪽에서 탐사 중인 학자들을 이곳으로 불러서 자네와 함께 활동하게 두는 것이 좋겠어."

"으음, 이곳도 이제 아국의 영향권이나 다름없어졌고 안전하게 되었으니 그래도 될 듯합니다."

"그리고 이제 장계를 올려야 하니 귀환할 인원도 가려야겠고, 본국에 종두에 필요한 소를 더 많이 청해야겠어. 의원들이 우리가 가져온 소만으론 모자란다고 하소연을 하더군."

"아, 그러고 보니 이곳의 주민 중에서 창진에 걸리는 이들이 나오고 있다는 이야긴 들었습니다."

"그래, 우리도 나름대로 조심한다고 하긴 했는데, 어쩔 수 없던 거 같아. 덕분에 종군 의원들만 바쁘게 되었지만."

"저들은 우두 접종을 받는 걸 우리와 동화하는 의식의 일종으로 여기기도 하더군요."

"그래, 개중엔 이곳의 무당들에게 새로운 의학을 배우는 의원들도 있다더군."

아즈텍에선 그들이 행해온 의식 때문에 해부학이 발달했고, 그와 더불어 의식에 쓸 제물을 재우기 위해 마취약을 제조하는 법마저 보유하고 있었기에 종군 의원들은 일부 사제들에게 그 비방을 배우고 있었다.

"…그놈들은 전부 죽어 마땅한 놈들이나 마찬가지인데, 우리 의원들이 되레 배움을 청하다니 기분이 좋지 않군요."

"의원들과 교류하는 이들은 무당이긴 해도 그간 학살을 주도한 이들이 아니야. 대부분 젊은 수습생들이고, 나름대로 우리의 의학을 배우려는 트인 이들이야. 그러니 그늘은 교화를 받는 중이라고 생각해."

최광손과 왕충의 말대로 조선과 연합한 영주나 전사들은 우두를 접종받게 됐다.

이는 북미 쪽에서 사로잡은 원주민 포로들을 천연두와 이름 모를 열병으로 잃었던 경험 때문이었으며.

본래 이쪽의 풍습상 목욕탕이 존재했고, 씻는 문화가 잘 정착되어 있어 소독의 개념은 쉽게 받아들이는 편이었기에 이로 인해 조선과 접촉한 이들이 미지의 전염병에 걸리는 일은 현저하게 줄어들었고, 간혹 병에 걸리는 이들은 최선을 다해 치료하도록 했다.

　"아무튼, 호수의 군주와 재상의 처리가 남았으니 그 부분에 대해서 고민해 보자고."

　"소관의 마음 같아선 둘 다 당장에라도 목을 잘라 효수하고 싶지만, 호수의 군주는 당분간 살려두고 이용하는 편이 나을 듯합니다."

　"어째서?"

　"포로가 된 이곳의 세족들을 심문해 보니, 천인공노할 풍습을 법도로 정립한 게 바로 이 나라의 재상이라고 하더군요."

　최광손은 기가 막힌 표정으로 왕충을 바라보며 물었다.

　"이런 극악한 법도의 의식을 홀로 고안해 냈다고? 다른 놈들이 책임을 전가하려는 거 아냐?"

　"제가 알아본 바론 아닙니다. 호수의 군주는 주로 이곳의 세족들을 규합하며 군사적 방면으로 힘을 썼고, 그의 이복형인 재상이 이들의 역사를 조작하고 신화를 재창조하다시피 해 호수의 나라의 신민만이 신에게 선택받은 이들이라 여기게 했답니다."

"…듣고 보니 정말 살려둬선 안 될 놈이네."

"예, 또한 주변국의 세족들을 포섭하거나 자국의 세족들을 투입해 수확이란 행위를 시작하게 한 이도 재상이라고 합니다. 우리가 이곳에 오기 전까진, 우리의 맹방 푸레페차를 정복하고 난 다음에 동진하려고 계획했었다는군요."

"그렇게 되지 않아서 다행이네. 자칫 잘못했으면 북쪽마저 이들의 농장이 되었을 수도 있겠어."

"그간 우리가 파악한 이 땅의 규모를 보건대, 대감의 예측대로 되려면 백 년 이상은 걸렸을 겁니다."

왕충의 말대로 이들이 짐작 중인 신대륙의 규모는 최소 중원과 조선 북방을 합친 것 이상이었다.

"그런가. 그래도 이곳의 국력이나 인구를 보건대, 그럴 가능성이 높다고 봐."

최광손은 나와틀어와 별개로 아즈텍에서 사용하는 문자의 형태가 그림에 가까운지라 문서를 파악하는 데 애를 먹긴 했지만, 포로로 잡은 실무자들 덕에 본래 아즈텍의 인구가 사백만에 가까웠던 것을 알 수 있었다.

"아무튼, 호수의 군주도 쓸모가 다하면 대가를 치러야 하겠지만요."

"하긴, 재상이 이런 체계를 고안했다고 해도 호수의 군주에게 책임이 없는 건 아니지."

"예, 반드시 그의 책임을 물을 것입니다. 그건 그렇고, 남 종사관의 행방은 아직도 알 수 없었습니다. 어 중대장도 그의 시신을 확인하지 못했다고 하더군요."

"그럼, 전장에서 도망쳐 어딘가에서 길을 잃고 헤매고 있는 거 아닐까?"

"소관도 그런 거였으면 좋겠습니다. 지금도 절 구하러 적진에 뛰어든 남 종사관을 생각하면 잠이 잘 오지 않는군요."

"나도 한동안 그 녀석을 곁에 두고 지켜봤는데, 쉽게 죽을 녀석은 아냐. 혹시 알아? 그 유명한 소설처럼 공주 같은 아가씨라도 만났을지."

최광손이 인기 소설 김생이세정벌기를 언급하자 왕충은 화를 내며 답했다.

"대감, 이런 상황에서 농이 나오십니까? 남 종사관은 대감의 친우인 요동 절제사 대감의 장자이기도 하지 않습니까! 당장 수색대를 조직해서 그를 찾아야 합니다."

"농이 아닌데. 전에 그 녀석이 내게 읊어준 시가 정말 기가막힐 정도였어. 그렇게 뻔뻔하고 넉살 좋은 녀석이라면 역모에라도 휘말리지 않는 이상, 죽지 않을 거라 장담하지."

"대체 무슨 시를 들으셨길래 그러십니까?"

최광손은 웃음을 참으며 남이가 술자리에서 읊어주었던 시를 기억하는 대로 말했다.

"동백산의 돌은 칼을 갈아 없애고(冬白山石磨刀盡), 송하의 물은 말이 먹여 없애겠다(松下江水飮馬無). 남아 이십 세에 만족을 평정하지 못하면(男兒二十未平蠻), 후세에 누가 대장부라 하리요.(後世誰稱大丈夫). 푸하하!"

동백산과 송하는 로키산맥과 컬럼비아강을 조선에서 가리키는 명칭이며, 동백산은 산세가 백산(白山, 백두산)에 못지않다 하여 동쪽의 백산이라 최광손이 직접 지었다.

또한 송하는 원정대에게 친숙한 커다란 소나무가 강 주변에서 많이 보여 자연스레 불리게 된 이름이기도 했다.

옛일을 떠올린 최광손이 웃음을 터뜨리자, 왕충은 어이가 없는 표정으로 답했다.

"남 종사관이 정말 그런 시를 읊었단 말입니까?"

"크크큭, 그래. 내가 그래서 뭘 잘못 먹었느냐고 묻기까지 했었다니까."

"허, 젊은이의 치기라고 보기엔 조금 그렇긴 합니다."

왕충이 남이의 감성에 손발이 오그라들 것 같은 표정을 짓자, 최광손 역시 웃으며 말을 이어갔다.

"그렇지? 그때 함께 동석했던 페레푸차의 세족들에게도 내가 그 내용을 통변해 주었더니 다들 웃더라니까."

"요즘 젊은이들은 소설에 빠져서 그런지⋯ 저희가 이해할 수 없는 감성이 있는 거 같긴 합니다."

"아무튼, 자네 말대로 수색대를 조직하고 연합의 이들에게도 남 종사관을 찾아달라고 요청을 해볼게."

"예, 알겠습니다."

"그리고 조만간 성상께 장계를 올려 자네에게 정식 관작을 요청해 이곳을 맡길 생각이야. 또한 난 준비되는 대로 남쪽으로 향할 테니, 그동안 내 대리로 이곳을 관장하도록 해."

"소관에게 너무 지나친 중임을 맡기시는 듯합니다. 거두어 주시지요."

"아니, 이건 어디까지나 부탁이 아니라 명령이야. 자넨 나만큼이나 이곳 말에 능하면서도 여기 사정도 많이 알고 있으니, 그 이상의 적임자는 없어."

"하나, 소관은……."

"해암, 무슨 말을 하려는지 알 것 같은데, 자네 때문에 원정 함대 소속 중에 불상사를 겪은 이가 있던가?"

최광손의 말대로 인질로 잡혔던 이들은 황제 모테쿠소마의 조치 덕에 전부 무사했다.

"그럼, 염치 불고하고 소관이 제독 대감의 명을 받들겠습니다."

그렇게 최광손에게 전권을 받은 왕충은 별궁에 머물 당시 포섭했었던 아즈텍의 귀족들, 즉 인신 공양을 부정적으로 보기 시작한 이들과 함께 아즈텍을 개혁하기 시작했다.

그리고 아즈텍의 재상이자 황제의 이복형인 틀라카엘렐은 아즈텍 방식으로 재판을 받아 사형이 구형되었고.

원정대의 포로를 살려준 대가이자 정치적 수단으로 아즈텍의 황제는 왕충의 허수아비이자 결재를 대행하는 도구로 잠시나마 삶을 이어가게 되었다.

또한 인신 공양을 빙자한 학살과 식인에 대해 속죄코자, 아즈텍은 막대한 규모의 배상금을 연합의 왕국들에게 물어주게 되었다.

본래 연합 소속 왕국의 일원 중 특히나 심하게 수확 행위를 당했던 틀락스칼라 측은 아즈텍의 모든 이들을 죽여 복수하길 원했었지만, 왕충은 현실적인 이유를 들어가며 그들을 설득했다.

그런 복수는 한순간일 뿐이며, 차라리 이들을 두고두고 착취해 가며 나라를 부유하게 만들어 괴롭히는 것이 낫다는 것을 알려준 것이었다.

하지만 그것만으론 원한이 해소될 리는 없으니, 왕충은 출정 전 그들의 전사를 인신 공양 했던 사제들과 더불어 그들의 시신을 나누어 먹었던 이들을 색출했다.

명분은 그렇지만, 사실 연합군에 지독한 반감을 보이던 불평분자들을 뽑아 틀락스칼라에 넘긴 것이기도 했다.

왕충은 이번만큼은 그들을 어떻게 처리하든 상관하지 않겠다는 대답을 주었고, 그 말을 들은 틀락스칼라의 영주들은 기뻐하며 수천에 달하는 새 제물들을 자국의 영토로 데려갔다.

왕충은 그러면서도 그의 다른 신분인 깃털 달린 뱀 케찰코아틀의 명성을 활용하는 걸 잊지 않았다.

본래 자신이 알던 선조들은 지금처럼 인신 공양을 하지 않았으며, 아즈텍의 재상이 멋대로 풍습을 변질시켜 신의 분노를 샀기에 그 대가로 너희가 이런 처지가 된 것이라며 선전을 했다.

모든 책임을 윗선에 전가하는 교묘한 논리가 담긴 이야기는 아즈텍 백성들의 마음을 뒤흔들기 시작했다.

결국 왕충의 공작에 말려든 민중들은 자신들도 어쩔 수 없이 지도층에게 당한 피해자라는 식으로 자신들의 과거를 합리화시켰고.

일부에선 사제나 귀족, 그리고 그들의 정점에 선 황제와 재상, 삼각 동맹의 귀족이야말로 만악의 근원이라 여기며 그들을 전부 죽여 신의 분노를 풀어야 한다고 외치는 과격분자마저 나왔다.

"하하하! 역시나 너희들의 본질은 어리석은 짐승과 다를 바가 없도다. 이 멍청한 놈들!"

일찌감치 가장 먼저 사형이 구형된 재상 시우아코아틀 우에우에 틀라카엘렐친은 그가 제물을 바치기 위해 건설했던 제단 위에서 양 귓불을 화살에 꿰인 채, 형틀에 고정된 상태로 크게 외쳤다.

제단이 위치한 대광장에 모인 아즈텍의 민중들은 그런 재상에게 증오 어린 야유를 보냈고, 이는 출정 전에 그 누구보다 그를 칭송했던 광경과는 정반대의 모습이기도 했다.

"죄인이여, 남길 말은 그것뿐인가?"

형을 집행하기 전, 왕충이 냉막한 표정으로 틀라카엘렐을 바라보며 묻자 그는 비웃는 표정을 지으며 답했다.

"깃털 달린 뱀이여, 아니, 이방인의 대리자여. 그대들의 통치가 얼마나 갈 것 같은가?"

"적어도 네놈이 고안한 썩어빠진 체제보단 오래갈 것이다. 그럼 나도 묻지. 네놈은 대체 무슨 생각으로 이런 걸 고안한 것이냐?"

"이 땅에 재앙이 내렸기에 진정시키려는 조치였다. 그리고 저 어리석은 놈들도 그걸 바랐기 때문에 변해간 거지. 지금이야 모든 책임을 내게 놀리지만, 네놈들도 나같이 되지 않으리란 보장이 있나?"

"우린 다르다. 우리가 사는 땅에도 너희와 똑같은 짓을 하던 나라가 아주 오래전에 존재했었고, 결국 그런 악습을 끊어냈던 경험도 있다."

"…그게 정말인가?"

"그래, 그 나라는 주변의 나라를 힘으로 억누르고 포로를 잡아다 제물로 바치는 것까지 너희와 비슷했어."

"…그럼 그 나라도 우리처럼 되었다는 건가?

"그래, 핍박받던 나라들이 연합해 들고일어난 것마저 닮았어. 차이가 있다면 너희의 통치 기간이 훨씬 짧고, 그들과 비교조차 안 되게 잔혹한 것이 다르지."

왕충의 말을 부정하고 싶은 틀라카엘렐은 허세와도 같은 말을 내뱉었다.

"네놈들만 오지 않았으면 천 년을 이어갈 수 있는 나라였다."

"정말 망상에 빠져 살았군. 차라리 우리가 먼저 이 땅에 온 것을 감사해야 할 거다. 내가 아는 이국의 선단이 너흴 봤으면 이 정도로 끝나지 않았을 거다."

왕충이 알라를 섬기는 티무르의 선단을 떠올리며 답하자, 틀라카엘렐은 표정을 일그러뜨리며 말했다.

"어쨌거나 너흰 평화롭게 사는 우릴 짓밟은 침략자다!"

"평화? 우리에겐 이런 표현이 있지. 걸주라는 표현인데, 이는 아까 언급한 나라와 더불어 나라를 망친 지배자에게 붙이는 표현이다. 이젠 걸주에 이어 너와 네 동생의 이름도 그렇게 될 거다."

"…뭐?"

"앞으로 네 이름은 학살자로 역사에 길이 남을 것이고, 네 배다른 동생 역시 너와 어깨를 나란히 하는 지배자로 이름을 날리게 되겠지."

"설마, 네놈은 틀라토아니에게도 손을 댈 생각이냐?"

"그래, 그의 가치가 다하는 순간, 진노한 민중과 너희의 신을 달래기 위해 자연의 일부가 될 거다."

"네 이놈!"

"죄인의 마지막 말을 들어주는 것도 여기까지군. 어 중대장, 형을 집행하게나."

얼마 전 본국으로 귀환이 결정되어 정혼자를 떠올리던 어유소가 갑옷과 휘장을 차려입은 채, 거대한 쌍수검을 들어 올리며 답했다.

"예, 소관이 첨절제사 영감의 명을 받들어 죄인에게 형을 집행하겠나이다."

아스테카 제국의 재상은 그동안 역사와 신화를 조작해 가며 정통성을 확보하고 민중을 통제해 왔기에 역사에 오명을 남길 것이란 말을 듣곤 이성을 잃고 고함을 지르기 시작했다.

"이럴 수는 없어! 이 나라가 어떤 나라인데, 침략자 주제에 감히 고귀한 시우아코아틀인 날……."

그의 외침은 길게 이어지지 않았다.

어유소가 내려친 쌍수검이 죄인의 목을 거두었고, 아즈텍의 민중들은 재상의 죽음에 기뻐하며 환성을 질렀다.

그렇게 아즈텍 왕조는 사실상 멸망했고, 호수의 도시 테노치티틀란은 조선 직할령 메시카, 한자식으로 맥시한(麥市汗)주가 되었다.

*   *   *

원정대와 연합에서 행방불명된 남이를 애타게 찾을 무렵, 당사자는 동쪽의 숲속 마을에 머물고 있었다.

본래 그는 전장에서 이탈해 숲을 헤매던 당시, 혹시라도 모를 추적자를 피해 동쪽으로 무작정 말을 달렸다.

남이가 사관학교에서 배웠던 과목 중에서 가장 못하는 것이 지도를 읽는 것과 지형을 찾는 분야였다.

조를 이루어서 하던 시험에서도 남이는 친구인 이홍위에게 전적으로 의존했으며, 최광손의 아들인 최계한에게도 무식하다는 핀잔을 들어야 했었다.

길을 잃은 후 별을 보고 방향을 찾는 방법도 사용해 보려 했으나, 천문에 무지한 그는 아무리 별을 봐도 북극성조차 구분하지 못했다.

결국 남이는 시간이 얼마나 흘렀는지 가늠하지 못한 채 먹을 것을 찾아 헤맸지만, 그가 사관학교에서 배웠던 것과는 다른 식물들이 숲에 즐비했기에 쉽사리 손대지 못했다.

배고픔을 이기지 못해 비상식으로 준비했던 사탕과 양병을 쪼개 하루에 한 번씩 먹어가며 연명할 무렵, 그는 운명과도 같은 상대와 만났다.

생소한 생물에 올라타고 있는 남이를 흥미로운 시선으로 바라보는 한 여인.

그녀는 잡티 하나 없이 매끈한 구릿빛 피부에 더불어 진한 눈썹과 쌍꺼풀이 진 커다란 눈, 그리고 조금 두꺼우면서도 붉고 매력적인 입술을 지녀 남이의 가슴을 설레게 했다.

또한 그녀는 기다란 곱슬머리를 일부만 땋듯이 뒤편으로 묶어 올려 정리했고, 아즈텍과는 다른 양식의 구슬과 흑요석으로 만든 장신구를 가슴과 목에 두르고 있었다.

그녀는 남이가 전에 봤던 여성들처럼 가슴을 드러내진 않았지만, 입고 있던 의상의 노출도가 높긴 마찬가지기도 했다.

남이를 흥미롭게 바라보던 여인과는 다르게 그녀와 함께 있던 여자들은 공포에 질려 괴성을 질렀고, 그녀를 감싼 몇 명을 제외하곤 도망치며 도움을 요청했다.

생전 처음 보는 쇳덩이의 거인이 생소한 생물을 탄 채 긴 창을 들고 있었기에, 남이를 괴물의 일종이라 생각했던 것이다.

몇몇 여인들이 괴성을 지르며 도움을 요청하자, 남이는 자신이 첫눈에 반한 여자에게 잘 보이려 투구의 가리개를 열어 얼굴을 확인시켜 주었고, 기병창을 말에 걸친 후 뛰어내리면서 투구를 완전히 벗었다.

"저기, 낭자! 전 이상하거나 위험한 사람이 아닙니다!"

남이가 양손을 흔들며 자신에게 무기가 없음을 필사적으로 확인시켜 주자, 남이를 보던 이첼은 미소를 지었고 그런 여인을 보며 남이도 해맑게 웃을 뿐이었다.

"하, 거참 웃는 모습도 아름답기 그지없구려."

남이는 존경하는 선배 어유소가 정혼자를 떠올릴 때나 짓던 헤벌쭉한 표정을 지으며 그간 익힌 어설픈 나와틀어로 대화를 시도했지만, 불행하게도 그의 말은 통하지 않았다.

한편 여인들의 구조 요청을 듣고 달려온 마을의 사내들은 고함을 지르며 남이에게 무기를 들고 달려들었지만, 그 누구도 남이를 다치게 하지 못했다.

마을의 사내들은 애초에 남이와 체격 차이도 큰 데다 남이가 가볍게 손을 쓰니 그들의 공격은 갑옷에 전부 막히고 만 것이었다.

남이는 필사적으로 웃어 보이며 몸짓으로 사내들과 싸우고 싶지 않다고 의사를 표했지만.

마을의 사내들은 침략자가 웃으면서 자신들을 농락한다고 생각해 싸움은 한참 동안 이어졌고, 그런 모습에 여인은 웃음

보가 터지고 말았다.

결국 남이가 반한 여인의 중재로 싸움은 중지되었고, 이방인은 그들의 손님으로 마을에 초대되었다.

마을 사람들은 거대한 체구의 사내와 말을 보고 두려워했지만, 남이의 배려로 말에 올라탄 여인의 모습을 보곤 되레 호기심을 가지는 이들도 나왔다.

남이는 굶주림을 채우려 건장한 사내 십여 명분의 음식을 해치우며 그동안 맛없게 먹었던 감자와 옥수수 맛에 감동해 눈물을 흘렸고, 마을 사람들은 그의 식사량을 보곤 경악했다.

한편 남이가 반한 여자는 그가 먹는 모습을 보며 해맑게 웃을 뿐이었다.

그날부터 손님으로 마을에 머물게 된 남이는 그들의 말을 익히려 노력했고, 호수의 나라나 조선 원정대의 소식을 알아보려 했지만 말이 통하지 않았기에 절망했다.

결국 자신을 찾아 헤맬 동료들에게 어떻게든 신호를 남기기 위해 시간이 나는 대로 주변을 탐색하며 표식을 남겼다.

남이는 그들의 말을 익히기 위해 골몰했지만, 그의 기량으론 아즈텍에서 사용하던 나와틀어와는 다른 어족을 구분할수조차 없었기에 머리를 부여잡으며 고생해야 했다.

그는 결국 사랑의 힘과 필사적인 노력 덕분에 삼 주가 지나서야 어설프게나마 몇 가지 단어를 알아듣는 데 성공했다.

"바아—크? 마야—판? 마야? 혹시 낭자의 성이 박씨고 이름이 마야요? 마치 아국에서 쓰는 듯한 아름다운 이름이구려."

최광손이 이 광경을 봤다면 그럴 리가 없잖아, 하고 걷어찼을 만한 멍청한 대답이 남이에게서 나왔고.

그녀가 했던 설명과 전혀 다르게 이해한 남이의 말을 들은 여인은 그동안 자신이 설명했던 지명이 그의 입에서 나오자 환하게 웃으며 고개를 끄덕였다.

한편 남이가 제멋대로 마야라고 이름 붙인 그녀가 고개를 끄덕이자, 커다란 가슴을 가리고 있던 장신구가 살짝 흔들리고 면적이 적은 옷깃이 벌어져 남이의 상식으론 함부로 보여선 안 될 것들이 보였다.

결국 남이는 얼굴이 벌게져 고개를 돌렸고, 그런 남이의 반응을 본 여인은 언제나처럼 웃음보가 터지고 말았다.

"어… 흠흠, 아무튼 낭자, 난 동료들에게 돌아가야 하는데, 절 도와줄 수 있겠습니까?"

남이는 최광손이 했던 것처럼 몸짓으로 의사를 표현하고 그림을 그려가며 소통해 보려 했지만, 그의 어학적 재능과 눈치는 최광손과는 비교조차 할 수 없었고, 그림 솜씨조차 절망적이었다.

남이의 필사적인 모습에 여자는 그런 모습이 마냥 재미있는지 웃으면서 지켜봤고, 남이는 자신을 바라보는 여인의 모습에 다시 한번 얼굴이 붉어지고 말았다.

"정말 이상한 사람. 싫진 않아."

무지개 여신의 이름을 딴 여인, 이첼이 자기도 모르게 본심을 내뱉었지만, 남이는 알아듣지 못한 채 바보처럼 웃었고 다른 마을 사람들의 난입으로 둘의 대화가 중단되었다.

"이봐, 이방인. 이런 건 어디서 구할 수 있는 거야?"

"나랑 같이 놀자!"

"아냐, 이번엔 내 차례야!"

"이번엔 내가 하늘을 날아볼 거야!"

남이에게 단검을 선물로 받았던 촌장이 감탄하며 그를 찾았고, 더불어 남이를 좋아하는 아이들이 몰려와 그의 양팔에 매달렸다.

남이는 그들의 말을 제대로 하진 못하지만, 이곳에서 재미있는 사람으로 통하며 모두의 인기인이나 다름없기도 했다.

"그래그래, 얘들아. 이 형은 몸이 하나뿐이라 모두와 놀아줄 수 없구나. 한 명씩 오거라."

남이가 이렇게 받아들여진 데는 여러 가지 일들이 있었다.

사냥터 영역을 두고 이웃 마을과 분쟁이 생겼을 때도 남이가 나서서 간단하게 그들을 제압했고, 그가 손수 제작한 활과 화살로 멧돼지와 비슷한 짐승인 타피르를 수도 없이 잡아 오기도 했다.

또한 자신을 부러워하는 마을 사내들에게도 자신의 비결을
조금씩 알려주었다.

남이는 삼 주 동안 그들을 도와주며 그들의 단어 하나라도
이해해 머리에 넣으려고 노력했다.

그런 일들을 겪자 남이는 어느새 이방인이나 손님이 아니
라 마을의 인원으로 받아들여진 것이었다.

게다가 그가 가지고 있던 비상식량인 사탕 같은 간식을 선
물로 받은 노인들이나 아이들은 그 맛에 반해 남이를 친근하
게 여겼고.

어린아이들은 여러 가지 신기한 놀이를 알고 있는 남이를
쫓아다니며 귀찮게 했지만, 남이는 어떻게든 그가 반한 여인
에게 잘 보이려 아이들과 놀아주기도 했다.

한편 남이도 이들과 어울리다 보니 마음속으로부터 변화가
생기기 시작했다.

타국의 문화를 존중하고 진심으로 그들을 친구로 여기는
최광손과는 다르게 남이는 마음속에서부터 이국의 일족들을
야만족이라 여기며 정벌해야 할 대상으로 보고 있었다.

그랬던 남이는 이제 완전히 다른 사람이 되었다.

이곳에서 지내는 시간이 점점 길어질수록 아는 어휘가 늘
어나고, 이들과 진정 먹고 자는 생활이 길어질수록 동화되어
간 것이었다.

남이가 마을에 머문 지 석 달이 지났을 때, 아즈텍의 수도 였던 테노치티틀란이 조선 직할령인 메시카가 되었으며, 수색 대가 결성되어 남이를 찾기 시작했다.

그 사실을 까맣게 모르는 남이는 그저 말문이 조금씩 트여 자신이 반한 여인의 이름을 제대로 알게 되었다는 것에 기뻐 할 따름이었다.

*　　　*　　　*

1463년의 봄이 시작될 무렵, 남이는 언제나처럼 친해진 사 내들과 함께 사냥을 나섰고, 그 결과 덩치가 작은 타피르 한 마리를 잡아 자신의 말에 싣고 마을로 돌아가고 있었다.

"이봐! 거기! 거기! 뒤를 봐!"

숲을 지나던 남이가 그간 익힌 이곳의 토착어로 마을의 사 내에게 경고하자, 거기에 반응한 사내가 돌아서며 민첩하게 반응해 창을 내질렀다.

그러자 공격당한 맹수, 재규어는 날카롭게 울부짖으며 뒤 로 도약했지만, 뒤이어 남이가 발사한 화살에 눈을 맞고 절명 하고 말았다.

"고맙다, 남쪽의 산."

남이는 자신의 별호 산남을 이들 식으로 풀어 부르는 사내 깊은 물에게 손사래를 치며 답했다.

"이런 걸 가지고 뭘. 아무튼, 이거 가죽 비싸?"

"그래. 상급 카카와 오백 개나 질 좋은 쿠아치틀리(면포) 5장 정도."

남이는 이전에 마을의 사내 깊은 물을 따라 갔었던 동쪽의 규모 있는 시장을 떠올리곤, 이걸 팔아서 이첼에게 장신구를 사 줄 수 있으리라 생각했다.

또한 남이가 지난번에 만났던 상인이 호수의 나라 소식을 알려준다고 약속했었으니, 이번엔 원정대와 연락할 수 있으리라 희망이 생기기도 했다.

그리고 남이는 이참에 이첼에게 정식으로 자신이 품었던 마음을 고백하리라 생각했다.

"남쪽의 산, 이첼을 마음에 두고 있지?"

"그걸 어떻게 알았어?"

남이가 깜짝 놀라자, 깊은 물이 크게 웃으며 답했다.

"우리 마을에서 그걸 모르는 사람은 없다."

"…그래?"

남이가 창피한 표정을 짓자, 깊은 물은 진지한 표정으로 답했다.

"남쪽의 산, 이첼은 고귀한 핏줄을 타고났다. 자네가 강하고 좋은 사람이긴 하지만, 그녀와 어울리지 않아."

남이는 깊은 물의 말에 발끈하며 답했다.

"이봐, 그녀가 얼마나 높은 신분인지는 모르겠는데, 나도 타고난 신분으론 그녀에게 지지 않을걸?"

"그냥 병사가 아니었나?"

"본래 난 조선국 황실……."

자랑스럽게 자신의 가문과 신분을 밝히려던 남이는 말을 이어가지 못했다.

명백하게 적대적인 의도를 띤 이들이 전투용 화장을 한 채, 일행을 향해 달려오고 있던 것이었다.

"적 습격! 무기 들어!"

"우오오오오─!"

괴성을 지르며 달려든 습격자는 남이가 쏘아낸 화살에 배를 맞아 쓰러졌다.

선봉에 섰던 습격자가 배에서 피를 쏟아내며 비명을 지르자, 뒤를 따라오던 동료들은 움츠러든 채 겁을 먹었고 그런 이들은 남이가 발사한 화살에 목숨을 잃어갔다.

남이가 쏜 화살을 신호로 습격자들은 깊은 물을 포함한 마을의 사내들이 던진 투창에 목숨을 잃기 시작했고, 뒤이어 남이가 검을 들고 나서자 갑작스러웠던 전투는 금세 결판이 나고 말았다.

"이것들 뭐야? 혹시 전에 그놈들?"

남이가 전에 사냥터 분쟁으로 만났던 이웃 마을의 전사들을 떠올리며 묻자, 깊은 물은 심각한 표정을 지으며 답했다.

"아니다. 당장 마을로 돌아가자!"

남이와 깊은 물, 그리고 십여 명의 사내들은 급히 마을을 향해 달렸지만, 이들은 옥수수밭이 불타오르는 마을의 풍경에 망연자실했다.

"이첼!"

남이는 주변을 살피며 이첼의 집으로 뛰어들었지만, 그녀는 보이지 않았고 깊은 물의 가족이나 다른 사내들의 가족들 역시 보이지 않았다.

그들이 마을의 광장이나 주변을 살피자 한쪽에 발자국이 어지럽게 늘어져 있었으며, 전투를 벌인 듯 피가 흩뿌려져 있었다.

"깊은 물, 습격자가 대체 누구냐?"

"동쪽에서 온 놈들."

"당장 그놈들을 쫓아가자!"

"남쪽 산, 그놈들은 우리 같은 이들이 손댈 만한 녀석들이 아니야."

"왜, 상대가 나라라도 돼?"

"그래."

남이는 깊은 물에게 사정을 들어 이들을 습격한 이들이 동쪽에 위치한 마야의 도시 치첸이트사에서 온 것을 알게 되었다.

또한 이첼의 신분이 먼 옛날 방계로 밀려난 왕족이었으며, 그녀의 부모가 병에 걸려 죽자 마을 사람들이 그녀를 돌보고 있었음을 알 수 있었다.

결국 이첼이 왕족을 제물로 바치는 마야의 풍습 때문에 끌려갔음을 알게 되자, 남이는 분노하며 아이들의 장난감이 되는 것을 피하고자 숨겨두었던 장비를 챙기기 시작했고.

그렇게 남이의 이세정벌기가 시작되었다.

제4장

옵트 스파그

　내가 홍위를 본격적으로 교육하며 업무를 분담하던 사이,
신대륙에선 많은 일이 벌어졌었다.

　북미의 니히쏘족과 교류를 이어가던 광무함의 무관 박장석
이 그곳의 토착 삭물 몇 가지와 더불어 호박과 고구마를 보내
왔고.

　폭정을 펼치던 아즈텍이 몰락하고 그들의 수도는 조선 직할
령이 되었으며, 미래에 샌프란시스코라 불리게 될 곳은 신주성
이 되어 조선에서 보낸 정착민들이 도착해 개척을 시작했다.

　다만 남이가 행방불명되었다고 하니, 좋은 일만 생긴 것은 아닌 셈이다.

그의 아비인 요동 절제사 남빈에게도 그 소식을 알려야 하는데, 나도 마음이 무겁기 그지없다.

한편, 일련의 업적을 세운 최광손은 왕충에게 아즈텍을 맡기고, 본인은 선단을 이끌고 남하해 남미 대륙의 패권국 트완틴수유, 달리 말하면 잉카 제국과 접촉했다.

최광손은 수도인 쿠스코에 입성했고 그곳의 법도상 군주 파차쿠티의 얼굴을 직접 보진 못했지만, 간접적으로 이야기를 나누어본바 그는 위엄이 있고 학식이 있다며 칭찬했다.

그러나 다른 한편으론 그의 사치가 지나칠 정도로 심하다고도 이야기했다. 그가 관찰한바, 잉카의 수도 쿠스코에선 수준 높은 석재 건축물들이 새로 지어지고 있었고, 그가 보았던 태양의 신전은 벽이 금으로 덮여 있었다며 그들의 부가 대단하니, 앞으로 이들과 본격적인 교류와 교역을 해야 한다고 청했다.

최광손은 첫 교류의 일환으로 말 스무 마리와 철괴를 비롯한 강철 무기들을 주었고, 잉카의 군주는 그것들의 가치를 알아보곤 금과 은을 합쳐 1톤가량을 내주었다고 한다.

잉카에서 그만한 양의 금은을 교류의 대가로 줄 거라곤 나도 예상 못 했다.

거기에 더해, 최광손은 또 다른 귀중한 선물을 발견해 보냈다.

남미 대륙의 최남단 연안을 탐사하다가 질산염의 재료인 인광석, 즉 구아노가 가득한 섬을 발견하곤, 선단에 실어 보낸 것이었다.

내가 알기론 구아노 역시 잉카에서 중요하게 취급하는 자원으로 알고 있는데, 최광손은 운이 좋게 그들의 영역 밖의 섬에 상륙해 구아노를 채취해 보낸 듯하다.

그가 보내온 구아노를 화약의 원료로 쓰기엔 아깝다는 생각이 든다. 인도의 벵골과 델리 왕국에서 수입하는 초석 덕에 화약은 충분하니, 비료로 사용해 봐야겠다.

현재 최광손이 보내온 구아노의 양은 약 40톤에 가까웠지만, 비료로 쓰기엔 조금 모자라긴 하다.

그러나 토양이 척박한 곳을 개선하기 위해 조금씩 나눠 사용하면 충분할 것 같기도 하다.

한편, 신대륙에서 들어온 감자와 옥수수는 농조의 주도하에 전국에 서서히 퍼지고 있었고, 새로운 작물의 가공법과 요리법도 시직으로 정리되어 민간에 퍼지고 있었다.

아직까진 식량 생산이 극적으로 늘어나진 않았지만, 차츰 나아지는 과도기에 들어서고 있기도 하다.

이 추세면 십 년 내에 농업의 폭발적인 성장과 더불어 인구 증가량도 상승세에 접어들 텐데, 마침 최광손이 적절한 선물을 보내온 셈이다.

간혹 신대륙에 대규모 선단을 보내는 게 재정 낭비라고도 하는 의견이 나오는데, 최광손의 성과 덕에 더 많은 배를 만들어 보낼 이유가 생긴 셈이다.

그렇게 최광손과 다른 이들이 신대륙에서 보낸 장계를 읽으며 앞으로의 계획을 정리하던 중, 김처선의 목소리가 들렸다.

"폐하, 태자 전하가 들었사옵니다."

"그래, 들라 하라."

내 명이 떨어지자 홍위가 천추전의 내실에 들어와 예를 표하며 날 알현했다.

"아바마마, 금일 소자가 대리하여 처결한 공무들을 확인받고자 이리 들렀사옵니다."

"그래, 앞에 두거라."

난 홍위가 처리한 서류들을 받으며 안색을 살폈다.

홍위는 예전보단 업무에 익숙해졌는지 여유가 생긴 듯한 표정이었고, 예전의 나처럼 나름대로 자신의 위치에 대한 자신감도 생긴 것 같았다.

"그건 그렇고… 오늘 내게 좋지 못한 소식을 전해야 할 것 같구나."

"…혹시 아바마마께선 소자에게……."

홍위는 행여라도 내가 더 많은 공무를 맡길까 봐 저런 말을 하는 듯 보였기에, 난 빠르게 아들의 말을 끊었다.

"신대륙에 파견되었던 남 종사관의 소식이란다."

그러자 홍위는 내 말에 놀라 반문했다.

"혹시, 이(怡)가 전쟁 중에 불상사라도 당한 것이옵니까?"

난 원정대와 아즈텍의 전쟁 중에 벌어졌던 일련의 사건을 설명했고, 남이가 첨절제사 왕충을 구하기 위해 적진으로 뛰어들었다가 행방불명되었다는 사실을 이야기해 주었다.

내 말을 들은 홍위는 이내 가슴을 쓸어내리며 답했다.

"아바마마, 산남은 아마도 무사할 것이옵니다."

"뭐? 그게 무슨 말이더냐?"

"그 녀석은 본래 사관학교에서도 유명한 길치였사옵니다. 시험을 치를 때도 소자를 따라 움직여 간신히 합격했을 정도이옵니다."

"……."

설마… 원역사에서 남이가 숨어 있던 이만주를 잡아 죽일 수 있었던 건 길을 잃고 헤매다 그런 건가?

잠시 침묵했던 난 어이없는 표정을 지으며 말을 이어갔다.

"그럼 더 위험한 것이 아니더냐? 길을 잃고 헤매다가 그곳의 주민들에게 붙들리기라도 했을 수 있잖느냐."

"그렇다 한들, 제가 아는 산남이라면 되레 그들의 우두머리를 제압했으리라 생각합니다. 다만…….'"

가별초 선발 대회에서 2종목을 석권한 홍위가 저리 말할 정도면 지금의 남이도 꽤 우수한 무관이긴 한가 보다.

"염려되는 점이 있느냐?"

"산남은 타고난 성격이 조금 거만해 이족을 낮춰 보는지라, 거기서 말썽을 부리진 않을까 그게 걱정되옵니다."

홍위는 그 말에 이어서 남이가 자신 못지않은 무예 실력을 지녔고, 타고난 배포가 크다며 자랑하듯 설명을 이어갔다.

"그래, 잘 들었다. 하지만, 그건 어디까지나 그의 친우인 네 추측이 아니더냐. 좋지 못한 일이 벌어졌을 가능성도 있단다."

"소자는 친우가 아니라 아국의 무관인 그를 믿습니다. 무릇 폐하를 섬기는 무인이라면 그만한 일로 목숨을 잃지 않고 무사히 돌아오리라 사료되옵니다."

홍위는 일말의 불안조차 느끼지 않은 듯 보였고, 난 그런 아들의 모습을 보며 나도 모르게 웃음이 나왔다.

"그래, 네가 그렇다면 그렇겠지. 네 다른 친우는 잘 지내고?"

난 홍위의 호위로 임명한 겸사복 무관 최계한의 안부를 물었다.

"아바마마께서 수한을 말씀하시는 거면, 그는 잘 있사옵니다."

"업무엔 잘 적응하고 있더냐?"

"예, 다만 그도 해사제독과 산남처럼 신천지를 탐험하고 싶다고 말한 적이 있사옵니다."

난 의아함을 느끼고 물었다.

"궁에서 근무하는 이가 어째서 외지로 나가 고생을 자처하고 싶단 말이냐?"

"그게… 수한이 요즘 매월당 선생의 작품을 읽더니, 모험을 동경하는 듯합니다."

"그래?"

난 이후로도 아들과 오늘 있었던 일에 대해 한참 동안 이야기를 나누었다.

이는 우리 부자가 아침 문안과 더불어 소통하는 시간이기도 했다.

앞으로 홍위와 이처럼 소통하고 이야길 나눠가며 좋은 부자가 되었으면 좋겠다고 생각한다.

마치 나와 아버지처럼 말이다. 아니, 아예 이런 문화가 전통으로 계승됐으면 좋겠다.

이야기를 마친 홍위가 저녁 식사를 하기 위해 물러나자, 난 잠시 생각에 잠겼다.

아까 홍위가 말한 작품은 김시습이 외직 중에 집필했던 소설 흑룡생존기(黑龍生存記)를 말하는 듯하다.

내용의 절반가량은 김시습의 경험담이나 다름없기도 하고, 맹수에 맞선 인간의 투쟁과 더불어 자연의 아름다움과 생태

계를 심도 있게 관찰해 묘사한 걸작이다.

게다가 북쪽 오지에서 만난 아름다운 처녀와 피어난 사랑 이야기가 한창때인 젊은이들의 심금을 울리기도 했겠지.

김시습은 임기 중에 북쪽으로 탐사대를 이끌고 갔다가 사하 지방에 사는 야쿠트족의 여인을 만났고, 임기가 끝난 지금엔 도성으로 그녀를 데려와 같이 살고 있기도 하다.

김시습이 예조의 정식 관원이 되면서 그의 명성을 흠모한 수많은 집안이 그에게 혼인을 제의했지만, 자신은 이미 처가 생겼다며 혼담을 전부 거절했기에 알게 된 일이기도 하다.

예조판서 신숙주도 그를 자신의 사위로 삼고 싶었다고 아쉬워하며 내게 이야기한 적이 있었고.

사실 조정 노예들의 노예주나 다름없는 내가 이런 생각을 하는 건 좀 그렇지만, 김시습은 신숙주의 사위가 되는 건 바라지 않았을 듯싶다.

내게 깊이 영향받은 신숙주는 예조의 관원들을 악랄할 정도로 착취했고, 김시습은 한때 관원이 아님에도 공무와 집필 양쪽으로 신숙주에게 시달린 것으로 알고 있다.

나도 그 책임에서 벗어날 순 없긴 하지만, 악덕 상관이 장인이 되는 것만큼은 김시습도 바라지 않았을 거다.

내가 생각해도 나를 장인으로 둔 사위가 받을 부담이 엄청날 거라고 짐작된다.

지금 경혜의 남편인 금천군(衿川君) 강유(姜宥)도 아마 고생이 많겠지.

그는 고려의 명장 강감찬을 조상으로 둔 인물로, 부마가 되자 군역을 수행하기 위해 화령에 부임 중이다.

경혜는 고생하는 지아비와 떨어져 지낼 수 없다며 남편의 부임지까지 따라갔기도 했다.

경혜와 홍위가 혼인하고 나자, 요즘은 홍씨 소생의 셋째 정혜도 혼담이 오가며 맞선을 치르고 있다.

또한 북명의 태자 주유검(朱諭儉)과 양씨 소생 넷째 경희의 혼인도 치러질 예정인데, 내년에 주유검이 장인이 될 나를 뵙겠다며 조선으로 오겠다는 소식이 들어오기도 했다.

본래 태자가 되었어야 할 성화제 주견심 대신 태어난 주유검은 명의 마지막 황제인 숭정제 주유검과 우리말 발음이 같지만, 한자도 다르고 일전에 초상화를 본바 주견심과 생김새도 완전히 다르다.

이는 내가 바꿔 버린 역사가 원역사처럼 흘러가지 않으리라는 증거이기도 하겠지.

내 자식인 세 자매에 대한 것과 더불어 잡다한 생각에 잠겨 있던 난 내일의 회의 안건은 구아노를 이용한 새로운 작물의 농법으로 정해야겠다고 결심하며 저녁 단련을 시작했다.

　　　　*　　　　　*　　　　　*

　　조선에 대량의 구아노가 유입되자, 국가에서 수많은 인력을 들여 개간 중인 전라도의 나주평야부터 소량이 투입되었고, 나머진 모두 함경도의 농경지인 개마고원 일대에 풀렸다.

　　개마고원 일대에선 본래 사탕무를 주로 재배해 그 소출을 밀과 쌀로 교환해 가며 식량을 해결했지만, 서역에서 새로운 작물인 호밀이 들어오면서 점차 식량 사정이 나아져 갔었다.

　　그런 와중에 감자와 호박, 옥수수라는 새로운 작물이 들어왔고, 농민들은 권농관들의 권유대로 구아노를 뿌려 토양을 개선한 농지에 콩과 호박, 옥수수를 같이 심어 키우기 시작했다.

　　이 방식은 본래 세 자매 농법이라고도 불리며 콩은 옥수수를 받침대 삼아 줄기를 뻗어 자라 옥수수가 소모하는 지력을 보충하고, 호박은 잡초의 성장을 막는 동시에 토양의 유익한 성분을 제공하기에 이론적으로 완벽한 농법이자 북미의 원주민들에게 먼저 검증된 방식이기도 했다.

　　다만 새로운 방식의 농사에 익숙하지 않은 이들이 많아 콩이나 호박의 생장이 예측만큼 잘 이뤄지지 않긴 했지만, 대체로 세 자매 농법의 첫 수확은 성공적으로 이루어졌다.

　　시범으로 시작한 새 작물의 농사로 거둔 식량의 총량은 함경도에서 지난 5년간 생산했던 곡식의 양을 가볍게 능가했고,

이는 곧 함경도와 가까운 평안도와 화령 남부에도 소문이 퍼
지기 시작했다.

북방 양도의 주민들은 강제로 이곳에 이주한 이들이 많았
고, 개중 절반은 죄를 지은 죄인이기도 했다.

동북은 조사의의 난 때문에 반역향으로 지정되기까지 했었
고, 서북은 차별까지 당해가며 여진족의 침입에 시달리기까지
해 인심도 거칠고 조정에 불만도 많았다.

그러나 조선이 변화해 가며 동북의 반역향도 해제되었고, 북
방 일족의 침입을 걱정하지 않아도 되는 데다 조정이 거대해져
감에 따라 서북에서도 수많은 인재를 선별하며 차별이 사라져
갔기에 북방 양도의 인심은 안정되어 갔다.

그런 상황에서 주민들에게 부족한 건 안정적이지 못한 식
량 수급이었다.

조정에서 북방에서 키우는 사탕무와 밀, 호밀과 귀리를 쌀
로 교환해 주긴 했지만, 작황이 불안정할 때도 많았고, 전적으
로 조정에만 의존할 수 없었기도 했다.

그렇기에 북방 양도의 주민들은 자구책으로 스스로 고을을
잇는 길을 닦고 보수하며 상업과 유통을 활성화했고, 시장이
발전하는 계기가 되었다.

그런 상황에서 새로운 작물의 도입으로 식량 사정도 해결
된 거나 마찬가지가 되자, 변화가 시작되었다.

북방의 일족들을 통해 새 작물들이 화령과 몽골 일대에 점차 퍼졌고, 수렵과 목축에만 의존하던 이들도 관심을 가지기 시작한 것이었다.

　길다면 길고 짧다면 짧은 20여 년의 시간 동안, 여진계 일족과 북방의 조선인에게도 많은 변화가 생겼다.

　후룬 일족처럼 일찍이 농사에 집중한 여진계는 새 작물로 인해 수혜를 보았지만, 되레 척박한 땅에서 농경을 포기하고 여진계와 함께 유목하던 조선인들도 많았던 것이다.

　그 결과, 화령을 비롯한 북방 양도에선 경지로 쓸 만한 땅을 둘러싸고 수많은 소송전이 오갔고, 그와 더불어 토지 거래도 활발히 이뤄졌다.

　농지로 삼을 만한 땅이 없으면 개척하면 된다는 심정으로 숲을 태워 화전을 시도하던 이들도 나왔지만.

　조선의 법령상 관청의 허가가 없는 화전은 불법이기에 화전이 적발된 이들에겐 전가사변형이 구형되기도 했다.

　그렇게 적발되어 모인 이들은 해삼위로 끌려가 배에 올랐고, 수개월에 걸친 항해 끝에 북미의 신주성에 도착했다.

　그러나 그들은 절망하며 배에 올랐던 처음과 달리 신이 나 있었다.

　주인 없는 땅이 널린 신천지의 평야에서 새 삶을 시작하게 되었다고 생각했기 때문이다.

그렇게 신주성에서 자신의 땅을 가지기 위해 동쪽으로 말을 달린 이들은 곧이어 그 땅의 주인들과 충돌했고, 조선의 기나긴 동부 개척 시대가 시작되었다.

*   *   *

1464년의 봄. 어느새 유럽 무역의 중심지가 된 조선령 사라이, 살래성에는 수많은 상인이 드나들고 있었다.

그들이 향신료값으로 치르기 위해 데려온 무수한 인종의 노예는 목과 손발에 사슬이 매어져 있었고, 노예였다가 조선의 백성이 되어 지금은 양인이 된 이들은 그들을 바라보며 자신도 한때 저런 시절이 있었다고 옛일을 추억하곤 했다.

사라이의 향신료 거래소에선 베네치아의 상인 안토니오가 그곳의 실무자이자 유대계 조선 관료인 아이작에게 따지듯 말하고 있었다.

"지난번엔 미당 한 포에 조선 돈 1,000냥이었던 게. 고작 일 년 사이에 1,200냥으로 오른 게 말이 됩니까? 그리고 은화도 전보다 낮은 가격이라니요. 대체 제게 왜 이러십니까?"

살래성에서 통용되는 조선의 은자와 더불어 유럽의 기축 금화인 두카트를 저울로 재어가며 세고 있던 그는 쓰고 있던 안경을 추켜올리며 답했다.

"요즘 조선에서 은화 가치가 점점 내려가서 그리되었네. 대신 금화를 가져오면 전과 같은 가격으로 해주지."

"요즘 오스만이 전쟁을 준비하는 탓에 금화도 많이 모자랍니다. 아이작 님도 아실 것 아닙니까."

"그래도 어쩔 수 없네. 애초에 자네가 이 자리에 앉아 있었다면, 나와 똑같은 말을 하고 있었을걸세."

안토니오는 더 이상 흥정할 수 없음을 깨닫고 한숨을 쉬며 말을 이어갔다.

"제가 데려온 노예들이 스물입니다. 한 명당 얼마씩 쳐주시겠습니까?"

"성별 구분 없이 15세 이상의 신체 결손 없는 자가 200, 10살 미만의 아이는 50."

"…지난번보다 가치가 더 낮아졌군요."

"어쩔 수 없네. 요즘 이슬람 상인들을 통해 한 번에 수백 명씩 들어오고 있으니, 사람의 가치도 낮아지는 게 당연하네."

"알겠습니다. 다음에 올 땐 더 많은 준비를 해서 와야겠군요."

본래 베네치아는 광무제에게 독점 교역권을 따내고 나서 사들인 미당을 5배의 가격으로 되팔아 엄청난 폭리를 취했었다.

정도가 지나친 폭리 덕에 베네치아는 금세 유럽 국가들의 미움을 샀고, 그들은 살래왕에게 사절을 보내 베네치아의 횡포를 고발하며 새로운 무역 방식을 요청했다.

살래왕은 베네치아의 독점 교역권이 계약서로 명시되어 있기에 어쩔 수 없다고 말하며 베네치아의 독점 기간이 끝나면 모든 나라에 개방된 거래소를 만들겠다고 선언했다.

그렇게 해서 만들어진 것이 국제 향신료 거래소라는 것으로, 이 거래소엔 매일매일 변동되는 각종 향신료의 시세가 커다란 표지판에 게시되었으며, 날마다 오르거나 내려가는 시세의 변화가 함께 정리되어 올라갔다.

그렇게 해도 미래처럼 통신이 발달하지 못했기에 안토니오처럼 해마다 한두 번씩 오가는 상인은 시세 변화에 둔감할 수밖에 없었고, 지금과 같은 상황이 많이 발생했다.

미당은 이제 단순히 향신료가 아니라, 그 자체로도 훌륭한 고가 화폐처럼 기능하게 된 것이었다.

그렇기에 몇몇 나라의 귀족들은 휘하의 상인들을 상시 주둔시켜 두며 시세 차를 이용해 소소한 이득을 취했고, 그런 이들이 점차 늘어나자 살래는 진정한 국제 무역도시로 탈바꿈되기 시작했다.

살래왕은 외국의 상인들이나 귀족들이 지나칠 정도로 오래 머물게 되자, 광무제의 지시를 받아 나라별로 공관을 설치했고, 나라별로 외교관 직책을 부여한 고위 귀족을 두어 통제하게 했다.

"하, 이번 해엔 미당으로 재미를 보기 힘드니, 차라리 오스만의 전쟁 특수나 노려봐야겠네요."

안토니오가 한숨을 쉬며 미당 대금을 지급하고, 모자란 부분은 가져온 노예 증서로 메꾸자 그것을 받아 확인하던 아이작이 물었다.

"자넨 오스만에 줄을 대고 있는 건가?"

"물론이죠. 오스만에서 동원하는 군사가 무려 5만이랍니다. 왈라키아의 가시공도 이제 끝장난 거나 다름없지요. 조만간 판도가 변할 겁니다."

"그런가. 내가 상관할 바는 아니군."

대답을 들은 안토니오는 조금 미심쩍은 표정으로 아이작을 바라보았으나, 아이작은 언제나처럼 감정 없는 표정으로 상대를 바라보았다.

"알겠습니다. 그럼 다음 해에 뵙도록 하지요."

아이작은 안토니오와 비슷한 말을 반복하는 상인들 십여 명을 더 상대하곤, 저녁이 되자 퇴근해 자신의 저택으로 돌아왔다.

그는 익숙하게 옷을 벗어 던지곤 미리 준비된 뜨거운 욕조에 몸을 담근 채, 자신의 과거를 떠올렸다.

그는 본래 베네치아에 살던 유대계 상인이었고, 출신 때문에 이유 없는 미움을 많이 샀다.

철저하게 원리 원칙, 계약을 준수하는 성격과 채권자에게 어떻게든 돈을 전부 받아내는 집요함까지 갖춘 그는 재산을 불리는 데엔 뛰어났지만, 사람으로선 수많은 적을 만들었다.

결국 그는 원한을 산 이들이 공모한 함정에 빠져 큰 손해를 보게 되었고, 그 자신도 빚더미에 앉은 채 노예 신세가 되었다.

그는 결국 키프로스의 사탕수수 농장주에게 팔렸고, 자신의 능력과는 상관없는 고된 육체노동에 시달리게 되었으며, 그 결과 몸이 많이 망가졌다.

그리고 그곳에서 한참을 일하다 주인이 사들인 미당의 대금으로 이곳까지 흘러 들어왔고, 다음 주인은 제발 자신의 능력을 제대로 써줄 이가 되길 고대했었다.

그러던 그는 사라이에서 마침내 자신이 진심으로 충성할 상대를 만났다.

그에겐 생소한 동방인이지만, 인자한 인상의 사내가 조금 이상한 복장을 한 흑인 노예병 여럿을 대동한 채 그의 앞에 나타난 것이었다.

그가 데려온 흑인 노예들은 모두 하나같이 수염이 없었으며 검과 창으로 무장한 채, 알록달록한 색의 옷을 입고 기다란 깃털 두 개를 위로 세운 원형 챙 모자를 쓰고 있었다.

또한 그들의 중심에 선 사내는 복잡한 무늬가 새겨져 아름답기 그지없는 청색 비단옷을 입고, 속이 훤히 비치는 생소한 양식의 모자를 쓰고 있었기에, 아이작은 자신도 모르게 그 아름다움에 감탄하고 말았다.

"혹시, 너희 중에 글을 읽거나 수를 아는 이가 있느냐?"

조금은 어설픈 발음의 헬라어가 상대의 입에서 흘러나왔지만, 아이작은 그런 것을 생각할 겨를도 없이 빠르게 답했다.

"예, 주인님. 제가 둘 다 할 줄 압니다."

"그래? 잘되었구나. 그럼 혹시 내가 지금 하는 말 말고도 다른 나라의 말도 할 줄 아느냐?"

"전 머저르어를 비롯해 4개국의 말을 할 수 있습니다."

그러자 아이작의 새 주인은 감탄한 표정을 지으며 말을 이어갔다.

"어쩌다 이런 이가 노예가 되어 여기까지 오게 되었는지 모르겠군. 넌 이제부터 자유의 몸이다."

"예? 그게 무슨 말씀이십니까?"

"이제 자유민이 되었으니, 네 능력을 이곳 사라이… 조선을 위해 사용하라는 이야기다."

난데없이 자유민이 된 그는 난생처음 보는 의술을 구사하는 의사들에게 망가졌던 몸을 치료받았고, 다른 사람들을 통해 많은 것들을 알게 되었다.

그를 사들여 해방한 새 주인, 사라이의 왕은 지난 동서 전쟁 당시 신앙 세계 연합군을 격파한 광무제의 동생이라고 했다.

광무제는 이미 유럽 전역의 상류층들에겐 유명 인사였고, 그가 격파한 상대들이 하나같이 범상한 인물들이 아니었기에 호사가들에게 언제나 좋은 이야깃거리가 되었기도 했다.

지금은 대관식을 치러 섭정이 아니라, 헝가리의 전제군주로 등극한 야노슈 1세는 순백의 기사로 유명한 데다, 교황이 직접 신앙 세계의 방패라고 칭송할 정도로 최강의 군대를 거느린 강력한 군주였지만, 제자인 블라드가 광무제에게 생포당하고 결국 항복하고 말았다.

어느 순간 서방에 나타나 모스크바를 복속하고 동방정교회에 귀의해 당대 최강국인 오스만과 동등하게 싸운 오이라트 에센은 알고 보니, 동방에서 광무제에게 패해 달아나 서방까지 오게 된 것이었다.

이런 일련의 소문은 일부가 부풀려져 퍼졌고, 그의 친위 기사단만 움직여도 나라 몇 개 정도는 하루아침에 멸망할 거란 허황된 이야기가 퍼지기도 했다.

의사들에게 몸을 치료받은 아이작은 자원해 조선의 관료들을 돕기 시작했고, 그와 동시에 조선말을 빠르게 익혔다.

아이작은 과중한 업무에 시달리던 관료들에겐 지극히 귀중한 후임자나 다름없어졌고, 어느새 후배와 비슷한 대우를 받게 되었다.

아이작이 그렇게 조선말과 업무에 차차 익숙해질 무렵, 그는 살래왕에게 특별 임명장을 받아 정식으로 조선의 관료가 되었고, 상업 관련 업무에 배정되었다.

그는 그곳에서도 눈부신 능력을 발휘했고, 여러 나라의 말을 할 줄 아는 데다 한 치의 오차 없이 일을 수행하니 평판마저 좋았다.

그러다 보니 어느새 국제 향신료 거래소의 실무자 중에서 이인자나 다름없는 위치까지 올라갔다.

"서방님, 물이 다 식은 것 같은데 이만 나오시는 게 어때요?"

아이작은 부인의 목소리에 상념에서 깨어났고, 업무 때와는 다르게 부드러운 목소리로 답했다.

"아, 부인. 잠시 옛 생각을 하다가 잠이 들 뻔했구려."

아이작의 옛 부인은 그가 채무를 지고 노예가 되었을 때 이혼했으며, 지금의 부인은 이곳에서 만난 조선계 여인이었다.

"오늘, 낭군께 선물이 들어왔었습니다."

아이작은 작게 미간을 찌푸리며 답했다.

"그래서 어떻게 하셨습니까?"

"정중하게 거절하고 돌려보냈었지요."

"잘하셨습니다. 앞으로도 그런 선물은 전부 거절하세요."

그는 목욕을 마치고 저녁을 먹고 잠자리에 들었다.

다음 날, 아이작은 살래성에서 실시하는 안식일을 맞아 아내를 데리고 강가로 유람을 나갔다.

살래성을 끼고 흐르는 강은 남쪽에서 볼가강과 돈강으로 갈라졌고, 많은 주민들이 배를 빌려 뱃놀이를 즐기곤 했다.

물론 뱃놀이를 즐기는 주민들보다 수송선의 수가 월등히 많았다. 볼가강과 그 하류로 이어진 카스피해를 통해 티무르를 오가는 배들과 돈강과 흑해를 거쳐 로마의 수도 콘스탄티노플을 오가는 배들이 강을 가득 메우고 있었다.

"아, 여기 계셨군요."

아이작은 자신에게 말을 거는 상대를 보곤 눈을 찌푸렸지만, 이내 정중한 말투로 답했다.

"오늘은 안식일입니다. 업무에 관한 이야기라면 나중에 거래소에서 하시죠."

아이작이 냉혹하게 자르듯 말하자, 거절당한 상대인 새뮤얼이 애원하듯 답했다.

"어제도 제가 보낸 선물을 거절하셨던데, 대체 뭐가 마음에 안 드시는 겁니까? 우린 동포인데, 동포끼리 서로 도와야 하는 거 아니오? 그러지 말고 좀 편의를 봐주시오."

아이작은 자신과 같은 유대계 상인들에게 수도 없이 같은 말을 들었지만 전부 거절했었고, 이내 전에 내놓았던 답을 그대로 들려주었다.

"지금의 난 조선의 관료이자 광무제 폐하와 살래왕 전하를 모시는 신하요. 그런 내게 동포임을 내세운들 달라지는 건 없소."

"뭐? 그대는 감히 핏줄을 부정하는 건가?"

"내가 윗선에 보고해 그대를 여기서 추방해야 정신을 차리 겠소?"

아이작은 조선에 동화되어 유대인의 정체성보단 조선인으로서의 삶을 더 중요시하고 있었다.

"…동포를 저버린 것을 후회할 거다."

"난 지금의 삶에 만족하니, 동족 의식 따위를 운운하며 날 끌어들여 이득을 취할 생각은 접어두는 게 나을 거요. 앞으론 그대의 거래소 출입을 금하겠소."

새뮤얼을 쫓아낸 아이작은 부인을 바라보며 조선말로 부드 럽게 이야기했다.

"부인, 미안하게 되었습니다. 모처럼 함께 시간을 내어 나왔 는데… 방해가 되었군요."

"괜찮습니다. 대신 오늘은 낭군께서 식사를 준비해 주시면 용서해 드리겠습니다."

아이작은 예전에 아내를 위해 조선식 식사를 준비하다 밥 을 홀라당 태워먹은 걸 떠올리곤, 난처한 표정을 지었다.

"내가 하게 되면 먹을 수 없는 게 나올 텐데, 괜찮겠소?"

"그래도 좋습니다. 낭군께서 해주시는 것 자체가 중요한 것 아니겠습니까."

아이작은 환하게 웃는 부인의 모습을 보며 새삼스럽게 자신이 이곳에서 새로 얻은 삶이 행복하다 느꼈고, 이내 그도 웃으며 말을 이어갔다.

"알겠소."

그렇게 살래성의 안식일이 끝난 다음 날, 오스만의 술탄 메흐메트는 대군을 이끌고 눈엣가시였던 왈라키아를 침공했고.

왈라키아의 공작 블라드는 필생의 원수나 다름없는 메흐메트를 맞아 군사를 움직이기 시작했다.

*   *   *

"공작님, 정말 제게 이런 중임을 맡겨도 괜찮겠습니까?"

"보르카투스, 출정을 앞두고 무슨 소리냐?"

"그게… 따지고 보면 전 말만 그럴듯하게 하고 실패만 했었던지라……."

"전쟁을 앞두고 약한 소린 하지 마라."

"애당초 술탄의 신하들을 죽여 전쟁을 초래한 사람은 제가 아니라 공작님이십니다."

"흥, 그놈들은 죽을 만한 짓을 한 거지."

"공작님 앞에서 천 뭉치를 벗지 않는다고 그들의 머리에 신발을 달아 술탄에게 돌려보낸 건 좀 심하지 않습니까?"

블라드는 오스만의 사신을 만난 자리에서 터번을 벗고 예를 갖추라며 시비를 걸었고, 그들이 율법을 들어가며 거부하자 터번을 벗지 못하게 만들어주겠다며 신발을 벗겨 머리에 못질해 주었다.

"전혀, 그놈들은 그렇게 죽어도 싸다."

또한 아랍 문화권에선 신발이 가진 의미는 최상급 모욕이나 다름없었기에 이번 전쟁이 시작된 것이었다.

"공작님은 오스만에서 오래 지내셨으니, 저들의 풍습도 다 꿰고 있으실 것 아닙니까. 그건 그냥 술탄을 화나게 해 전장으로 끌어들일 구실이죠."

"어차피 내가 그러지 않았어도 오스만은 이 땅을 침략했을 것이고, 그 시기가 빨라진 것뿐이다. 너도 내 속내를 다 알고 있으면서 새삼스럽게 그걸 이야기하는 이유는?"

"아마, 제가 혹시라도 큰일을 망칠까 봐 불안한가 봅니다."

이만주의 아들 이보을가대, 지금은 왈라키아의 후작 보르카투스 그라프가 된 그는 오스만군을 맞아 싸우기 전 별동대를 이끄는 임무를 맡았고.

그는 몽골 내전 당시 타이순 칸의 용병으로 싸웠다가 도망친 경험과 더불어 오이라트의 서역 정벌 때, 카잔 칸의 휘하로 참전했다가 에센의 용장 바얀에게 패하여 노예가 되었던 과거를 떠올린 것이었다.

"갑자기 약한 소리를 한들, 달라지는 건 없다. 네가 훈련한 기병대는 나나 너 말고 다른 보야르에게 머리를 숙이길 거부할 거다."

보르카투의 조언으로 블라드는 왈라키아의 새로운 지휘 체계인 옵트 스따그(opt steag, 8개의 깃발)를 창설했다.

보르카투가 지휘하는 칼라레치 알바스뜨리(청색 기병대)는 동유럽 일대의 유목민들을 강제로 모아 만든 혼성 기병 부대로서, 하나같이 성품이 포악하고 잔인하기 그지없었다.

하지만 그런 그들의 반항은 왈라키아의 가시공이나 여진족 출신인 보르카투스에겐 전혀 통하지 않았기에 굴복했고 지금은 충성스러운 군대가 되었다.

"그건 저도 알지만, 상대가 상대인 만큼 불안하니까요."

"난 보르카투스 널 믿는다."

"거참, 언제나 느끼는 거지만 공작님께선 대책 없이 사람이 너무 좋으신 것 같습니다."

블라드는 보르카투스의 말에 유쾌하게 웃으며 답했다.

"내가 아는 사람 중에서 날 그리 봐주는 건 너밖에 없을 거야. 스승님도 날 아껴주시지만, 너와는 다르게 보시지."

"설마 공작 부인께서도 그러십니까?"

보르카투스가 블라드의 스승이자 헝가리의 왕 후냐디 야노슈의 딸 아나스타샤를 언급하자, 왈라키아 공작은 고개를 저으며 답했다.

"그녀는 날 이해하려 하지만, 마음속으론 두려워한다."

"거참, 전 다들 어째서 공작님을 무서워하는지 모르겠습니다. 이렇게 좋으신 분을 두고……."

"나도 여전히 내게 겁먹지 않는 네가 신기하긴 마찬가지야. 그래서, 긴장은 좀 풀렸나?"

"그런 것 같군요. 전투를 앞두고 약한 소리를 해서 죄송합니다."

푸른색으로 물들인 가죽 아래 무수한 철판을 징으로 고정한 갑옷을 입은 보르카투스는 투구 하단의 끈을 조여 투구의 아랫단 가리개로 턱을 가린 채, 그와 통일된 색의 갑옷을 입은 기마 부대를 이끌고 출정 준비를 마쳤다.

"새삼 느끼는 거지만, 부대마다 복장을 통일해 같은 색의 깃발 단위로 나누는 것은 참으로 효율적이라는 생각이 든다. 소속감을 심어주는 효과도 있고, 병사들이 난전 중에 혼란을 일으킬 여지도 적어."

"우리의 전통을 발전시켜 이 지휘 체계를 고안하신 분이 제 스승님이신데, 정작 그분은 완성을 보지 못하고 돌아가셨으니 안타깝네요."

보르카투스가 자신의 후견인이자 스승이었던 건주위의 정통 계승자 충샨(董山)을 떠올리며 말하자, 블라드는 고개를 저으며 답했다.

"이런 군사 체계를 갖추려면 일개 부족으론 모자라고 규모가 있는 나라가 필요해. 그러기 위해선 네 고향의 유목민들을 통합해야 하니, 그가 살아 있는 동안은 무리였겠지."

블라드가 그간 들어왔던 보르카투스의 고향 이야길 떠올리며 추측하자, 당사자도 긍정하듯 고개를 끄덕였다.

"하긴, 그것도 맞는 말씀이십니다. 제 후대에서나 할 수 있었겠네요."

"아무튼 네 스승의 유산은 여기서나마 빛을 보게 되었으니 잘된 것 아니겠냐?"

"스승님은 우리의 고향인 벌판에서 팔색 기가 휘날리길 바라셨을 텐데, 이리될 거라곤 상상도 못 하셨을 겁니다."

"그래, 보르카투스. 이제 술탄의 뒤꽁무니를 걷어차러 나가라."

"명령을 수행하겠습니다. 저의 군주시여."

2천의 혼성 기병대가 보르카투스의 지휘하에 북상하는 오스만군을 피해 동북쪽으로 이동했다.

별동대를 먼저 내보낸 블라드는 왈라키아의 수도 트르고비슈테를 수비할 병사 1만을 남겨둔 채, 오천의 병사를 이끌고 산지로 향했다.

블라드가 자신의 임기 동안 가장 신경 쓴 것이 요새 축조와 더불어 산지가 가득한 왈라키아를 자유롭게 오갈 수 있는 교통망 형성이었고, 왈라키아는 그의 철권통치에 힘입어 산속에도 군대가 비밀리에 이동할 만한 길들이 무수히 나 있었다.

거기에 그가 그간 경험한 것들을 토대 삼아 오스만을 위해 준비한 전술도 있었다.

'술탄이여, 넌 내 나라에서 아무것도 가져갈 수 없을 것이다.'

*　　　　　*　　　　　*

블라드가 유격전을 준비할 무렵, 5만의 대군을 이끌고 왈라키아의 영토에 진입한 술탄 메흐메트는 국경 인근에 진형을 갖췄고.

그들의 선봉을 이끄는 함자 파샤의 휘하 부대 2만여 명이 왈라키아의 요새 부쿠레슈티를 우회해 후방을 초토화하기 위해 움직였다.

오스만 니코 폴리스의 총독 함자 파샤는 지난 오이라트와의 전쟁에서 나름대로 혁혁한 공을 세운 장군이었으며, 술탄의 총애를 받는 새로운 권신 중 하나였다.

메흐메트는 길었던 오이라트와의 전쟁이 끝난 후, 그의 권위를 흔들려고 시도했던 정적들을 모두 반역과 내통의 혐의를 씌워 처형했고, 전쟁에서 공을 세운 젊은 귀족들로 그 자리를 채웠다.

그 결과 메흐메트는 귀족들을 완벽하게 억누르고 술탄의 권력을 공고히 하게 되었으며, 전쟁을 거치며 정예화된 술탄 직속부대인 예니체리와 시파히, 젊은 귀족들은 숙청당한 이들이 가지고 있던 영토를 나누어 받으며 술탄에 대한 충성심을 한층 더 드높였다.

함자 파샤는 왈라키아로 진군하며 산지투성이인 왈라키아의 지형을 보곤 질색했지만, 술탄의 계획에 맞춰 후방의 영지들을 초토화하고 왈라키아 귀족들의 가족을 인질로 잡기 위해 빠르게 진군을 개시했다.

그러나 그는 처음 공격하기 위해 들른 어느 귀족의 성이 비었음을 알게 되었다.

뒤이어 목적지로 삼았던 성들도 마찬가지로 비었고, 그곳을 점거하기 위해 병사들을 조금씩 남겨두자, 그의 병력은 전투를 겪지 않고도 조금씩 줄기 시작했다.

함자 파샤나 그의 부관들도 이것이 블라드가 획책한 계책이란 것을 어느 정도는 눈치챘으나.

그들은 적의 계책을 신경 쓰지 않고 계속 전진했다. 그것은 근본적으로 그들의 전력으로 약소국 왈라키아와 싸워서 지지 않는다는 자신감이 있었기에 가능했다.

결국 함자 파샤의 군대가 전투 없이 십여 개의 빈 성을 점령하고, 술탄이 대기 중인 국경의 본영과 보급선을 연결하며 전진하자 2만의 병력은 1만 5천으로 줄었다.

오스만군의 선봉대는 거듭되는 무혈입성으로 인해 긴장이 풀렸고, 적지가 아니라 마치 고향 땅을 거닐 듯 거침없이 움직이기 시작했다.

그렇게 방심했던 오스만의 선봉대는 열한 번째 성을 점령한 다음 날 대가를 치러야 했다.

야트막한 산지를 왼편에 끼고 이동하던 중, 매복 공격을 당하고 만 것이었다.

게다가 그들이 당한 공격의 정체는 그들에게도 친숙한 대량의 화약 병기였다. 마치 예니체리를 연상케 하는 붉은색 복장으로 통일한 정예 화기병, 사실은 농민 출신 총병의 공격으로 커다란 피해를 보고 만 것이었다.

함자 파샤는 휘하의 화기병이 적의 공격에 대응하는 사이 적진에 장창이나 기병이 없는 것을 확인하곤 기병대를 움직여 적진으로 뛰어들게 했지만, 그들은 불행히도 적의 근처에도 가지 못한 채 몰살당하다시피 했다.

대기병용 함정이 수도 없이 그들의 주변에 둘려져 있었고, 붉은 복장을 한 왈라키아의 화기병들은 오스만군의 대응 사격에도 아랑곳하지 않고 땅굴과 목책에 몸을 숨긴 채, 기병을 향해 집중사격을 퍼부은 것이었다.

결국 함자 파샤는 전투가 시작된 지 1시간 만에 3할에 가까운 병력을 잃었고, 적의 규모조차 제대로 파악하지 못했다.

결국 그는 어쩔 수 없이 후퇴를 결정하곤 이동을 시작했지만, 기병대를 잃은 대가를 뒤늦게 치르게 되었다.

산속에 숨어 있던 기사들이 노란색 휘장을 장식한 판금 갑옷으로 중무장한 채 산의 경사면을 타고 달려 내려와 후퇴하는 병사들을 학살하다시피 한 것이었다.

자신만만하게 선봉으로 나섰던 함자 파샤 역시, 그들을 지휘하던 블라드에게 직접 사로잡히는 신세가 되었고, 정식으로 그와 대면하자 자신의 권리를 요구했다.

"왈라키아의 공작이시여, 나의 주인 술탄께서 기꺼이 내 몸값을 내주실 거요. 그러니 제게 물을 내려주시길 바랍니다."

블라드는 어린 시절을 오스만에서 보냈기에 함자 파샤의 말을 통역 없이도 전부 알아들었지만, 그의 대답은 루마니아어로 흘러나왔다.

"그래, 네놈은 술탄의 개 중에서도 특별히 높은 놈이니, 그에 걸맞은 대우를 해주지. 이봐, 말뚝을 가져와라."

루마니아어를 모르는 함자 파샤는 상황을 파악하지 못한 채, 신변 보장을 해달라는 아랍 문화권의 은유적 표현으로 재차 물을 요구했지만.

그의 눈에 비친 것은 컵에 담긴 물이 아니라, 그도 익히 들어왔던 가시공이란 별명의 유래인 거대한 말뚝이였다.

"공작, 항복한 이에게 이러는 법이 어디 있소!"

함자 파샤의 항의에 블라드는 그간 의식적으로 사용하지 않던 오스만어를 유창하게 내뱉으며 어리석었던 자신의 과오를 동시에 꾸짖었다.

"잘 들어라, 술탄의 개야. 전쟁이 무슨 장난인 줄 아느냐? 네 그릇된 판단으로 병사들을 몰살시켜 놓고 너만 뻔뻔히 살아서 돌아가려고?"

블라드는 본래 스승 후냐디의 영향으로 이기기 위해선 뭐든지 하던 인물이었고, 조선과 전쟁을 겪으며 일반적인 유럽식 사고관과는 동떨어진 인물이 되고 말았다.

"아무리 공작이라도 감히 내게 이럴 수는 없소! 내 고귀한 신분으로 보장된 권리를 이행해 주시오!"

"그건 걱정하지 마라. 네 신분을 존중하려 특별히 더 크고 거대한 말뚝을 준비했으니. 이봐, 이놈을 끌고 가라."

"예, 알겠습니다."

블라드의 명령을 받은 병사가 함자 파샤를 끌어내려 하자, 그는 발버둥을 치며 반항했다.

"아, 안 돼! 이거 놔!"

그러나 그의 반항은 병사의 구타로 인해 금세 의미를 잃었고, 신의 이름으로 블라드를 저주하며 서서히 죽어갔다.

블라드는 그렇게 1만 정도의 오스만 군사를 말뚝에 꿰었고, 말뚝이 모자랄 지경이 되자 하나에 여럿을 꿰기도 했다.

선발대가 전멸하다시피 패퇴했다는 소식은 일주일 후, 습격에서 살아남은 병사들에 의해 술탄 메흐메트에게도 전해졌고, 그는 타고난 성격을 이기지 못하고 격렬하게 분노했다.

"내 이놈을 당장 갈기갈기 찢어 죽이고 말 테다!"

직속 기병대인 시파히와 함께 말을 타고 뛰쳐나가려는 메흐메트를 측근들이 간신히 말렸고, 간신히 진정한 술탄에게 그들의 조언들이 이어졌다.

"술탄, 아무래도 다음번을 기약하는 것이 좋을 듯합니다. 지금이라도 늦지 않았으니 회군하시는 게 어떻겠습니까?"

"아니, 이대로 돌아가면 내 체면이 뭐가 되겠나? 고작 소국 하나도 제대로 처리하지 못한 채 귀환하라고? 그럴 순 없다. 더 많은 군사를 소집해!"

메흐메트는 마음만 먹으면 10만의 대군을 동원할 수 있었기에, 기습에 당했다고 해도 대규모의 병사를 동원해 정석적으로 거점을 점유하며 공격하면 승산이 있다고 판단한 것이었고, 그의 생각이 맞기도 했다.

블라드는 매복 당시 그동안 힘겹게 모았던 화약을 대부분 사용했고, 고작 3만에 가까운 병사를 동원하는 게 전부이기에, 오스만이 주요 거점을 장악한 채 수도와 부쿠레슈티 요새를 동시에 공격하면 결국 나라를 버리고 도망칠 수밖에 없기도 했다.

메흐메트가 화가 난 와중에도 그런 합리적인 이유를 들어 측근들에게 설명하자, 그들도 결국은 수긍하고 술탄의 뜻을 따랐다.

그렇게 본국에 전령을 보내 지원군을 소집한 채 잠이 들었던 술탄 메흐메트는 푸른색 갑옷을 입은 기병대에게 야습을 당했다.

그러나 메흐메트는 본영이 불에 휩싸여 혼란한 와중에도 직속 기병인 시파히를 지휘해서 대응했다.

메흐메트는 뛰어난 무용으로 손수 푸른 갑옷을 입은 기마병 십여 명을 낙마시키거나 죽였고, 시파히도 선두에 선 술탄을 따라가며 적에 맞서 싸웠다.

하지만 메흐메트는 적의 지휘관 보르카투스가 쏘아낸 화살에 맞고 말았다. 그는 유목민의 특유의 뛰어난 시력으로 술탄이 검을 휘두르는 틈을 보아 그의 겨드랑이를 정확하게 노렸던 것이다.

시파히는 상처를 입은 술탄을 데리고 곧바로 전장에서 이탈했고, 오스만군은 최고 지휘자가 사라지자 어쩔 수 없이 후퇴해야 했다.

왈라키아의 새 지휘 체계인 옵트 스따그, 즉 팔기는 시대를 뛰어넘어 전과를 올렸고, 왈라키아와 오스만의 첫 전쟁은 블라드의 승리로 끝난 채 막을 내렸다.

블라드는 국운을 건 도박이나 다름없었던 전쟁에서 대승을 거두자 비로소 안도했다.

조선과 티무르에 갚아야 할 배상금으로 인해 재정이 좋지 못한 상황에서도 착실히 전쟁 준비를 할 수 있었던 건, 그에게 비밀리에 물자를 지원해 준 곳이 있었기 때문이었다.

또한 그의 결정은 빌린 돈으로 승리해서 채무를 갚겠다는 도박꾼의 심리와 다를 바가 없었다.

그리고 그 와중, 대외에 비밀로 하고 왈라키아에 군수물자를 몰래 지원한 살래왕과 조선 측은 커다란 이득을 볼 수 있었다.

제5장
국혼

메흐메트가 왈라키아를 침공했을 무렵, 로마에서도 국운을
건 도박을 시도했고.

결국 수도 콘스탄티노폴리스를 북쪽에서 압박하던 오스만
의 요새 루멜리 히사르를 함락하는 데 성공했다.

로마에선 그간 사라이와 교역을 통해 모은 자금으로 용병
을 여럿 고용했고, 더불어 수송선을 가장한 군선들을 건조했
었다.

로마군은 그렇게 모은 병사와 배를 총동원해 요새 남쪽의
해안가에 상륙시켰고, 단 사흘 만에 대포로 요새의 남쪽 벽을

허물어뜨리곤 요새를 기습적으로 점거한 것이다.

요새를 허무하게 함락당한 오스만은 그동안 수많은 배가 인접한 보스포루스 해협을 드나들었기에 방심했던 측면도 있었다.

애당초 로마를 겨냥한 견고한 요새가 돼야 했을 루멜리 히사르는 오이라트와 오스만의 전쟁 때문에 한동안 건설이 중지되었다가 재개되었었다.

이후 오랜 기간을 예산과 인력 부족으로 같은 과정을 반복했고, 그 결과 성벽이 부실해질 수밖에 없었던 것이기도 하다.

한편, 요새가 함락당한 소식이 오스만의 수도인 에디르네에 전해졌지만, 그곳에 남아 있던 관료들은 곧바로 대처할 수 없었다.

오스만의 정예군은 모두 왈라키아를 정복하기 위해 출정한 데다, 술탄마저 지시를 내릴 상황이 아니었기 때문이다.

그는 왈라키아에서 전투 도중 화살을 맞아 의식불명의 중상을 입었고, 그 사실을 대외에 철저하게 비밀로 한 채 모처에 은신해 요양에 들어갔던 것이다.

게다가 오스만의 적성국인 헝가리와 알바니아마저 연합해 인접한 국경인 코소보 일대로 군사를 움직인다는 소식이 들어왔기에, 함부로 군사를 로마로 움직일 수 없었다.

블라드는 보르카투스가 세운 공적으로 인해, 술탄이 죽거나 심각한 상처를 입었다고 판단해 우군인 제르지와 후냐디에게 소식을 보내 군사를 움직이게 했던 것이었다.

결국 모든 군사권을 틀어쥔 술탄이 명령을 내릴 수 없게 되자, 오스만의 관료나 장군들은 그들이 가진 권한 내에서 국경 수비에 집중할 수밖에 없었다.

오스만과 연합군이 서로 국경을 두고 대치하는 사이, 왈라키아의 청기 기마대와 황기 부대가 국경선인 도나우강을 건너 접경지대인 니코폴리스 지방 일대를 침입했다.

그들은 국경의 요새 도시들을 우회해 수없이 많은 마을을 약탈하고 주민들을 잡아갔으며, 그들에게 반항한 병사들은 모두 말뚝에 꿰어 죽여 전시하듯 길가에 늘어놓았다.

요새에 주둔하던 오스만군이 그들을 몰아내려 했지만, 술탄 직속의 정예 기병대와 화기병이 부재한 상황에선 유목민 출신의 혼성 기병대에겐 손쉬운 먹이가 될 수밖에 없었고.

더 많은 말뚝의 전시품이 늘어날 뿐이었다.

왈라키아군의 행각에 일대의 모든 주민은 겁을 집어먹었고, 온갖 흉흉한 소문이 니코폴리스 일대를 휩쓸었다.

결국은 오스만의 병사들마저 왈라키아군에 겁을 집어먹어 싸우지도 않고 항복하는 상황이 발생했다.

그렇게 오스만의 선제공격으로 시작된 왈라키아와 오스만의 전쟁은 어느새, 알바니아와 헝가리가 참여해 발칸 반도의 운명을 거머쥔 대전쟁으로 변했고.

오스만이란 거대한 위협 때문에 그들과 가깝게 지내던 폴란드와 리투아니아마저 거기에 은근슬쩍 한 발을 걸쳤다.

지난 전쟁에서 오스만과 손을 잡았던 크림 칸국이 리투아니아와 폴란드 연합군의 공격을 받았던 것이다.

폴란드와 리투아니아는 사라이에서 돈강으로 이어져 흑해까지 연결되는 향신료 수로에서 나오는 통행료 수입을 탐내 크림 칸국을 공격한 것이다.

지난 전쟁에서 수많은 병사를 잃었던 크림 칸국은 맹방 오스만이 그들을 지원하지 못하는 사이 차츰 세를 잃어가기 시작했다.

이 와중에 전쟁 당사국들과 밀접한 관계를 맺고 있던 각국의 상인들과 더불어 삼국 연합에 배상금 상환을 잠시 보류하고 군수품을 투자한 조선은 전쟁 특수로 인해 호황을 맞이했다.

오스만에겐 또 다른 악재도 겹쳤다.

평소 사이가 좋지 않았던 술탄 친위대인 예니체리와 시파히의 대립이 극에 달했고, 술탄이 부재한 거나 다름없어지자 그들의 지휘관인 귀족들이 서로 자신이야말로 술탄의 대리자라며 다툰 것이었다.

거기다 다른 신흥 귀족들마저 주인이 자리를 비우자 서로

권력을 차지하기 위해 추악한 싸움을 벌였고, 오스만은 내외
부로 혼란에 빠지고 말았다.

그 와중에 술탄의 어린 아들들은 귀족들에게 허수아비로
이용당할 뻔했지만, 제국 재상인 자아노스 파샤의 보호 아래
간신히 무사할 수 있었다.

오스만의 귀족과 관료들은 삼국 연합의 공격으로 힘을 합
쳐야 하는 상황에서도 서로를 견제하기 위해 모른 척하기 일
쑤였고, 결국 그 결과는 국경지대인 소피아 지방의 상실로 이
어졌다.

왈라키아를 얕본 데다, 본인의 부재를 대신할 후계자를 미
리 지목하지 않았던 술탄의 오만은 결국 큰 대가를 치르고 말
았던 것이다.

왈라키아 침공으로부터 6개월이 지나 1465년이 되어 사경
을 헤매던 술탄이 깨어났다.

그동안 오스만의 국경 지방인 니코폴리스와 소피아는 삼국
연합에 점령당한 거나 마찬가지가 되었고, 그가 숙청했던 권
신들과 관련 있던 가문들의 반란마저 일어난 상황이었다.

"단 한 번의 방심으로 너무나 많은 것을 잃었구나."

수북하게 쌓여 있던 양피지 보고서들을 읽던 술탄이 감상
을 늘어놓자, 그의 총신이자 오스만의 재상 자아노스가 고개
를 숙이며 답했다.

"죄송합니다. 제 능력이 부족해……."

"아니, 모든 권한을 내게 집중시킨 결과와 오만의 대가가 이거다. 이 와중에 내 아들들을 보호하고 수도를 보존한 건 전적으로 너의 공이기도 하다."

자아노스는 술탄의 칭찬에도 아랑곳하지 않고 질문했다.

"술탄, 앞으로 어떻게 하시겠습니까?"

"먼저… 이 나라의 주인이라고 착각에 빠져 위기를 키운 녀석들부터 모두 없애야겠지."

"반란을 일으킨 놈들의 세는 미약하니, 시파히를 보내면 금세 진압될 겁니다."

"아니, 그놈들이 아니다. 내 발등을 문 개들부터지."

"설마… 예니체리와 시파히를 숙청하시겠단 뜻입니까?"

"내가 놈들을 너무 많이 키워주었다. 그놈들의 분열이 지금의 사태를 초래한 거야."

"하지만, 지금같이 위급한 상황에서 그들마저 제거하면 술탄의 힘은 한없이 약해집니다."

"그래, 당장은 급한 불부터 꺼야지. 그러니 주인을 문 개로 불을 끄는 것부터 시작할 거다."

메흐메트는 예니체리를 사지로 밀어놓는 것과 동시에 삼국연합을 점령당한 지방에서 몰아낼 계획을 세웠고, 자아노스와 함께 이후 작전에 대해 논의했다.

메흐메트의 전략을 서면으로 정리하던 자아노스는 다른 질문을 던졌다.

"술탄이시여, 콘스탄티노폴리스는 어찌하시겠습니까?"

질문을 받은 메흐메트는 오랜 와병으로 인해 퀭한 눈으로 악귀와 같은 표정을 지으며 답했다.

"그 로마의 찌꺼기는 진즉에 쳐냈어야 했는데. 늙은이들과 타타르 놈들 덕에 그리하지 못해 이 꼴이 났군."

"그들은 술탄께서 누워 계신 동안, 할리치(금각만) 일대와 북쪽의 해협을 전부 장악하고 말았습니다."

"그래, 그간 몸속의 해충을 방치한 결과를 지금에서야 치르는 거지. 이제 결심을 굳혔다."

"어떻게 하시겠습니까?"

"이 모든 소란부터 정리하고 나서 콘스탄티노폴리스를 칠 것이다. 바실레우스는 날 우습게 본 대가를 치르게 되겠지."

하지만 술탄의 결심과는 다르게, 현재 콘스탄티노폴리스엔 조선령 사라이에서 지원한 전쟁 물자들이 속속들이 도착해 있었고.

한편으론 오스만에서 완전히 줄을 갈아탄 베네치아의 군선들이 입항하며, 로마―베네치아 연합군이 콘스탄티노폴리스의 서쪽으로 진군할 계획을 세우고 있었다.

*　　　　*　　　　*

　서쪽이 한창 소란스러울 때, 북명에선 나라의 최대 경사나 다름없는 국혼이 치러졌다.

　정통제 주기진의 장자 주유검과 광무제 이향의 넷째 딸 경희 옹주의 혼인이 치러진 것이었다.

　광무제를 지극히 생각하는 북명의 신료들이나 백성들은 이제야 나라가 안정되었다며 진심으로 기뻐했고.

　황실의 종친들이 포함된 조선 사절단은 국빈으로 극진히 대접받았다.

　현 황제인 주기진 또한 자기가 보위에 있는 동안 해야 할 숙업을 이뤘다며 남몰래 눈물을 흘리기도 했다.

　사절단에 포함된 재래연단은 황제와 관료들, 그리고 북경의 백성들 앞에서 광무정난 재래연을 보여주었고, 산동이나 요동을 통해 유입된 조선의 소설이나 문물에 깊이 빠져 있던 이들은 공연을 보기 위해 인산인해를 이루었다.

　재래연단은 대사가 들어간 연기보단 실제처럼 보이는 무술 시연에 집중했고, 오이라트의 군대가 천자를 구출하려는 조선군에게 패퇴하는 장면이 나올 땐 우레와 같은 환호와 더불어 박수를 받았다.

　뒤이어 이들을 버리고 도망간 남명의 황제와 우겸을 연기하는 배우들이 나오자, 북경의 백성들이 흥분해 물건을 집어 던져 잠시 공연이 중단되기도 했었다.

고난을 이기고 북경을 수복하는 장면이 나오자 환난을 직접 겪었던 장년층들은 눈물을 흘렸고, 몇몇 이들은 재조지은을 되새기며 조선 측 사절단에게 큰절을 올리기도 했다.

그 후 일정을 마친 사절단은 아직도 전쟁의 상처가 남아 있는 산서의 백성들을 위무하겠다며 떠났고, 모두가 그런 행보를 칭송했다.

그렇게 대사를 치른 북명 황실엔 새로운 가족이 생겼고, 아내를 얻은 태자는 꿈만 같았던 첫 만남을 떠올렸다.

태자는 조선을 방문했을 때, 중전 권씨와 태자비의 친모인 양씨를 만났었다. 그 자리는 장인 광무제와 대면했을 때와는 다르게 어색하기 그지없었다.

하지만 그런 낯섦도 오래가지 않았다.

중전과 양씨가 조선 황가의 풍습이라며 선이라는 명목으로 혼인 당사자인 두 사람을 대면시켜 준 것이었다.

주유검은 첫 만남에서 경회루의 누각을 바라보는 그녀의 뒷모습을 보곤, 햇볕을 받아 아름다운 빛을 내는 갈색빛 머리카락에 먼저 감탄했다.

이후 드러난 그녀의 자태는 중원의 전통적인 미인상과는 좀 달랐지만, 천하절색이라 할 수 있었다. 짙고 가지런한 눈썹과 더불어 커다란 눈망울, 그리고 시원하게 뻗은 콧날, 웃을 때마다 보이는 가지런한 이빨과 더불어 붉은 입술, 거기에 깊게 파이는 보조개까지. 그야말로 폐월수화, 침어낙안이었다.

또한 앳된 소녀의 모습 속에 성숙한 여인의 향기가 느껴졌고, 소문으로 들었던 천하제일미라는 수식어만으론 그녀의 외모를 표현할 수 없다고 느끼기도 했다.

결국 그는 그 자리에서 한눈에 사랑에 빠졌고, 자신을 이 자리에 존재하게 한 세상 모든 것에게 감사했다.

심지어 자신의 나라를 침략해 양국 간 국혼의 계기가 되었던 달자 무리에게도 감사하고 싶을 지경이었으니.

열일곱 청년은 얼굴이 붉어진 채, 먼 곳을 바라볼 뿐이었고 남편 될 사람의 그런 모습을 본 열네살의 소녀는 지극히 아름다운 웃음을 보여 청년의 심장을 흔들었다.

이후 모든 일정은 일사천리처럼 빠르게 이루어졌고, 북경으로 돌아온 그들은 혼례를 치르자마자 매일 붙어 다니며 금슬을 과시하곤 했다.

하지만 그런 그에게도 고민이 있었다.

"부인, 오늘 단련은 좀 쉬면 안 되겠습니까? 어제는 정말이지……."

주유검이 지독했던 어제를 떠올리며 말끝을 흐리자, 태자비가 답했다.

"이게 다, 태자 전하를 위한 일입니다. 황상께서도 단련을 소홀히 하는 전하 덕에 매일 근심에 잠겨 계신다고 소첩에게 말씀하셨습니다."

어릴 적부터 아버지나 역관들에게 명국어를 배웠다는 그녀의 발음이나 어휘는 현지인이나 다를 바 없었다.

"으음……. 그래도 내 천성이 무관과는 거리가 먼 걸 어찌하겠소?"

광무제의 영향을 받아 운동 중독자가 된 주기진과 다르게 아들인 주유검은 몸을 움직이는 것을 싫어했다.

예전의 주기진처럼 먹을 것을 탐하는 것은 아니나, 경전과 더불어 조선에서 번역되어 들어온 소설책을 온종일 붙들고 사는 그에겐 단련이란 고문이나 다름없기도 하다.

"체굴법이 그리 싫으시면 소첩과 함께 말을 타러 가시는 건 어떻겠습니까?"

"사실 말에 오르다 떨어진 적이 있어 그것도 좀……."

심각한 운동치인 그는 조선에 가기 전에 승마를 연습하려고 말에 오르다 떨어진 적이 있었고, 한층 더 몸 쓰는 것을 싫어하게 되었기도 하다.

"혹시, 전하께선 소첩과 함께하는 게 싫으신 겁니까……?"

지난해 장인에게 인사를 올리기 위해 조선에 직접 다녀왔던 태자 주유검은 광무제에게 자신의 딸을 울리면 가만두지 않겠다는 농담조 협박을 들었고.

수심에 찬 그녀의 얼굴을 보니 눈빛만으로 자신을 죽일 수 있을 것 같았던 두려운 장인의 얼굴이 떠올랐다.

결국 그녀의 천연덕스러운 연기에 넘어간 주유검은 곧장 고개를 저으며 답했다.

"아니오. 내가 어찌 부인을 싫어하겠소? 다만… 내가 몸을 쓰는 것에 능하지 못해 그런 것이니 조금 양해를 해주시구려."

"이게 다, 훗날 낭군께서 소첩과 합궁할 때를 위함이기도 합니다. 이 체굴법의 효능으로 말씀드리자면……."

경희의 나이가 아직 어려 두 사람은 합방하지 않았던 상황.

한창 성에 호기심이 많을 나이인 주유검은 그녀의 은밀한 설명에 아찔함을 느꼈고, 이내 고개를 끄덕이며 그녀에게 답했다.

"알겠소. 이게 다 앞으로 황실의 후손을 보기 위함이라면 어쩔 수 없구려."

그렇게 결국 어제처럼 체굴법을 시작한 그는 곧바로 후회했고, 그와 함께 스쿼트를 시작한 그녀는 정확한 동작으로 시범을 보였다.

하지만 주유검의 모습을 본 그녀는 다른 인격이라도 깃든 것처럼 돌변했고, 이내 그가 실시하는 동작의 횟수를 세어가며 다그치듯 말했다.

"사십 회입니다."

"허억, 헉… 부인, 어째서 사십구 다음이 사십이 되는 거요?"

주유검이 다리를 후들거리며 묻자, 경희는 이내 오른손 검지를 좌우로 흔들며 단호하게 답했다.

"전하의 자세가 흐트러졌으니, 사십으로 되돌림이 마땅합니다."

"대체, 무슨 법도가 그렇단 말이오?"

"소첩이 세는 수는 정랑(情郎)께서 올바른 자세와 속도로 정해진 동작을 취할 때야 비로소 늘어나는 법이옵니다. 소첩도 아바마마와 궁인들에게 이렇게 배웠으니, 정랑께서도 능히 이리해야 옳사옵니다."

주유검은 처음으로 부인에게 듣는 정랑이란 애칭에도 불구하고, 신경 쓸 겨를조차 생기지 않았다.

"부인… 제발."

"그리 애원하셔도 정랑께서 백 번을 채우기 전까진 여기서 나가실 수 없습니다."

그렇게 태자궁엔 구슬픈 비명이 이어졌고, 환관들을 통해 소식을 들은 주기진과 황후 전씨는 며느리를 잘 들였다며, 황실의 밝은 장래에 기뻐했다.

*　　　　*　　　　*

조선의 도성인 한성에선 예조의 지시하에 1465년 단오절에 선보일 새로운 놀이를 연습 중이었다.

"야! 사람 말고 공을 때리라고—오!"

연습을 지켜보던 예조판서 신숙주가 뛰쳐나와 고함을 질렀고, 사람을 친 이는 고개를 숙이며 답했다.

"송구합니다, 대감……. 저도 모르게 그만……."

지금 신숙주는 광무제가 새로운 놀이를 정리해 집필한 서적 동국신세시기(東國新歲時記)에서 야구(野球)라는 명명된 경기를 장정들에게 연습시키고 있었으나.

타자가 공 대신 사람을 두들겨 패 그 누구보다 예를 준수해야 할 예조판서의 입에서 거친 소리가 나오게 한 것이다.

"아니, 날아오는 공을 쳐서 날려 버리라는 게 그리 어렵나? 왜! 공을 받는 포수의 뒤통수를 두들기는 거야?"

"대감, 사실 저놈이……."

청색 옷을 입은 타자가 항변하려 하자, 몽둥이에 맞아 쓰러져 있던 적색 옷의 포수가 여러 겹의 짚을 꼬아 만든 머리 보호구를 벗어 던지며 일어나 말했다.

"대감, 이놈이 앙심을 품고 소인을 친 게 분명합니다. 이런 놈은 바로 관아에 보내 치도곤을 쳐야 합니다."

"뭐가 어쩌고 어째? 좀 전에 투수한테 날 맞히라고 한 놈은 어디의 누구더라?"

"증좌 있냐? 어디서 헛소리야?"

"좀 전에 세 번이나 내 몸 쪽으로 날아온 공이 증좌다, 이 새끼야!"

타자는 포수가 착용 중인 상체 보호구를 방망이로 찔러가 며 고함을 쳤고.

포수도 그에 대응해 주먹을 날려 양 패에서 선수들이 달려 와 드잡이를 벌이기 시작했다.

그들을 말리려던 신숙주는 머리를 부여잡으며 한숨을 쉬었 다.

"난항을 겪을 거란 매월당의 의견이 옳았군……. 하아……."

본래 석전꾼 출신인 장정들은 돌 대신 고무라고 명명된 신 대륙의 특산품을 가죽으로 감싸 만들어 나름대로 안전한 공 과 더불어 석전에서 쓰던 보호 장비를 개량해 야구를 연습하 고 있었지만, 문제는 안전이 아니라 다른 데 있었다.

광무제가 나름대로 야구의 원규칙을 살리면서도 시대에 맞춰 간소화한 야구를 이들이 당장 받아들이는 건 힘든 일이었다.

신숙주가 선발한 유명한 석전꾼 출신 선수들은 규칙을 이 해하지 못한 이가 태반이었기에 헤매는 모습을 보여주었고, 개중 몇몇은 나름대로 규칙을 이해하면서도 석전을 하던 시절 의 거친 성질을 버리지 못했던 것이었다.

그 결과 투수가 던지는 공은 타자를 향하기 일쑤였고, 타자는 보복으로 몽둥이를 투수에게 집어 던지거나 방금처럼 포수를 두들겨 신숙주의 인내심을 시험하곤 했다.

"네 이놈들! 폐하께서 친히 고안하신 놀이를 연습하면서 이런 추태를 보일 셈이냐?"

"그래! 그만하면 되었다. 전부 이쪽으로 모여."

양 패의 책임자들이 나서자 장내의 분위기가 간신히 진정되었고 각자의 자리로 돌아갔다.

북경에서 금군 대장직을 반납하고 차기 사관학교장으로 임명된 청구단(靑球團)의 감독관 이징옥(李澄玉)이 선수들을 엄하게 다그쳤다.

"한 번만 더 난동을 부리면 관아로 보내 버릴 것이야."

"대감, 소인도 참으려 했지만 저놈들이 아까부터 시비를……."

몽둥이로 포수를 후려친 타자가 항변하듯 답하자, 규율을 중시하는 이징옥이 날카롭게 쏘아보며 일갈했다.

"국법으로 석전이 금지된 상황에서 나라에서 금전을 주고 자네들을 청해 새로운 놀이를 선보이려 하는 건데 생각이 있나?"

"……."

"그러니 나랏일을 한다는 생각으로 백성들 앞에서 멋진 모습을 보여야 할 것 아닌가."

"…저놈들이 저를 계속 맞추려는데 가만히 있어야 합니까?"

침묵하던 타자 김 씨가 억울함을 호소하자, 이징옥은 큰 소리로 외쳤다.

"자넨 군역을 지는 동안 거기서 대체 뭘 배웠나? 행여 전장에 나가서도 사감을 내세워 아군과 싸울 셈이더냐?"

"송구합니다."

꾸중을 듣는 청구단과 대조적으로 화기애애한 분위기의 홍구단(紅球團)의 감독관은 이징옥의 형이자, 화령 과이심(코르친) 관찰사로 관직 생활을 마감한 이징석(李澄石)이었다.

"하하하! 잘했어, 저놈들한테 얕보일 순 없지."

이징석의 칭찬에 고의로 타자를 맞추라고 지시했던 포수가 답했다.

"영감, 예조판서 대감께서 진노하신 듯한데, 조금 자제할까요?"

포수의 말에 이징석은 얼굴이 시뻘게진 채 관중석에서 이들을 살피는 신숙주의 모습을 확인하곤, 조용히 말을 이어갔다.

"그래, 이만큼 기를 죽여놨으니 저놈들도 위축됐을 거다. 그리고 저쪽의 감독관은 너희들도 알다시피 쪼잔하기 그지없는 놈이 아니냐."

이징석은 평소 금군 대장으로 명성을 날렸던 동생을 별것 아니라며 깔아뭉겠고, 한때 북방의 유목민들에게 공포의 대상이 되었던 그는 홍구단의 선수들에겐 덩치만 큰 허당 노인으로 인식되었다.

"예, 그렇습니다!"

본래 양산 이씨 삼 형제는 어렸을 때부터 무용으로 유명했고, 형제가 모두 무관으로 출사했었다.

하지만 모두가 인정하는 청백리이자 모범적인 군인인 이징옥과 다르게 맏형인 이징석은 재물과 공적을 탐하는 성격이었다.

형은 명국 금군 대장으로 출세해 대감으로 불리는 동생을 남몰래 질시했고, 아버지의 상을 치를 당시 매장지 문제로 기분이 상한 이징석은 이징옥에게 시비를 걸었다.

아버지의 유언대로 가문의 북쪽 선산에 매장해야 한다는 동생의 말에 형은 자신의 재산을 손해 볼 것 같아 반대했고.

꼬장꼬장한 동생의 발언에 진노한 이징석은 그를 두들겨 패려 달려들었지만, 막냇동생 이징규와 가문 사람들의 필사적인 만류로 실패했다.

집안사람 모두가 금군 대장으로 출세한 이징옥의 편을 들었던 것이고, 그는 재산에 눈이 멀어 아비의 유언조차 무시한 불효자로 찍혀 손가락질 받았기에 둘째 동생을 한층 더 질시하게 된 것이었다.

그런 와중에 자신은 변방에서 관찰사로 관직을 마감하게

되었으니, 금군 대장직을 거쳐 사관학교의 2대 교장으로 진급이 예정된 동생을 한층 더 미워할 수밖에 없었던 것이고.

그의 추악한 질투가 절호의 기회를 만나 이런 방식으로 표출된 것이었다.

"지금부턴 직접 손대지 말고, 말로 기를 죽이는 게 좋겠군. 그러다 저놈들이 먼저 손을 쓰면 예판 대감에게 내세울 명분도 우리에게 주어지니."

"알겠습니다!"

그렇게 단오를 이 주가량 남기고 사흘에 한 번꼴로 양 구단의 연습경기가 이어졌고, 청구단은 일방적으로 시비를 거는 홍구단에 기가 죽어 패하곤 했다.

한편, 예조에서 야구와 동시에 채택된 축구 경기장에서도 비슷한 일이 벌어지고 있었다.

석전꾼 출신 장정을 동원한 야구와 다르게 무관들을 동원한 축구는 겸사복과 내금위 출신끼리 패가 나뉘어 축구공 대신 사람을 걷어찬 것이었다.

이쪽은 야구에 비하면 규칙이 엄청나게 간단한 데다 관중들이 보는 재미가 있을 거라 확신했지만, 연습 도중 부상자가 속출해 단오에서 선보이는 건 잠정적으로 보류해야 했다.

야구 쪽은 이징옥의 엄격한 대처로 더는 충돌을 일으키지 않고 무사히 전력을 보존한 채, 단오를 맞이할 수 있었다.

단옷날, 조선의 첫 야구 경기는 조보를 통해 홍보되었기에 석전을 대신할 볼거리를 찾아온 백성들이 즐비했다.

그렇게 백성들과 일부 조정 신료들, 그리고 태자 내외가 참석한 채 경기가 시작되었다.

전통 놀이인 석전과 비슷한 놀이로 생각해 찾아온 백성들은 생각 외로 시시한 경기 진행에 실망감을 표했다.

홍구단의 투수는 상대하기 어려운 타자가 나오면 일부러 몸에 맞혀 내보내고, 상대하기 쉬운 이들만 골라 승부를 보았다.

그렇게 연습 때부터 상대의 기를 죽여놓은 홍구단의 일방적인 공세로 경기가 흘러갔다.

"아악!"

연습 때 공 대신 홍구단의 포수를 후려쳤던 김 씨가 세 번째 몸에 맞는 공으로 출루하자, 상대를 맞춘 투수는 태연하게 손을 까닥이며 김 씨를 바라보았다.

결국 그는 이제껏 쌓아왔던 울분을 참지 못하고 투수에게 달려들었다.

"야이, 개새끼야!"

김 씨가 투수에게 달려들자, 그간 울분이 쌓일 대로 쌓였던 청구단도 일제히 경기장으로 뛰어들었다.

선수들을 만류하려는 이징옥의 고함은 관중들의 열광적인 함성에 묻히고 말았다.

양 패의 격렬한 싸움이 이어졌고, 관중들은 이기는 편이 우리 편이라며 그간 석전으로 보아 익숙한 모습에 환호했다.

　"이야, 이제야 좀 볼만하네."

　"그러게, 대체 이게 무슨 짓인가 싶었는데. 어? 야야, 저것 좀 봐."

　"누굴 보라는 거야?"

　"저쪽에 덩치 큰 사람."

　어떤 관중이 옆 사람이 지목한 곳을 바라보자, 선수들보다 머리 하나 정도는 더 큰 노인이 장내에 난입해 손을 쓰고 있었다.

　그의 손에 신체 일부를 잡힌 청구단 선수들은 엄청난 악력을 버티지 못하고 쓰러져 고통으로 온몸을 비틀어댔고,

　노인이 지나가는 곳마다 같은 행동을 반복하자, 열기를 띠던 싸움의 현장도 금세 가라앉았다.

　"허, 저놈은 나이도 안 먹나, 무식하게 힘만 세네."

　더러운 전략으로 패싸움을 초래한 홍구단의 감독 이징석이 동생의 여전한 괴력을 보곤, 자신도 모르게 감탄했다.

　홍구단은 그간 호구처럼 보아왔던 이징옥의 괴력에 위축되었고, 이내 겁을 먹곤 그들의 자리로 물러났다.

　싸움이 간신히 진정되자 관중들은 분위기가 고조되었는지, 석전을 관람하듯 열성적인 응원이 쏟아져 나오기 시작했다.

한편 부모를 따라온 어린아이들은 석전에 익숙한 어른들보다 재미를 느끼고 있기도 했다.

아이들은 복잡한 규칙 따윈 모르지만, 던지고 치고 달리는 선수들의 모습에 매료되었다.

한때 8 대 0까지 갔던 경기는 이징옥에게 위축된 홍구단 선수들 덕에 청구단이 마지막 공격 직전 8 대 5까지 따라갔다.

위기를 구원하러 나선 홍구단의 마지막 투수는 두 타자를 잡아낸 후 제구의 난조로 인해 타자 두 명을 걸어 나가게 했고.

후속 타자 김 씨를 고의로 거른 다음 이제껏 해왔던 것처럼 다음 타자를 상대하기로 마음먹었다.

"사구!"

심판의 외침으로 김 씨가 불만에 가득한 표정으로 1루에 나가자, 홍구단의 감독 이징석이 웃으며 안도했다.

"흐흐, 이제 이긴 거나 다름없네. 이제 나올 놈도 없으니."

하지만 그의 예상이 빗나가는 일이 벌어졌다.

"심판, 선수교체 하겠소! 대타는 본관이오!"

이징옥의 선언에 이징석은 어이가 없어서 심판에게 나가 따졌다.

"이보시게, 감독관이 선수로 나서는 법이 있소?"

그러자 방망이를 들고 타석으로 걸어 나온 이징옥이 냉소를 지으며 형에게 대답했다.

"형님, 소제가 규칙을 전부 살펴봤지만, 감독관이 선수로 나서는 것을 금지하는 규정 같은 건 없었습니다."

그러자 이들과 마찬가지로 초짜인 심판이 조심스럽게 말했다.

"···대감, 정말 그래도 되는 건가요?"

애당초 광무제가 제정한 야구의 규칙은 최대한 복잡한 규정을 줄여두었기에 감독의 출전을 막는 항목 따위가 있을 리 만무했다.

"애당초 규칙을 살피자면 외부인을 선수로 쓰는 것만을 금지해 두었지. 본관이 청구단의 외인인가?"

"그게 무슨 말 같지도 않은 소리야?!"

결국 심판들이 모두 모여 상의를 시작했고, 규정집까지 가져와 확인한 다음에서야 구심의 선언이 이어졌다.

"대감의 말씀이 맞습니다. 따라서 청구단의 선수교체를 인정하겠습니다."

"허, 참. 어이가 없어서 정말."

심판의 선언이 떨어지자, 이징석은 동생을 노려보곤 자신의 자리로 돌아갔다.

"감독관 영감, 어차피 3점 차이가 아닙니까. 1점이나 2점 정돈 줘도 그만인데 왜 그러십니까. 그리고 저 나이에 뭘 하겠어요?"

홍구단의 선발투수가 돌아온 감독을 위안하듯 말하자, 그는 이내 고개를 저으며 답했다.

"저놈은… 내 동생이지만 무슨 일을 저지를지 모르는 놈이야."

"영감께서 저 늙은이는 별것 아니라고, 소문도 죄다 허풍이라고 말씀하시지 않았습니까."

"으으음, 그렇긴 한데……."

앓는 듯한 이징석의 말은 이징옥이 초구에 휘두른 방망이의 타격음과 함께 끊어졌고.

"어… 어? 저, 저거."

선발투수의 비명과도 같은 말과 함께 엄청난 높이로 떠오른 공은 미래의 야구장보다 한참이나 좁고 낮은 담장을 넘어가 버렸다.

그렇게 조선 최초의 공식 야구 경기에서 첫 전루타(全壘打)가 터졌고, 청구단은 첫 승리를 끝내기로 장식했다.

        *   *   *

난 최근 일 년간 군권이나 인사같이 중요한 부분을 제외한 공무를 홍위에게 맡겨두고 미래를 위한 서적을 집필하는 데 집중했었다.

하지만 내 머릿속에 담겨 있는 방대한 지식을 글로 옮기는 건 끝이 없었고, 나도 모르게 피폐해져만 갔다.

"폐하, 어제부터 쓰시던 새 책을 벌써 끝내신 겁니까?"

내 침전으로 부름을 받고 온 김처선이 물었다.

"아니다."

"혹여 집필이 잘되지 않으셔서 그러십니까?"

"그런 것보단, 내가 조금 지치는구나."

"그럼, 신이 보체에 좋은 것들을 올리라고 하겠나이다."

"아니다. 그런 문제가 아니야. 몸의 문제라기보단 마음이 지친 듯하다."

"…그럼 신이 어찌하면 되겠습니까?"

"내가 자넬 이리 부른 건, 옛일을 떠올렸기 때문이네."

"옛일이라니요. 그게 무슨 말씀이신지……. 신은 통 짐작이 가지 않습니다."

"내 다른 이름을 지어준 자네라면 알고 있을 텐데."

"설마 폐하께선 새 의복이 필요하십니까?"

오랜 시간을 내 전담 내관으로 지낸 김처선답게 눈치가 빨랐다.

"그래. 자네 짐작이 맞네. 눈에 띄지 않는 것으로 준비해 주게."

"예, 신이 의복을 준비해 두겠습니다."

난 바깥으로 나가보고 싶은 마음에 이런 말을 한 거였다.

김처선은 내 옷을 준비하며 금군의 책임자들에게 미리 말해두었는지, 난 별다른 저항 없이 점심시간을 틈타 궁 밖으로 나왔다.

김처선은 자신의 취향을 반영한 듯한 화려한 옷을 입었고, 난 얼굴을 반쯤 가리는 삿갓을 쓴 채 그의 수행원처럼 보일 만한 복장을 착용했다.

"나리, 어디로 모실까요?"

내 갑작스러운 공대에 김처선은 조금 당황했지만, 이내 천연덕스러운 표정을 지으며 답했다.

"네가 전부터 가고 싶어 하던 시전으로 가자꾸나."

"예, 그럼 나리께서 앞장서시지요. 소인이 뒤를 따르겠습니다."

김처선과 이야기하며 육조 거리의 주변을 슬쩍 둘러보니, 내금위장 김수연과 가별장 이브라이, 그리고 새 겸사복장 이시애가 평복으로 갈아입고 거리를 둔 채 우릴 따라오고 있는 것이 눈에 들어왔다.

물론 날 따라오는 건 저 셋뿐만이 아닐 거란 생각이 든다.

내가 모르는 무관들이 수십, 어쩌면 수백이 있을지도.

"현이, 뭘 그리 보고 있나?"

김처선이 날 가명으로 불렀기에 난 옛 생각을 하며 답했다.

"아, 사숙께서 안 계시니 허전하군요."

"그분은 공무로 바쁘니, 어쩔 수 없잖은가."

난 세자 시절 현 총통위장 김경손과 김처선을 동반해 시전에 나온 적이 있었다.

현이라는 이름도 그때 김처선이 즉석에서 붙여준 가명이었지.

김처선은 당시 건방진 데다 당돌하기까지 한 성격이라 내 심기를 긁었다.

하지만 세월이 흘러감에 따라 그도 진중하게 변했으며, 내관 중 최고인 상선의 자리에 올랐다.

"그때를 떠올려 보니, 시간이 참 많이 흘렀습니다."

"그렇네."

김처선은 나와 함께 나온 게 나름대로 기분 좋은지 웃는 표정을 하고 있었다.

"나리의 자제는 잘 지냅니까?"

김처선은 내 질문에 고개를 끄덕이며 답했다.

"그렇네. 얼마 전 관례도 치렀지."

김처선의 양자가 벌써 그런 나이가 된 건가. 참 시간 한번 빠르네.

"앞으로 뭘 시키실 생각입니까?"

"글쎄, 그 아이가 하고 싶은 걸 찾는 중이긴 한데, 관인이 되고 싶은 마음은 없는 듯하네."

"그렇습니까? 참 아쉽게 되었군요."

그런 이야길 하는 사이 나와 김처선은 시전에 도착했고, 내가 기억하고 있던 모습과는 다른 풍경이 날 맞이했다.

"어떤가, 마음에 드나?"

"…예, 그러네요."

내 기억 속의 시전의 모습은 오물이 널려 악취를 풍기고 있는 데다, 길가를 따라 듬성듬성 지어진 점포 중엔 영업을 안 하는 빈 곳도 많았다.

그랬던 그곳이 지금은 공조의 노력 덕분인지, 육조 거리처럼 보도엔 반듯한 돌이 깔려 있었고.

시전에 입점한 점포엔 정음으로 상호를 적어둔 간판이 걸려 있었다.

게다가 조그맣게 시작했던 백화상과 더불어 실질적으로 은행 역할을 하는 환전소는 커다랗게 개축해 시전 입구에서 손님을 맞이하는 듯 보였다.

백화상과 환전소를 지나치니, 변변한 먹거리조차 팔지 않던 예전과는 다르게 식당도 여럿 생겼는지, 곳곳에서 음식 냄새를 풍겨가며 내 식욕을 자극했다.

"시전의 모습이 맘에 드나?"

"예, 그렇네요. 예전에 보았던 모습은 전혀 남아 있지 않군요."

"그런가? 이젠 점포가 구역별로 나뉘어 있기도 하네."

"그보다 허기가 진데, 뭘 좀 먹고 둘러보는 게 어떻겠습니까?"

"그러지."

난 뭘 먹을지 고민하다 김처선이 권유하는 고급 식당을 배제하고 적당히 오래되어 보이는 식당에 들렀다.

상호가 개성밥집이라 적혀 있던 것도 내 호기심을 자극했기에 이곳으로 결정한 거였다.

"자네… 이런 걸로 요기가 되겠나?"

김처선이 돼지고기가 들어간 국과 밥을 지켜보며 조심스럽게 말문을 열었다.

"이 정도면 충분합니다."

그런 내 대답에 김처선은 이마에 손을 얹으며 신음하듯 말을 이어갔다.

"다른 좋은 곳도 많은데… 하필."

그러자 식사를 내어 온 식당 주인 사내가 김처선에게 이야기했다.

"아이고, 나리께선 저희 음식이 마음에 안 드시나 봅니다."

"아, 그게 아니라 내 수행원에게 비싼 걸 사주겠다고 했더니, 여기로 와서 그런 거네."

"그렇습니까? 필요한 게 있으시면 말씀해 주세요."

난 주인의 말이 끝나자 물었다.

"여기, 고춧가루가 들어간 건 없습니까?"

"아아, 우리 손께서는 매운 걸 좋아하시나 봅니다? 매운 백채 김치가 있긴 한데, 그건 따로 주문하셔야 합니다."

"그럼 그거 한 접시 주시오."

"예."

내가 주인장에게 매운 김치를 주문하는 사이, 김처선은 음식의 간을 보겠다는 명분으로 내가 먹을 것들을 조금씩 덜어 기미를 보았다.

"음, 이 정도면 먹어도 되겠군. 들자꾸나."

"예, 고맙습니다. 그럼 맛있게 드십시오, 나리."

난 먼저 국에 들어간 수육을 집어 소금에 찍어 맛을 보았고, 돼지의 잡내 하나 없는 데다 부드러운 고기 감촉에 놀랐다.

"나리, 이거 맛있는데요?"

"그래? 그렇다니 다행이구나."

난 국물에 띄워진 부추와 함께 고기를 한 점 더 집어 입에 넣었고, 그 맛에 나도 모르게 감탄이 흘러나왔다.

"어이구, 우리 손께선 참으로 복스럽게도 드시네요. 마음에 드십니까?"

주문했던 매운 김치를 가져온 주인에게 난 웃으며 답했다.

"정말 맛있네요. 이건 주인장께서 직접 조리를 하신 겁니까?"

"예, 그럼요. 이 성계… 아니, 개성탕으로 말하자면……."

방금 주인이 성계탕이라고 말하려던 걸 들은 김처선은 내 눈치를 보며 안절부절못했고, 난 설명을 늘어놓는 주인이 보지 못할 각도로 삿갓을 살짝 올려 김처선을 바라보고 진정시키며 맞장구를 쳤다.

"주인장께서 밤을 새워가며 정성을 들인 음식이란 말씀이로
군요. 참으로 훌륭하십니다."

"별말씀을요. 그건 그렇고, 그리도 큰 삿갓을 쓰고 드시면
불편하지 않습니까?"

"아뇨, 괜찮습니다. 더 필요한 게 있으면 부르도록 하지요."

주인장이 물러나자 김처선이 속삭이듯 말했다.

"불경죄로 엄히 다스리겠습니다."

난 김처선에게 고개를 저으며 식사를 이어갔다.

뜨끈한 국물을 맛본 난 미래의 배추와는 비교조차 할 수
없는 작은 크기의 김치를 손으로 찢어 밥이 담긴 수저 위에
얹어 입으로 넣었다.

음, 이것도 괜찮네. 숙수들이 한 정도까진 아니지만, 나름대
로 색다른 맛이야.

난 남아 있는 국에 밥을 말아 김치와 함께 전부 먹어 치웠다.

함께 식사를 마친 김처선이 주인장에게 불편한 기색을 띤
채 계산을 마쳤고, 난 뒤에서 그 광경을 지켜보다가 의외의 사
실을 알 수 있었다.

김치 한 접시가 개성탕보다 비싼 것이었다.

배추는 원래 화령이 원산지인 데다, 농조에서 지속적인 종
자 개량에 힘쓰곤 있지만, 아직까진 미래처럼 대대적으로 보

급된 채소가 아니다.

그나마 최근 유행하기 시작한 매운 음식들 덕에 수요가 늘긴 했으나, 고추와 더불어 고가의 식재로 취급되는 듯 보였다.

"감사합니다. 또 찾아주십시오!"

김처선은 식당을 나서면서도 불편한 기색을 감추지 못했기에 난 그에게 다가가 속삭이듯 말했다.

"상선, 행여라도 내 뒤를 쫓아오는 이들에게 말해 저 사람을 어떻게 해볼 생각이면 그만두게나."

"하오나……."

"주인장이 개성 출신이니 충분히 할 법한 실수고, 내 욕을 했다 해도 개의치 않네. 아무튼 다음은 어디로 갈까요?"

난 일부러 뒷부분을 큰 목소리로 말했고, 김처선은 한숨을 쉬며 내 연기에 어울려 주었다.

"여기서 좀 더 안쪽으로 들어가면 포목 상점들이 있네."

"예, 그럼 그쪽으로 가시지요."

김처선을 따라가자, 각종 옷감이 즐비한 구역이 보였고 난 그곳에서 화려한 색의 비단부터 무명으로 짠 광목까지 수많은 것들을 보았다.

개중 몇몇 상점은 미리 만들어둔 옷을 파는지, 목제 인형에다가 옷을 입혀 전시해 두기도 했다.

전시된 옷들의 복식은 각양각색이었다.

소매가 넓은 조선식 도포와 상의가 먼저 눈에 띄었고, 북방식에 영향받아 소매가 가늘고 좁은 상의와 더불어 서역식의 폭 좁은 바지도 보였다.

옷을 구경하다 보니 머리에 터번을 두른 회회계들이 시장을 돌아다니는 게 보였고, 변발한 북방의 일족들도 눈에 띄었다.

그들이 향하는 방향을 보니 그 끝엔 이발소라고 적힌 점포가 있었고.

무관들을 흉내 낸 듯한 짧은 머리에 서역식 바지와 좁은 소매의 상의를 입은 채, 머리에 기름을 발라 정돈해 나오는 사내들이 보였다.

저걸 보니 앞으로 시간이 더 흐르면, 터번을 두르는 회회계를 제외하곤 복식이나 머리 모양만으론 출신을 구분하긴 힘들 거란 생각이 들었다.

"나리, 이 앞엔 뭐가 있습니까?"

내가 갈림길 앞에 서서 묻자 김처선의 대답이 돌아왔다.

"왼쪽은 대장간이랑 자재 같은 걸 파는 곳이고, 오른쪽으로 가면 식재와 미곡을 파는 곳이라네."

"오른쪽부터 가볼까요?"

"그러지."

식재를 파는 곳엔 여름인데도 얼음을 파는 점포가 눈에 띄었기에 가보았다.

주인장의 설명을 들어보니, 그들은 한겨울에 한강에서 채취한 얼음을 서빙고처럼 저장해 두었다가 주문을 받아 배달해 주는 방식으로 영업 중이란다.

얼음값이 비싸긴 하지만, 각종 먹거리 수요가 늘어나 사대부나 부자들 사이에서 인기가 좋다고 한다.

그곳을 나오니 예전엔 시전에서 볼 수 없던 과일이나 건과를 파는 점포도 있었고.

황태나 말린 전복 같은 건어물이나 말린 고기들을 파는 점포들도 보였다.

이만하면 시중에서 유통되는 물건의 질이나 종류가 황궁에 들어오는 것들 못지않다는 생각이 들었다.

제주도를 제외한 나머지 지역의 공납제도 폐지되었으니, 시전에서 구해 오는 물품이 꽤 있으리라 짐작된다.

제주도는 아직 농사짓기가 힘들어 특산품을 공납의 형식으로 올리면 거기에 상응하는 쌀과 필수품으로 교환해 주는 방식이라 공납제는 그들의 생계가 달린 문제기에 폐할 수 없었기도 하다.

그런 생각에 잠긴 채 걸음을 옮기던 내게 어떤 사내가 가게 입구에서 커다란 가위로 갓 만든 엿을 자르며 아이들의 눈길을 끄는 모습이 보였다.

간판에 귀당(貴糖)이라고 적힌 점포를 살펴보니, 그가 파는 물품은 엿뿐만이 아니라 여러 가지가 있었다.

커다란 눈깔사탕부터, 값비싼 카카오를 가공한 듯한 초콜릿과 영의정 황보인이 개발한 캐러멜 등 수많은 단것이 아이들을 유혹하고 있었지만, 녀석들은 돈이 없는지 침만 꼴깍 삼킬 뿐이었다.

난 결국 김처선에게 눈짓해 사탕을 하나씩 사주라 일렀고, 손가락만 빨아야 했던 아이들은 마음씨 착한 부자 아저씨에게 배꼽 인사를 하며 행복한 하루를 보내게 되었다.

난 그렇게 식재를 파는 곳을 마저 돌아보곤 옆 구역으로 향했고, 거기선 평소 군기감에서 보아 익숙한 모습이 보였다.

경쟁하듯 늘어서 있는 대장간마다 열기가 뿜어져 나왔고, 거기서 완성된 농기구들이 전시되어 주인을 찾고 있었다.

대장간마다 전문적으로 만드는 게 다른지, 각자 다른 것을 전시해 놓았다.

그것들을 살펴보니 낫부터 쟁기와 가래, 도리깨나 갈퀴같이 도구부터, 철로 뼈대를 만든 등짐형 지게가 보였다.

농기구를 만드는 곳을 지나니 수레부터 시작해 우차와 마차를 파는 곳도 있었다.

각종 목재를 파는 곳을 지나 마지막으로 가축을 파는 곳까지 둘러보니 어느새 해가 저물기 시작했고, 슬슬 돌아갈 때가 되었음을 느꼈다.

"나리, 오늘 참으로 즐거웠습니다."

내 말에 김처선은 안도하는 표정으로 답했다.

"그렇다니 다행이구나."

김처선도 고생이 많았을 거다. 내 존대를 들어가며 안내부터 시작해 신경 쓸 게 한두 개가 아니었을 테니까.

게다가 날 암중에서 경호하러 나온 금군 일동까지.

즐겁긴 한데, 역시 자주 나와선 안 된다는 생각이 들었다.

"앞으로 바깥출입은 자제해야겠습니다."

"그런가."

난 문득 멀어지는 시전의 풍경을 보니, 이젠 내가 모든 걸 짊어질 필요가 없다는 생각이 들었다.

시전 하나만 봐도 이 나라는 내가 예상한 것 이상으로 많은 게 변했으니.

이젠 내가 나서서 뭘 하려는 것보단, 이대로 자연스러운 흐름에 맡겨두어도 될 것 같다.

그럼 난 그다음을 준비해야겠어.

*   *   *

1465년의 가을이 시작될 무렵, 젠틸레가 조선에서의 체류를 마치고 베네치아로 귀국했다.

젠틸레는 후원자를 찾아 동쪽 땅의 이야기인 신동방견문록(新東方見聞錄), 실상은 조선의 이야길 정리한 새로운 세계의 기록(Nuovo Divisament dou monde) 삼부작을 출간했다.

그의 책 전반의 내용은 실크로드를 통한 육로로 조선으로 도착하기까지 과정을 담았으며.

중반은 그가 조선에서 머물며 보았던 가별초 선발 대회와 더불어 사회제도나 역사 같은 이야기를 다루었고.

후반엔 중요한 서적 편찬 작업에 참여하며 전순의와 나이를 초월한 우정을 쌓은 것을 이야기하며, 동시에 동방의 신비한 식의학과 더불어 새로운 식자재들의 맛, 그리고 그가 귀환할 때 거친 남방 항로의 나라에 대해서도 간략히 다루었다.

본래 화가인 젠틸레의 삽화로 인해 조선 사람들의 복식부터 풍경, 그리고 소문으로만 들었던 동방 기사들의 모습이 전부 담겼고, 이는 곧바로 커다란 화제가 되었다.

새로운 동방견문록은 그간 동방에 대한 환상을 품고 있던 베네치아의 상류층들에게 선풍적인 인기를 끌기 시작했다.

젠틸레의 새 후원자는 외교 사절로 광무제를 알현하고 단기 독점 교역권을 따내 베네치아에 엄청난 부를 가져다준 베르나르도 주스티아니였다.

그는 조선에 개인적인 흥미를 느끼고 있었기에 젠틸레를 후원한 것이었으며, 새로운 동방견문록이 인기를 끌자 투자한 금액의 몇 배 이상으로 돈을 벌게 되어 함박웃음을 지을 수 있었다.

그의 책은 단순히 동양을 소개하는 데 그치지 않고 새로운 분야를 개척하는 데 영향을 주기도 했다.

먼저 음식을 잘 먹으면 건강해질 수 있다는 이야기인 동양의 식약동원(食藥同源)에 관심을 가진 이들이 나왔고, 새로운 식자재에도 흥미를 보이는 이들이 나왔다.

또한 젠틸레가 작중에서 황실의 화가들에게 동양화를 배웠다는 서술 덕에 수많은 예술가가 그를 만나고 싶어 했으며.

사라이에서 열린 회담 당시, 각국의 지배자들이 한데 모인 그림이 있다는 이야길 읽고 그의 작품을 사고 싶어 하는 이들마저 생겼다.

결국 젠틸레는 베네치아 사교계에서 최고 인기인이 되어 무수한 악수 세례를 받게 된 것이었다.

그는 즉흥적으로 조선행을 선택하곤 가문의 계승과 더불어 도제 전담 화가의 직책마저 포기했었지만, 이젠 그런 자리가 하찮아 보일 정도로 출세해 버린 것이기도 하다.

한편 1465년의 겨울, 사라이 국제 향신료 거래소의 실무 책임자 아이작은 황당한 요청을 듣곤 되물었다.

"다짜고짜 만드라고라를 팔아달라니, 그게 대체 무슨 이야기요?"

"이곳의 책임자이신 경께서 동방의 만드라고라를 모르신다는 게 말이 됩니까? 다 죽어가던 사람도 일어나게 한다는 묘약인데요?"

"여긴 향신료를 거래하는 곳이니 약재 같은 건 취급하지 않소. 더 할 말이 없으면 가주시오."

아이작이 냉정한 표정으로 베네치아의 상인 안토니오를 쳐내려 하자, 그는 다급한 표정으로 가져온 책을 꺼내 내밀었다.

"자, 잠시만요. 이것을 읽어주시겠습니까?"

아이작은 다급해하는 상대의 얼굴을 보곤 이내 고개를 저으려 했지만, 그가 펼쳐 내민 책의 삽화를 보곤 눈을 크게 떴다.

안토니오가 보여준 것은 인삼이 묘사된 그림이었으며, 그는 예전에 부인이 자신의 몸을 보양해 주려 고향에서 힘들게 구해 왔다며 닭과 함께 넣고 끓인 수프를 먹었던 기억을 떠올린 것이었다.

아이작은 조선의 관료가 되고 나서 인삼을 가공한 약재를 조정에서 받은 적도 있었기도 하다.

"이건 만드라고라가 아니라 인삼이군요."

"아! 맞습니다. 제가 먼저 정확한 이름으로 이야기를 드렸어야 했는데, 본의 아니게 혼동을 드렸군요."

"아무튼, 이건 우리 거래소에서 취급하지 않는 품목이오."

"여기서 구할 길이 없단 겁니까?"

"이곳의 주민들이 본국에서 구해 오는 것 말곤 구할 데가 없을 거요."

"으으음… 그 누구보다도 빠르게 선점해 보려고 왔는데……."

"그리고 애당초 인삼은 황실 인삼공사에서 전매하는 물건이오. 독점 같은 건 할 수 없을 거요."

"그렇습니까……."

그렇게 쓸쓸하게 거래소에서 물러난 안토니오는 일전에 오스만과 왈라키아의 전쟁 당시 오스만에 큰돈을 투자했다가 손해를 본 상인이었다.

한때 발칸반도를 거의 다 점령하다시피 했던 오스만의 영역은 신앙 세계 연합군의 진격으로 절반가량을 상실한 상황이었고, 술탄이 수도 에디르네를 포기할 것이란 소문마저 돌고 있었다.

그렇기에 손해를 메꾸려 새로운 종목인 인삼 무역을 개척하려 한 것이었지만, 무작정 사라이에 온 그는 막막한 심정을 느낄 수밖에 없었다.

"하아… 이걸 어쩌나."

국제 향신료 거래소 앞 광장에 주저앉아 지나가는 사람들을 보던 안토니오는 아이작에게 들었던 말을 되뇌다가 발상의 전환을 하는 데 성공했다.

'내가 이곳의 주민들에게 사들이면 되는 거 아닌가?'

그는 떠올린 것을 곧바로 실천에 옮겼다.

시계탑이 세워져 있는 광장을 지나가는 사람들을 붙잡고, 만약 인삼을 가지고 있는 이들이 있으면 협상해서 사들이려고 한 것이었다.

"저어, 저기 혹시, 인삼을 가지고 계십니까?"

그는 그간 이곳을 드나들며 익힌 조선어로 행인들에게 인삼이 있냐 물었지만, 허탕만 치고 말았다.

하지만 인내를 가지고 묻길 두 시간, 지나가던 젊은 남자에게 그가 고대하던 대답이 돌아왔다.

"그렇소만, 그쪽은 뉘신지요?"

"저는 베네치아에서 온 안토니오라고 합니다."

"그렇습니까? 전 조선의 개성에서 온 박가입니다. 그런데 무슨 일로 제게 인삼을 가지고 있냐 물은 겁니까?"

"아, 제가 인삼을 구하러 이곳으로 왔는데, 거래소에선 취급하지 않는다고 하더군요. 그래서 혹시라도 인삼을 가진 분과 사적인 거래를 할 수 있을까 히여 이리 나선 것입니다."

"아, 그런 거였습니까. 적절한 값을 제시하면 팔 의향이 있습니다."

"그 전에 제가 선생께서 가지고 계신 인삼의 실물을 확인할 수 있겠습니까?"

안토니오는 그간 배운 조선의 예법으로 젊은 박우식을 선생이라 추켜세웠지만, 그는 그런 말에 넘어갈 만한 사람이 아니었다.

그는 개성 출신의 신진 관료였으며, 본래 상행을 업으로 삼던 가문의 사람이었다.

"그럼 여기서 할 만한 이야기가 아니니, 제 공무가 끝나는 시간에 맞춰 따로 만나는 게 좋겠습니다."

"혹시 선생께선 이곳에서 일하시는 분이신 겁니까?"

"예. 말단이긴 하지만 이곳의 관료입니다. 아무튼 7시에 저기 보이는 식당에서 만나는 걸로 하지요."

"알겠습니다."

안토니오는 이곳을 드나들며 조선식 시간에도 나름대로 익숙해졌기에 시계탑을 보곤, 2시간을 더 기다려야 한다는 것을 알았다.

그는 남는 시간 동안 지나가는 사람들에게 말을 걸며 인삼을 구하기 위해 애썼지만, 허탕만 치다 7시를 알리는 시계탑의 종이 울리자 부랴부랴 약속 장소로 향했다.

"5분 늦으셨군요. 상인이란 분이 약속 시각조차 맞추지 못하시다니 실망스럽기 그지없습니다."

식당 종업원의 안내로 박우식을 찾은 안토니오는 탁자에 앉아 있던 그의 말에 당황했다.

"아, 그게… 제가… 좀……."

"이런 기본적인 약속조차 지키지 못하는 분과는 할 이야기가 없군요. 전 먼저 일어서겠습니다."

"잠시만요!"

"할 말 없습니다."

안토니오는 박우식에게 애원하듯 매달렸고, 한참을 설득한 끝에 다시 탁자에 앉게 할 수 있었다.

"정말 감사합니다. 이젠 제가 인삼의 실물을 볼 수 있겠습니까?"

그러자 박우식은 가져온 상자를 꺼내 내용물을 보여주었다.

"색과 모양이 제가 아는 것과는 다른데요?"

"이게 바로 인삼을 쪄서 말린 홍삼입니다."

"예? 어째서……."

"잘 모르시나 본데, 이렇게 가공해야 인삼이 썩지 않고 약효가 더 강해지는 법입니다."

"아아… 그런 거였습니까. 제가 본 책엔 그런 이야기가 적혀 있지 않아 몰랐습니다."

"책이요?"

"예, 최근 제 고향에서 인기를 끈 책에 인삼이 소개되었기에 구하러 온 겁니다."

"그걸, 제가 좀 볼 수 있겠습니까?"

"제 모국의 말로 쓰여 있는데, 읽으실 수 있겠습니까?"

"여기의 업무는 인근 나라의 말과 글을 배우는 것부터 시작합니다."

"아, 그러시군요. 여기 있습니다."

신동방견문록을 받아 든 박우식은 인삼을 소개한 부분을 읽으며 웃음 지었고, 이내 책을 덮어 돌려주었다.

"누가 썼는지는 몰라도 정말 간략하게 다룬 정도군요. 죽어 가던 사람을 일어나게 했다는 문구 말곤 정확한 효능 같은 것도 없고요."

젠틸레가 집필에 참여한 식약 서적 만국식요찬료는 베네치아에 발간되지 않았다.

그가 인상 깊게 보았던 인삼을 그림과 함께 간략하게 소개한 것뿐이었고, 안토니오는 동방의 신비에 혹해 시세가 안정된 미당 말고 다른 품목으로 선점을 누려보려 발 빠르게 움직인 것이었다.

"그 책의 저자는 황제 폐하를 직접 알현한 적이 있는 젠틸레 벨리니입니다. 모르십니까?"

광무제를 만났다는 이방인이 저자란 말에 박우식은 조금 당황했지만, 이내 평정을 되찾고 말을 이어갔다.

"아무튼, 우리 집안은 인삼을 주로 다뤄왔으니, 이곳에 나보다 더 잘 아는 사람은 없습니다. 그러니 제대로 된 효능에 대해 알려 드리죠."

"오… 과연. 제가 실로 귀한 분을 모신 거였군요."

박우식은 타고난 상인의 기질을 발휘해 홍삼의 약효에 대해 말을 이어갔지만, 그는 전문 의원이 아니었기에 모든 것을 다 아는 것은 아니었다.

하지만 그의 말에 넘어간 안토니오는 조선과 인삼 거래를 지속해서 이어간다면, 그간 손해 본 것을 만회하고도 큰 이득을 볼 수 있으리라 확신했다.

"아무튼, 제 설명은 여기까지입니다."

"선생께서 가지고 계신 홍삼은 이 상자 안에 든 것이 전부입니까?"

"안타깝지만, 그렇습니다."

"혹시 다른 아는 분에게 구해주실 수는 없을까요?"

"으음……. 힘들긴 하겠지만, 대가가 따른다면 그래 줄 수도 있지요."

"물론이죠. 그런 의미에서 이걸 2배의 가격으로 사겠습니다."

그러나 박우식의 입에서 나온 말은 안토니오의 예상을 아득하게 초월했다.

"2천 냥."

"…2천이요? 이게 미당 두 포에 가까운 값입니까?"

"물론 원가는 그 가격에 미치지 못합니다."

"그럼 어째서 2천이 되는 겁니까?"

"거기 쓰여 있는 걸 보면 나라에서 공인한 품질증명서도 동봉된 정품 홍삼이지요. 그것을 여기까지 가져오는 데 들어간 비용을 고려했습니다."

"대체……."

안토니오가 운송비가 얼마나 되느냐고 물으려 하자, 박우식이 매끄럽게 말을 이어갔다.

"그리고 내 사적인 시간을 투자해 홍삼을 모아야 하는 시간적 비용이 제일 크게 포함되어 있소."

시간을 돈으로 환산해 제시한 박우식의 말에 안토니오는 뭐 이런 지독한 놈이 다 있냐며 기겁했지만, 상대가 조선의 관료이기에 나름대로 줄을 잡을 기회라고 생각해 어쩔 수 없이 고개를 끄덕였다.

"…알겠습니다. 기꺼이 내지요."

박우식은 나중에 자신이 홍삼을 한 상자씩 더 가져올 때마다 금화로 추가 대금을 달라고 요구했고 안토니오는 한숨을 내쉴 수밖에 없었다.

그나마 위안이라면 조선의 새로운 식재료인 홍감, 즉 토마토가 들어간 음식이 그의 입에 맞았다는 것이었다.

그는 토마토를 구해 고향의 장원에서 키워봐야겠다고 마음먹고 숙소로 돌아갔다.

결국 둘은 다음 날 다시 만나 공증인의 공증 아래 정식으로 계약서를 교환했다.

안토니오와 헤어진 박우식은 자신의 감상을 내비쳤다.

"거참, 정말 상인 맞나? 저만한 호구는 고향에서도 보기 드
문데."

박우식은 조선 관료들에게 해마다 내려오는 하사품 홍삼을
가지고 안토니오를 후려친 것이었다.

박우식은 살래성의 선후배 관료들을 찾아다니며 본래 홍삼
한 상자의 시중가인 은 100냥보다 조금 더 비싸게 사들였다.

그 이야긴 거래소의 실무 책임자인 아이작의 귀에도 들어
갔고, 전후 사정을 파악한 그는 한창때의 자신보다 더 지독한
박우식의 모습에 고개를 젓고 말았다.

안토니오는 결국 박우식에게 총 25상자의 홍삼을 건네받았
고, 돈이 모자라게 되자 자신의 배마저 담보로 잡아야 했다.

그렇게 힘겹게 사들인 홍삼을 가지고 베네치아로 귀국한 안
토니오는 사들인 값의 두 배로 팔아보려 했지만, 지나칠 정도
로 고가의 약재를 선뜻 사려는 사람이 곧바로 나오지 않았다.

결국 안토니오는 절박한 심정으로 자신이 가진 인맥을 총
동원해 가며 홍삼의 효능에 대해 홍보했다.

그러나 해를 넘겨도 사줄 사람이 나타나지 않던 차에 그를
구원해 줄 귀인이 나타났다.

베네치아의 옛 동맹인 피렌체 공화국의 지배자 메디치 가문

에서 소문을 듣곤 홍삼을 사들이겠다고 손을 내민 것이었다.

메디치 가문의 현 가주 피에로 데 메디치는 어릴 적부터 심한 통풍을 앓고 있었고, 그것을 고쳐보려 안 써본 약재가 없다 싶을 정도로 고생하는 이기도 하다.

그는 지푸라기라도 잡는 심정으로 동방에서 들여왔다는 약재를 시험해 보고 효과가 있다면 가진 것을 전부 사들이겠다고 제안했다.

그의 조건은 효과가 있을 경우라고 전제되어 있기에 안토니오는 피렌체를 방문해 떨리는 심정으로 최고급 비단으로 포장한 홍삼을 바쳤다.

그러자 기적 같은 일이 벌어졌다.

언제나 통증으로 시달리며 잠을 설치던 피에로가 처음으로 숙면을 취했던 것이다.

홍삼에 대해 알려준 박우식도 모르고 있었지만, 홍삼의 효능 중 하나가 통풍의 완화였다.

피에로는 약효에 대만족해 기쁜 마음으로 안토니오가 가진 홍삼을 전부 사들였고, 동방의 신비한 약재 이야기는 인접한 나라에도 퍼지기 시작했다.

젠틸레의 책 덕에 큰돈을 벌게 된 안토니오는 비로소 크게 웃을 수 있었고, 시간이 좀 더 흐르자 별로 기대하지 않고 키워본 토마토 덕에 함박웃음을 지을 수 있었다.

갑자기 베네치아에서 불어닥친 홍삼과 새로운 식자재 종자의 수입 열풍 덕에 사라이의 정식 교역 품목으로 새로운 물품들을 채택한 조선도 더불어 웃게 되었다.

제6장

마야정벌기

"아빠-빠-빠!"

"그래그래. 아빠 여기 있다. 우쭈쭈쭈."

"꺄하핫―!"

세 친구 중 가장 먼저 애 아빠가 된 남이가 둘째 아이를 어르며 안아 올리자, 그의 아내가 된 이첼이 엄마를 찾는 첫째를 안았다.

한편 남이와 마주 보고 앉아 그 모습을 지켜보던 구성군 이준이 한숨을 쉬었다.

"왜 그러시오?"

남이는 동년배이긴 하나 직속상관이었던 어유소의 후임이기도 한 구성군 이준에게 의례적인 공대로 물었다.

"황실의 종친께서 이런 곳에서 가정을 이룬 것이 안타까워 그럽니다."

남이는 그의 말에 담긴 의도를 알아채곤, 예전의 자신같이 이들을 무시하는 이준에게 날이 선 말투로 답했다.

"이런 곳? 지금 종친으로서 나를 질책하러 오신 게요?"

이준은 태상황 세종의 친손자이며, 현 직급도 남이의 본래 직책인 종사관보다 높았기에 내심 그를 얕잡아 보다가 말실수를 하고 만 것이었다.

"아, 송구하옵니다. 소관은 그런 말을 하려던 것이 아니고⋯⋯."

"적법한 예를 갖추라."

"⋯구성군 이준이 마야 왕부의 주인께 결례를 범했습니다. 부디 통촉하여 주시옵소서."

"그래, 그럼 이제부터 공무 이야길 해보지."

남이의 자연스러운 하대를 이준은 내심 인정하고 싶진 않았으나, 이미 둘의 신분은 커다란 차이가 나고 말았다.

"⋯예, 전하. 사관을 들라 하겠습니다."

남이는 행방불명된 지 3년 만에 일개 종사관이 아닌 마야의 왕이 되었고, 뒤늦게 그와 연락이 닿은 조선령 멕시카에서는 본국에 이 소식을 황급히 알렸다.

광무제는 이 일을 전해 듣곤 기뻐하며, 파격적인 결정을 내렸다.

심양왕부와 살래왕부에 이어 새로운 번국 마야왕부의 번왕으로 그를 봉한 것이었다.

황실의 종친이나 일부 신료들은 국성 전주 이씨도 아닌 의령 남가에서 새 번왕이 나오는 것에 대해 반발하기도 했으나, 광무제의 결정에 대놓고 불만을 표하진 못했다.

한편 남이의 아버지 남빈은 그 소식을 전해 듣곤 머리를 감싸 쥐었고.

그런 남빈을 비롯해 수많은 관료와 과학자들을 갈아 넣던 태상황 세종은 신대륙을 전진적으로 점유하려는 아들의 의도를 꿰뚫어 보곤, 공개적으로 지지 의사를 표했다.

광무제와 태상황의 파격적인 결정은 여러 황족에게도 큰 영향을 주었다.

의무적 군역으로 그치지 않고 무관으로 새로운 땅을 개척하면 자신들도 새 왕부의 주인이 될 수 있을 거란 희망을 품게 된 것이었다.

그 결과 젊은 종친들의 무관 시험 응시가 늘어난 것과 더불어 신대륙 근무 희망자가 늘어났다.

아직은 그런 사정을 알 수 없는 남이는 이준과 동석한 사

관에게 자신의 옛이야기를 떠올리며 구술하기 시작했고, 사관
이 사초에 남이의 이야길 정리했다.

*   *   *

남이는 사모하던 이첼이 납치되자 서둘러 말을 몰아 습격
자들을 추격했다.

남이와 친하게 지내던 마을의 사내인 깊은 물은 그의 약점
을 떠올리곤 자신이 실수를 저질렀음을 깨닫게 되었다.

깊은 물의 예상대로 심각한 길치였던 남이는 길을 잃은 채
잘 닦인 길을 따라가다 어떤 마을에 도착했다.

남이가 도착한 마을 역시 노예사냥에 당한 흔적이 남아 있
었고, 사냥을 위해 마을을 비웠다 살아남은 사내들이 있었다.

남이는 그들에게 생소한 생물인 말을 탄 데다 완전무장까
지 하고 있었으니, 침략자로 오해받아 공격을 받았지만.

남이는 말에서 내려 별다른 피해 없이 역으로 그들을 제압
하곤 그간 익힌 토속어로 자신의 사정을 설명했다.

그러자 남이의 무력에 감탄한 사내들은 되레 공감대를 형
성하곤, 그를 위한 길잡이가 되어주겠다고 했다.

한편 뒤늦게 흔적을 따라온 깊은 물과 마을의 사내들은 소
가 뒷걸음질 치듯 거둔 성과와 더불어 결과가 좋은 거니 잘된

거란 남이의 말에 떨떠름한 표정을 지을 수밖에 없었다.

두 마을의 생존자들로 연합이 형성되었고, 그들의 안내로 노예사냥의 흔적을 쫓아가다 보니 남이는 생존자들과 평소 마야에 반감을 품고 있던 이들을 규합해 500에 가까운 전사들을 이끌게 되었다.

남이는 이동하는 와중에 틈틈이 그들의 갑주와 무장을 손보기도 했다.

"남쪽의 산, 정말 이렇게 하는 것만으로 효과가 있는 건가?"

"그래, 모두가 나처럼 철갑을 입었으면 좋겠지만, 그럴 수 없으니 최대한 비슷한 효과라도 내야지."

남이는 그들의 누비 갑옷 안쪽에 두꺼운 나무판을 집어넣고 그 위에 주머니를 덧대 꿰매게 한 것이었다.

나무판은 치명적인 급소 부분을 가리게 한 것이었고, 무게도 나름 가벼운 편이라 그들은 불편해하긴 했어도 금세 적응할 수 있었다.

"마음 같아선 나무나 뼈로 찰갑을 만들어보고 싶은데, 지금은 시간이 없으니 이 정도로 그친 거야."

"찰갑이 뭔진 모르겠지만, 저들의 이동속도나 여러 가질 고려해 볼 때, 의식이 치러지려면 아직 시간이 남아 있으니 이첼은 무사할 거다. 너무 걱정하지 마라, 남쪽의 산."

"그래야지. 혹시 그녀에게 무슨 일이 생겼으면 관련된 그 누구도 무사하지 못할 테니까."

"남쪽의 산, 네 강함은 나도 인정한다만, 저들에게 이길 수 있을까?"

"그래, 전략만 잘 세우면 충분히 할 수 있어."

비가 내린 다음 날, 새로운 흔적을 발견한 깊은 물이 남이에게 말했다.

"발자국을 보니 잡힌 이들만 오백에 가깝군. 습격자의 수도 비슷할 테고."

깊은 물의 말에 남이가 물었다.

"그걸 어떻게 알아?"

"저들은 빅스로 포로들을 묶어 이동 중일 거다. 중간에 나 있는 발자국들이 모두 일정한 간격을 두고 찍혀 있는 데다 넘어진 흔적도 여럿 보였다."

남이는 알아듣지 못한 단어가 나오자, 되물었다.

"빅스가 뭔데?"

남의 물음에 깊은 물이 숲의 한편을 가리키며 답했다.

"저 나무다."

"아, 죽목?"

남이는 대나무를 보곤 좋은 생각이 났는지, 그것을 적당한 크기로 베어 여러 개를 끈으로 묶어 들어 올렸다.

"뭐 하는 거지?"

"아아, 이건 죽순(竹筍)이라는 것이다."

"그거 왠지 이상하게 기분 나쁜 말투네."

"미안, 나도 모르게 이런 말을 해야 할 거 같아서 그만. 아무튼 이건 빅스로 만든 방패야."

"그걸 방패로 쓰겠다고?"

남이는 사관학교에서 배웠던 진지 구축 방법의 하나를 떠올린 것이었다.

"내가 고향에서 배운 건데, 이걸 방패 삼아 들고 다니다가 땅에다 고정해 세우면 임시 방책으로 쓸 수 있어. 날아오는 돌과 창 정도는 막아줄 수 있을 거야."

"남쪽 산, 빅스만으론 아틀라틀로 던지는 투창을 막긴 힘들어."

깊은 물이 자신의 투창용 도구를 보여주며 이야기하자, 남이는 고개를 저었다.

"아냐, 지금은 임시로 보여주기 위해 만든 거고, 여러 겹으로 묶으면 그거보다 더 강한 위력의 무기도 몇 번은 막을 수 있어."

"네가 쓰는 궁시란 무기를 말하는 건가?"

"아니, 아직 보여줄 기회가 없어서 선보인 적은 없는데, 천둥을 부르는 무기가 있어."

남이는 말안장에 달린 수석식 권총을 바라보며 답했고, 깊은 물은 그것을 몽둥이의 일종으로 알고 있었기에, 이해할 수 없다는 표정을 지었다.

결국 남이의 강력한 주장으로 전열에 나설 전사들은 각자 대나무를 묶어 만든 방패를 등에 지게 되었다.

남이와 500인의 결사대는 한 달을 꼬박 쫓은 끝에 바아크라는 이름의 마을 근처에 도착할 수 있었다.

"아, 여기 이름은 들어본 적이 있어. 예전에 이첼이 내게 지명을 설명하다 말해주었던 기억이 나."

한때, 그에게 졸지에 박마야가 되었던 이첼을 떠올리던 남이가 부끄러운 과거에 얼굴을 붉히자 깊은 물이 답했다.

"내가 알기론, 이 근처에 번성한 나라가 있었다고 들었다."

"그래? 지금은?"

"오랜 시간 동안 버려져 있다고 들었다. 내 생각에 습격자들은 그곳에서 쉬고 있을 거 같다."

"그런가."

남이는 깊은 물의 추측대로 노예사냥 부대의 흔적이 버려진 유적으로 향하고 있음을 알게 되었고.

은밀히 정찰을 마치고 돌아온 전사들 덕에 적의 규모가 깊은 물이 예상한 것보단 조금 많다는 것도 알게 되었다.

700명에 가까운 노예 사냥꾼 부대가 그들의 전통 무기와 갑옷으로 중무장을 한 채 휴식을 취하고 있었다.

그들이 온전히 남아 있는 유적의 건물 안에 포로들을 가둔 채 경계를 하고 있다는 말을 들은 남이는 최적의 습격 시기라 생각해 결사대를 진군시켰다.

남이는 자신이 선두에 서겠다고 이야기하곤, 미리 약속한 대로 전열의 전사들에게 깊은 물의 지시대로 대나무로 만든 방패를 들고 뒤따라올 것을 지시했다.

백마에 마갑을 씌우고 판금 갑옷으로 중무장한 남이가 고함을 지르며 적진을 향해 달리기 시작하자 노예사냥 부대에서도 적을 맞이하러 나섰다.

하지만 그들은 거대한 덩치를 가진 정체불명의 생물에 올라탄 상대를 괴물의 일종으로 인식했고, 혼란에 빠진 채 어찌할 줄 몰랐다.

남이는 그 틈을 놓치지 않고 말의 속도를 올렸고, 일선 지휘관으로 추정되는 상대를 찾아 기병창으로 그의 머리를 노렸다.

난생처음 보는 괴물의 공격을 받은 마야의 하급 지휘관은 단 일격에 머리가 몸에서 분리되었고.

최대한 용기를 내 그를 지키려고 모여들었던 부하들은 육중한 말에 치여 튕겨 나갔다.

마야의 노예사냥 부대가 느닷없는 습격에 당해 혼란에 빠지자, 뒤따라온 결사대가 남이의 뒤를 쫓아 이동했고, 대나무로 만든 방패의 벽에 몸을 숨긴 채 포진을 마쳤다.

포진을 마친 결사대가 먼저 투창을 준비해 던지자 혼란에 빠져 있던 마야의 군대는 수없이 많은 희생자를 낼 수밖에 없었다.

노예사냥 부대는 간신히 정신을 차린 최고 지휘관의 지시하에 투창을 준비해 반격했지만, 진열조차 제대로 갖추지 못한 그들의 투창 공격은 대나무 방패 벽에 가로막히거나 빗나가고 말았다.

"저 괴물이 되돌아온다!"

양측이 투창을 주고받는 사이, 마야 측 진형을 뚫고 나갔던 남이가 기수를 돌려 다시 달려온 것이었다.

"겁먹지 마! 뒷줄부터 침착하게 창을 던져라!"

마야 측이 최고 지휘관의 지시로 창을 던졌지만, 그들의 공격은 강철을 두른 인마에겐 전혀 통하지 않았다.

남이는 돌격 와중에 되레 지시를 내렸던 지휘관의 위치를 파악하곤 그를 향해 달렸고.

그는 결국 때까치의 먹이처럼 몸통을 기병창에 꿰뚫린 채 생을 마감하고 말았다.

단 두 번의 단기 기병 돌격과 더불어 급조한 죽창까지 동원한 쉼 없는 투창 공격으로 인해 수많은 병사와 지휘관을 잃은 마야의 인간 사냥 부대는 결국 무너지고 말았다.

지휘관을 잃은 채 우왕좌왕하던 병사들은 남이가 휘두르는 검의 좋은 먹잇감이 되었고, 이어서 서투르게나마 남이에게 훈련받은 대로 오와 열을 맞춘 채 상대를 밀어붙이는 결사대원들에게 밀릴 수밖에 없었다.

또한 결사대의 전사들도 남이가 말을 몰아 싸우는 모습을 처음 보았기에, 그저 감탄할 수밖에 없었다.

결국 습격이 시작된 지 한 시간도 되지 않아 전투는 남이와 결사대의 승리로 끝났다.

유적 안에 결박된 채 갇혀 있던 마을 사람들은 눈물을 흘리며 재회를 기뻐했다.

"저기… 그……."

한편 그 누구보다 구하고 싶었던 이첼과 재회한 남이는 전신의 갑주를 적들의 피로 물들였기에, 그녀에게 다가서는 것을 주저하고 말았다.

한편 이첼은 마음에 두고 있던 이방인이 자신을 구하기 위해 이곳까지 왔다는 사실에 감격해서 되레 그에게 달려들었다.

"어, 엇. 낭자, 보는 눈도 많은데 이러시는 건……."

피 칠갑을 하고 서 있던 남이에게 다리를 얽어 올라탄 채 막무가내로 면갑을 벗기려던 이첼의 시도는 결국 실패하고 말았다.

남이는 그녀를 조심스럽게 내려놓은 채 투구를 벗었다.

"어?! 으읍!"

이첼은 남이의 얼굴이 드러나기가 무섭게 다시 달려들어 입을 맞췄고.

조금 전까지 수많은 병사를 손쉽게 해치웠던 그는 얼굴이 시뻘게진 채 그녀를 밀어내려 했으나 이내 손에 힘이 빠져 그러지 못했다.

약 십 분이 넘게 남이에게 입술을 맞추고 있던 이첼이 타액으로 흥건한 입을 떼어내며 말했다.

"도저히 참을 수가 없어서……."

"허으으… 예?"

난생처음 겪어본 일에 정신을 차리지 못하고 있던 남이는 먹잇감을 노리는 맹수 같은 이첼의 눈빛에 자신도 모르게 위축되고 말았다.

"낭자, 아직 혼례도 치르지 않았는데 이러는 건… 좀……."

"지금 이 상황에서 그게 그렇게 중요한가요?"

"낭자, 이러시면 아니 되오! 보는 눈도 많은데 어찌……."

어느새 상의를 풀어헤친 이첼의 도발적인 몸짓에 남이는 얼굴이 붉어진 채 고개를 돌렸다.

그러나 어느새 이첼이 갇혀 있던 건물 안엔 그 누구도 남아 있지 않았다.

"어… 어? 다들 대체 어딜……."

"남쪽의 산, 내 이름의 뜻을 알고 있나요?"

남이는 무지했던 예전과 다르게 나름대로 이곳의 사정에 대해 알고 있었기에, 그녀의 물음에 자신 있게 답할 수 있었다.

"무지개 여신의 이름을 딴 거라 들었습니다."

"그럼, 무지개 여신의 다른 모습도 알고 있나요?"

"예? 그건 저도 잘……."

"무지개 여신께선 바로 달과 출산을 관장하시며 다산의 상징이시기도 해요."

"아, 그런가요……. 그런데 그걸 지금 말씀하시는 이유가……?"

이첼은 눈길 둘 곳을 모른 채 방황하던 남이의 얼굴을 잡아 자신을 바라보게 하며 말을 이어갔다.

"오늘이 바로 그 뜻대로 이루어지는 날이지요."

"예? 아니, 혼례를 치르지도 않았고, 제 마음을 아직 밝히지도 않았는데 이러시면 아니 되오!"

"그런다고 거부할 수 있을 거 같나요?"

남이는 결국 혼례를 치르기도 전에 첫날밤을 먼저 보내야 했다.

자리를 비켜주었던 이들과 결사대의 전사들은 사로잡은 마야의 병사들을 거꾸로 노예로 삼아 전장의 뒷정리를 했고, 남이야말로 진정한 사내라며 그의 정력을 칭송하기도 했다.

한편, 혼례를 치르기도 전에 첫날밤을 보냈던 사실을 아름답게 각색해서 사관에게 들려주던 남이는 이야기를 마치고 정리하듯 말했다.

"뭐, 그다음은 장계에도 올라갔듯이 왕조의 학정에 신음하던 부족들을 왕비의 이름으로 모아 전쟁을 시작한 거라네. 그 부분에 대해선 내일 다시 이야기하지."

"알겠습니다. 귀중한 시간을 내주셔서 감읍하옵니다, 전하."

사관이 사초를 정리한 채 예를 표하고 물러나자, 이첼은 자신의 남편을 그윽하게 바라보았다.

"전하, 가장 중요한 사실을 빼신 것 아닌가요?"

어느새 남편에게 배운 조선말을 대강 알아들었던 이첼이 은근히 눈웃음을 치며 말하자, 남이는 멋쩍은 듯 고개를 돌리며 답했다.

"아무리 그래도 그건 사실대로 밝히기가 좀……."

"흐음……. 그 대신 오늘은 셋째를 위해 힘써주셔야겠네요."

"……."

그렇게 조선의 새로운 번국 마야왕부의 평온한 하루가 저물어갔고, 남이의 이야기는 다음 날 다시 이어지게 되었다.

"더 많은 전사를 모아야 해."

가족과 재회를 기뻐하던 깊은 물은 남이의 말에 의아함을 느꼈다.

"남쪽의 산, 그게 무슨 말인가."

"그 말대로야. 앞으로 이런 일이 벌어지지 않도록 하려면 저들에게 지지 않을 만한 힘을 갖춰야 한다는 이야기지."

"그 말이 맞긴 하지만, 자넨 이방인이잖나. 우리처럼 잡혀간 가족들을 되찾으려는 목적을 가진 사람들이 아니라면……."

"아뇨. 깊은 물, 이분은 이제부터 이방인이 아닌 나의 남편이에요. 이 일의 원인이 무엇인지 잊은 건 아니겠죠?"

만족하다 못해 피부에 윤기가 흐를 정도의 첫날밤을 보낸 이첼이 그들의 이야기에 끼어들었고, 깊은 물은 그녀가 타고 난 왕족의 핏줄이 이 사태의 원인이었음을 재차 깨닫고 말았다.

"으음……. 이젠 돌이킬 수 없는 건가."

"그래, 깊은 물. 놈들은 실패한 걸 알게 되면 성공할 때까지 전사들을 계속 보낼 거다."

"그래. 이제부터 자네와 이첼 아가씨의 뜻을 따르지."

남이는 이첼을 앞세워 결사대의 전사들과 그 가족들에게

사정을 설명했고, 자신이 그들을 지켜주겠다고 맹세했다.

결사대의 전사들은 추격과 전투를 거치며 남이가 보여준 능력에 깊이 감복한 상황이었기에, 기꺼이 그의 뜻을 따랐다.

이들은 전장이 되었던 라캄하 유적을 거점으로 삼아 거주지 겸 방어 시설로 개조하기 시작했고, 이첼은 가까운 마을의 촌장들과 교섭하며 농사에 필요한 종자를 얻으려 했다.

하지만 이 지역의 마을들은 마야판의 세력과 노예사냥 부대를 두려워했기에 이첼의 뜻을 따르지 않았다.

결국 남이는 전사들을 이끌고 나가 무력시위 끝에 그들을 굴복시켰고, 같은 방법으로 유적지 인근의 모든 마을을 휘하에 넣었다.

남이는 복속한 마을의 젊은이들을 차출해 가별초 같은 친위군으로 삼았고, 이 방법은 큰 효과를 볼 수 있었다.

남이는 단 1년 만에 활동 영역을 넓혀 타바스코 지방의 절반가량을 영향 아래에 두었고, 이는 유카탄반도와 더불어 그 일대에 영향을 미치던 국가 마야판에도 알려지게 되었다.

소식을 들은 마야판의 왕은 반란군의 세력이 더 커지기 전에 해결해야겠다고 결심하곤 원정군을 보냈다.

마야판의 왕이 파견한 3천의 병사가 몇 달에 걸쳐 반란군의 거점인 라캄하 유적지에 도착했을 무렵, 그들의 거점은 유적이라고 부를 만한 곳이 아니게 되었다.

무너져 있던 성벽은 유적 내부에 남아 있던 석재를 이용해 보수되었고, 성벽 주변의 숲을 전부 불태워 방어자 측이 시계를 확보한 상황.

　게다가 성벽 위엔 공격자들이 생전 처음 보는 물건들이 올라와 있었다.

　"고향에서 이런 걸 배울 땐 별로 쓸모없다고 생각했었는데, 내가 실제로 쓰게 될 거라곤 생각조차 못 해봤어."

　조악하긴 하지만, 쇠뇌를 거대하게 만든 노포(弩砲)에 대형 화살을 장전해 둔 것을 지켜보던 남이가 말하자 대답이 돌아왔다.

　"남쪽 산의 고향이 어떤 곳인지, 나도 궁금하긴 하다."

　어느새 남이군의 이인자가 되어버린 깊은 물이 골편과 가죽으로 만든 찰갑을 입고 같은 복장을 한 전사들을 성벽 위에 배치하고 답한 것이었다.

　"좋은 곳이지. 막상 그곳을 떠나기 전엔 실감하지 못했었지만."

　"그런가. 아무튼 지금은 눈앞의 적부터 처리하자고."

　"그래. 적들이 저 선을 넘는 순간 발사해."

　마야판의 군대가 남이가 미리 거리를 재어두기 위해 쌓아둔 돌무더기의 선을 넘어오는 순간, 수십 대의 노포에서 거대한 화살이 발사되었다.

대포에 비교할 위력은 아니었지만, 금속 제련이나 갑옷이 발달하지 못한 데다 가장 위력적인 투사 무기가 투창인 이들에겐 노포에서 발사된 거대한 화살은 재앙이나 다름없었다.

성벽을 오르기 위해 달려가던 어떤 전사는 몸을 관통당한 것도 모자라 그대로 땅에 박혀 버렸고, 머리가 날아가 버리는 이들도 있었다.

그나마 운이 좋았던 이들은 팔이나 다리를 잃은 채 비명을 질러댔지만, 그들이 흘린 피의 양으로 봤을 때 죽음이 조금 늦춰진 것뿐이었다.

마야판군의 지휘관은 생전 처음 보는 무기에 당황하긴 했으나, 성벽에 붙어야 피해가 적어질 것이라며 더 빠르게 달릴 것을 지시했고.

선봉대로 나선 1,500여 명은 머리 위로 쏟아지는 투창과 거대 화살에 400여 명의 사상자를 내고 간신히 성벽에 접근할 수 있었다.

뒤이어 사다리를 대고 성벽을 오르려던 그들에겐 뜨거운 물벼락이 쏟아졌고, 수많은 전사가 심각한 화상을 입은 채 낙상해 땅바닥을 구르게 되었다.

마야판 선봉대는 창을 던져 성벽 위의 반란군을 견제하려 했지만, 적당한 각도가 나오지 않아 그들의 시도는 의미 없는 행위가 되고 말았다.

그런 와중에 성벽 위로 간신히 올라간 소수의 전사는 잘 훈련된 남이군에게 생을 마감하고 말았다.

결국 라캄하성 공방전의 첫날은 마야판군이 수많은 사상자를 낸 채 물러날 수밖에 없었다.

생각 이상으로 커다란 피해를 본 마야판군은 공격을 늦추고 주변의 나무를 베어 와 급조한 대형 방패를 여럿 갖추기 시작했다.

다음 날, 마야판군은 급조한 방패가 나름대로 효과를 본 덕에 첫날보다 훨씬 적은 희생자를 낸 채 성벽에 접근할 수 있었다.

하지만 다시 한번 뜨거운 물이 쏟아질 거란 각오를 하고 성벽을 오르려던 마야판의 전사들을 첫날과는 다른 액체가 맞이했다.

남이는 성 근방에 즐비한 호수와 강에서 먹기 위해 잡아온 생선에서 기름을 채취해 축적하라 지시했고, 그것들이 마야판의 전사들 머리 위에 쏟아진 것이었다.

결국 예상하지 못한 기름 공격에 이어 횃불이 쏟아졌다.

급조한 목제 방패들과 더불어 마야판의 수많은 전사가 화공에 목숨을 잃고 말았다.

결국 절반 이상의 병력을 잃은 채, 퇴각하던 마야판군은 처음 보는 괴생명체와 추격대를 마주하게 되었다.

말에 탄 남이가 그동안 맹훈련을 시킨 친위대를 이끌고 성문 밖으로 나간 것이다.

남이는 퇴각하는 적을 추격했고, 그 와중에 지휘관을 잃고 사기마저 상실한 마야판군은 결국 항복할 수밖에 없었다.

상황이 이렇게 되고, 자신의 군대가 패한 것을 알게 된 마야판의 왕은 다급하게 동맹과 속국들을 부추겨 반란군을 제압하려 했지만, 민심과 많은 병사를 잃은 그를 돕는 이는 절반이 채 되지 않았다.

남이는 되레 마야판을 향해 진격하며 아내의 혈통을 내세워 여러 부족과 도시국가들을 자신의 세력으로 편입하는 데 성공했다.

이 모든 일은 남이가 전장에서 행방불명된 지 2년째 되던 해에 이뤄졌다.

남이는 기억하고 있는 고국의 제도를 대강 참고해 행정 체계를 개편하기 시작했고, 그에게 부족한 실무는 아내인 이첼이 맡았다.

이첼은 임신해 배가 부른 상황에서도 수많은 행정 업무를 처리했기에, 남이는 아내를 믿고 군사적 방면에 집중할 수 있었다.

결국 시간이 흘러 1465년의 가을, 한성에서 단오절에 개최한 야구 경기에 이어 공놀이를 가장한 난투극인 축구 경기가 관중들의 열화와 같은 성원하에 성행할 무렵, 남이는 마야판 군과 운명을 건 일전을 벌였다.

마야판의 왕은 여력을 총동원해 만오천에 가까운 대군을 소집했고, 남이는 그 절반에도 미치지 못하는 6천의 전사들을 휘하에 두고 있었다.

"이만한 수의 전사들이 한데 모일 수 있을 거란 생각은 못해봤습니다."

이름조차 없던 촌락의 사냥꾼에서 신흥 국가의 고위직으로 출세한 깊은 물이 남이에게 예를 표하며 말하자, 그는 웃으면서 답했다.

"이 정도로 뭘, 내 고향에선 전쟁이 나면 이거에 몇 배 이상의 사람들이 모여서 싸운다고. 백만 대군이란 표현도 있는데, 이 정돈 별거 아니지."

"그건 예전에도 말씀하신 듯하지만, 잘 상상이 안 가네요. 제가 이곳 출신이라고 부풀리신 것 아닙니까?"

"서쪽의 인육을 먹는 족속들도 이놈들보다 훨씬 많은 전사를 부렸어. 그게 내가 여기 오게 된 이유기도 하고."

"으음, 그쪽 이야긴 들을 때마다 소름이 끼치긴 합니다. 그런 놈들이 가까운 곳에 있었다니……"

남이는 인신 공양 풍습이 있는 이곳의 주민들도 아즈텍 이야길 들을 때마다 치를 떠는 것을 보곤, 그들의 풍습이 단지 문화적 차이로 넘어갈 수 없다는 것을 새삼 알 수 있었다.

"이번 전투에 반대했던 이들이 많았다지?"

"예. 전처럼 성에서 적을 맞아서 싸울 것으로 생각했던 이들이 많았나 봅니다."

"그거야 상대가 우릴 완전히 얕보고 있었으니까 그럴 수 있었던 거고. 지금은 대군을 이끌고 우리를 지지해 준 세력들을 없애려고 하잖아. 저쪽도 우리가 피할 수 없는 수를 쓴 거야."

"그럼… 우리가 이길 수 있겠습니까?"

"그 질문은 나와 같이 전장에 나설 때마다 하는 것 같은데. 자넨 아직도 우리 전사들을 못 믿나?"

"그건 아니고, 확답을 듣고 싶은가 봅니다."

"우린 승리할 수 있어."

"그럼 불안에 떨고 있을 전사들에게 그 말씀을 다시 한번 해주시죠."

"아, 결국 그 말이 하고 싶었던 건가? 알겠네."

남이는 불안함에 떨고 있는 전사들을 상대로 타고난 목청으로 연설을 시작했다.

"자랑스러운 전사들이여! 적들이 무서운가!"

남이가 야트막한 언덕에 올라 소리치자, 전사들의 대답이 돌아왔다.

"아닙니다!"

"그럼 어째서 불안해하고 있지?"

그러자 전사들의 앞에 서 있던 깊은 물이 그들을 대변하듯 소리쳤다.

"적이 너무 많습니다!"

"그래, 적의 수는 대충 봐도 우리의 두 배가 넘지. 한데!"

남이는 일부러 말을 끊고 청중들의 반응을 살핀 후 다시 연설을 이어갔다.

"너희가 입고 있는 갑옷은 아내나 어머니가 만들어주신 것이고, 너희가 들고 있는 창은 아버지가 물려주신 것 아니더냐?"

"맞습니다!"

"만약 우리가 여기서 패하면 어떻게 되겠나?"

남이의 물음에 깊은 물이 대신 답했다.

"우린 저들의 노예가 될 겁니다."

"그래! 그 말이 맞노라. 너흰 모두 저놈들의 노예가 될 테고, 늙은 아비는 죽임을 당하고, 아내와 어미는 짐승 같은 놈들에게 끔찍한 일을 당하게 될 거다. 정녕 너희의 미래가 그리되길 바라는가?"

"아닙니다!"

"그럼 어찌해야겠느냐?"

"승리해야 합니다!"

"그래, 우린 승리할 거다. 자, 따라 외쳐라! 우린, 노예가 되지 않겠다!"

"우린! 노예가 되지 않겠다!"

열화와 같은 함성이 이어지자, 남이는 만족한 표정으로 단상에서 내려왔다.

"어때, 이 정도면 만족하겠나?"

"예, 좋습니다."

"그건 그렇고 자네도 참 능청스러워. 내가 해야 할 말을 유도한 느낌이 들었어."

"그 말을 받아 잘 이어주시는 것도 타고난 기질이십니다."

남이는 피식 웃으며 지휘관들에게 신호를 보냈다.

조선식으로 대·중·소의 편제를 갖춘 부대들이 전진을 시작하자, 남이는 깊은 물에게 말했다.

"궁수 부대의 지휘는 자네에게 맡기겠네."

"예."

남이는 세력을 확장하며 조악하게나마 활을 만들어 쓰고 있는 부족들을 포섭해 훈련시켰었다.

본래 합성궁에 쓸 만한 재료가 없는 데다, 투창 기술이 발달한 이곳의 특성상 활은 투창보다 약할 수밖에 없었다.

그러나 남이는 사관학교에서 배운 목제 장궁 제조법을 기억하고 있었기에, 그것을 만들어 사냥에 썼었고 그들에게도 같은 방식으로 제조한 활을 나누어 준 것이었다.

게다가 이들의 전통식 검의 재료인 흑요석을 화살촉을 만드는 데 전부 돌렸다.

전열에 설 전사들은 단단한 짐승의 뼈를 가공해 끈으로 엮어 기름 먹인 가죽옷 위에 두른 찰갑으로 무장하고 커다란 방패와 더불어 흑요석 검 대신 단단한 나무를 깎아 만든 몽둥이로 무장시켰다.

거기에 더불어 투창으로 무장한 부대가 뒤를 따랐고, 그들의 중심엔 판금 갑옷으로 중무장한 채 말에 올라탄 남이가 자리 잡았다.

남이는 방패와 몽둥이로 무장한 전사들이 전열에서 버티며 시간을 버는 사이 말을 타고 움직여 적 지휘관의 소재를 파악했고.

언덕을 선점한 채 대나무 방책으로 보호받는 궁수와 투창 부대가 적의 일선 지휘관들을 집중적으로 노려 사살했다.

남이 또한 그동안 깊은 물에게 배웠던 투창 실력을 마상에서 선보이기도 했으며, 사정이 여의치 않으면 단기로 적진을 돌파해 적장의 목을 거두기도 했다.

전투가 벌어진 지 반나절도 되지 않아 마야판군 일선 지휘관들은 대부분이 무력화되었고.

마야판의 군대는 지휘 계통에 심각한 차질을 빚는 것도 모자라 사기를 잃은 전사들이 전장에서 이탈하기 시작했다.

한편 남이의 군대는 부대마다 통일된 복장을 한 채 지휘 계통마저 체계화되어 간혹 지휘관의 부재 사태가 벌어져도 혼란을 겪지 않았다.

첫날의 전투가 남이군의 대승으로 끝나자, 마야판의 총사령관은 남은 병력을 어떻게든 수습한 채 지휘관들을 안전한 곳으로 배치했지만, 근본적인 해결책이 되지 못했다.

애초에 정예병을 대부분 잃고 동맹과 속국들에서 모은 전사들로 구성된 병력이 일선 지휘관들 없이 지휘를 제대로 따를 리가 만무했던 것이다.

결국 마야판의 전사들은 제대로 싸워보지도 못한 채 전장에서 도망치기 시작했고, 마야판의 총사령관이자 왕의 조카인 주크는 실낱같은 희망을 걸고 큰 소리로 외쳤다.

"나 주크는 너희들의 최고 전사에게 결투를 신청하겠다!"

승패가 거의 결정된 상황에서 느닷없는 결투 신청이 나왔기에, 마야판군이나 남이군 양측 다 결투가 성사되지 않으리라 여겼다.

하지만 그 예상은 빗나가고 말았다.

남이가 주크보다 더 커다란 목소리로 외친 것이다.

"내가 이기면 항복할 거냐?"

"그래, 대신 내가 이기면 너희도 즉시 군대를 뒤로 물려라!"

"결투의 규칙은?"

"몸에 걸친 것을 모두 벗고 무기 하나만 가지고 싸우는 거다!"

주크가 이런 제안을 한 건 남이가 걸친 정체불명의 옷엔 그 어떤 무기도 통하지 않았다는 전사들의 증언을 들었기 때문이었다.

"알겠다!"

결국 마야판의 남아 있는 전사들과 남이군의 전사들이 지켜보는 가운데서 일대일 결투가 벌어지게 되었고, 주크는 흑요석 날이 달린 검을 들고 나왔다.

남이가 갑옷을 벗은 채 맨몸을 드러내자, 양측의 전사들은 자신들도 모르게 감탄하고 말았다.

본래 남이의 체구도 크고 건장하기도 했으나, 어릴 적부터 각종 양생법으로 단련한 근육은 실로 장엄하게까지 느껴진 것이었다.

주크는 상대의 덩치와 근육에 위축되긴 했지만, 한편으론 그가 들고 나온 무기가 짧은 몽둥이란 것에 안도하며 전략을 세우기 시작했다.

다리에 상처를 내어 출혈로 발이 느려지게 한 후, 길이 차를 이용해 치고 빠지겠다고.

주크는 만반의 계획을 세우고, 피로에 찌들어 보이는 표정의 상대를 기죽여 보려 화려한 몸짓으로 무기를 허공에 휘두르기 시작했다.

하지만 그의 의식은 거기서 끊어지고 말았다.

마른천둥과 비슷한 소리가 울려 퍼지며 그의 가슴에서 피가 흘러내렸고, 이내 그의 몸은 생기를 잃은 채 무너져 내렸다.

"결투는 끝났으니 전부 항복해라!"

같잖은 짓을 하는 상대와 무기를 맞대기도 귀찮았던 남이는 아껴두었던 수석식 권총을 가지고 결투에 나섰던 것이었고.

생전 처음 보는 현상에 놀란 양측의 전사들은 남이가 기적을 일으켰다며 경악하기 시작했다.

패자인 마야판 측은 경외하며 무릎을 꿇었고, 승자인 남이의 군대는 그들의 대장을 찬양하며 승리의 함성을 질렀다.

결국 모든 군대를 잃은 마야판의 왕은 항복할 수밖에 없었고, 남이는 감명 깊게 보았던 소설 김생이세정벌기의 내용을 현실에서 이루게 되었다.

제7장
금각만 해전

"전하, 거기서 총을 쏘셨단 말씀이십니까?"

사관과 동행해 이야길 듣던 이준의 물음에 남이가 답했다.

"그렇네."

"그런 상황에선 응당 단병접전으로 적장의 목을 거둬야 하는 것 아닙니까?"

"꼭 그래야 한다는 법도가 있나?"

"그래도… 삼국지연의나 김생이세정벌기같은 소설에선 주역이 멋지게 나서서 척! 하고……."

이준은 사관과 함께 이야길 듣다 보니 자신도 모르게 예법

도 잊고 몸을 들썩이며 남이의 이야기에 심취해 있다가, 총을
쏜 부분에서 자신도 모르게 실망해 이런 이야기를 한 것이었
다. 사실, 남이 역시 조용히 들으며 사초를 적는 사관의 반응
과 대조적으로 자신의 이야길 흥미진진하게 들어주는 상대가
생겨 신이 나서 이야길 이어갔었다.

그에게도 힘겨웠던 전투와 더불어 같잖은 수를 쓰는 적장
에게 짜증이 나 했던 즉흥적 결정이 의외의 반응을 불러오자
변명하듯 이야길 이어갔다.

"그놈의 검날에 독이 발려 있을 수도 있었네. 그러니 내게
갑주를 벗고 단병접전을 하자고 제안한 거겠지."

죽은 마야판의 총사령관이 들었으면 심히 억울했을 이야길
천연덕스럽게 늘어놓은 남이의 말에 이준은 질문을 이어갔다.

"전하, 이 지방의 병사들은 독을 씁니까?"

"그래. 이곳 숲속에 사는 개구리 중 몇 종류는 지극히 소량
으로도 수십 명을 죽일 수 있는 맹독을 품고 있네."

"그런 마물이 있다니… 실로 놀랍습니다."

"그래, 노련한 사냥꾼들은 그것을 이용해 사람을 해치는 맹
수들을 손쉽게 사냥하곤 하지."

"이곳은 본국과 많은 것이 다르군요."

"그리고 말이야, 그러한 덕에 적도들이 내게 감복했고, 아군
의 사기도 올랐으니 더 잘된 것이 아닌가?"

"아, 그럼, 그런 것도 미리 염두에 두시고 행하신 것입니까?"

"그래."

남이가 뻔뻔하게 대답을 이어가자 이준은 다른 의문을 그에게 물었다.

"전하께선 총을 오랫동안 쓰시지 않으셨었다고 하셨었는데, 그게 용케도 작동되었습니다."

"총은 쓰지 않아도 매일 정비해 두었으니 문제없었고. 그보단 오래된 화약이 문제였네."

"듣고 보니 그렇습니다."

"자네도 알다시피, 우리가 쓰는 탄환은 기름 먹인 종이에 탄환과 화약을 같이 포장해 습기를 막는 방식이긴 한데, 그것도 완벽할 순 없는 법이라. 내가 가지고 있던 것들은 1년을 넘기자 습기를 머금고 단단해져 못 쓰게 되었네."

"그럼 어떻게 하신 겁니까?"

"만들었어."

"예?"

"자네도 사관학교에서 염초 만드는 법을 실습했을 것 아닌가."

"전하께서도 그 더러운… 아니지요, 그 고된 일을 겪으셨었단 말씀입니까?"

구성군 이준은 사관학교에서 선배들이 물려준 염초밭에서

염초를 거두었던 경험이 있었다.

그렇게 염초를 거두면 다음 기수에게 물려줄 염초의 재료를 새로 만들어주는 것이 사관학교의 전통이기도 했다.

"그래, 내가 1기생이니 태자 전하와 함께 처음으로 그 일을 했었지."

"…그러셨습니까."

"아무튼 이곳에서 화약의 다른 재료를 구할 수도 있었으니, 시행착오를 몇 번 겪고 만들었네. 그렇게 완성한 화약이 워낙 소량인지라 본래의 목적이었던 죽통을 이용한 화기 제조는 미루고 비장의 무기로 쓰이게 된 거네."

"소관이 남왕 전하께서 사관학교 1기생이신 것을 깜박 잊고 있었습니다."

"자넨 몇 기인가?"

"소관은 3기입니다."

"자넨 나와 동년배인데, 입학이 조금 늦었군."

"소관의 입학 시기도 다른 종친들에 비하면 이른 편이었으니, 전하의 입학이 빠른 것이겠지요."

내심 번왕으로 벼락출세한 남이를 질시했었던 이준은 그의 영웅적인 행적을 듣곤 감동했다.

종친이란 신분에다 사관학교 선후배로 가까워진 둘은 사관학교 시절의 추억담을 이야기하다 몇몇 교관의 흉을 보았고.

광무함에서 각자 막내 시절을 보낸 이야기마저 나누자 어느새 두 명은 짧은 시간에 막역한 사이로 변해갔다.

"자네도 이제 이곳의 파견 무관이 되었으니 알아두어야 할 게 많겠군."

옛 추억을 나누던 남이가 본론을 꺼내자, 이준은 한결 친근해진 표정을 지으며 답했다.

"그렇습니다."

이준은 현재 광무함의 수병 중대장이기도 하지만, 마야군을 훈련할 교관의 임무를 띠고 파견되었기도 했고. 본래 그의 직책은 남이가 어유소에게 물려받았어야 했을 자리였지만, 그가 행방불명되면서 이준이 그 자리에 올라온 것이기도 했다.

"이곳의 말을 배우는 건 하루아침에 될 일이 아니긴 하니, 당분간 심수와 함께 다니도록 하게나."

"심수라면… 혹시, 전하께서 깊은 물이라고 언급하셨던 사내를 말씀하시는 겁니까?"

"그래, 내가 조선식으로 이름을 지어주었어. 지금은 우리 군의 절도사급 관직이라네. 그도 내게 우리말을 조금 배웠으니 자네의 좋은 조력자가 되어줄 거야."

"예, 알겠습니다."

"그건 그렇고, 자네의 이름을 아직 듣지 못했군."

갑작스레 남이의 지목을 받은 사관은 사초에서 붓을 떼고 고개를 숙이며 답했다.

"소관은 선산 김가의 종직이라 합니다."

"김종직이라… 알겠네. 앞으로 이곳에서 지낼 임기 동안 잘 부탁하겠네."

"아니옵니다. 소관은 관료로서 책무를 다해야 하는 몸인데, 어찌 감히 그런 말을 들을 수 있겠사옵니까?"

"자네에게 일을 배워야 할 이곳의 관료들도 많으니, 그들을 잘 이끌어달라는 뜻이네."

"그저 망극하옵니다."

"그럼 오늘은 시간이 늦었으니 다들 물러가게나."

이준과 김종직이 한때 마야판의 왕궁이었지만, 지금은 마야왕부의 남왕궁이 된 곳에 마련된 숙소로 돌아갔다.

김종직은 좌식 탁자에 오늘 작성했던 사초들을 정리했고, 뒤이어 개인적인 저작물을 작성하려다 잠시 옛 생각에 잠겼다. 김종직은 어릴 적부터 사관에 뜻을 둔 자신의 꿈이 황궁이 아닌 이역만리 떨어진 번국에서 첫걸음을 떼게 될 줄 몰랐었다.

그는 이곳에 오기 전 현실을 부정하고 싶었지만, 마음을 추스르곤 임기인 6년만 무사히 버티고 돌아가자는 결심으로 고되고 기나긴 항해를 시작했었다. 그러나 그는 조선에서 북해로 명명된 베링 해역에 들어서자 빙산이 바다 위를 떠다니는 절경에 홀리듯 감탄하곤, 마음을 달리 먹었다.

김종직은 별시에 같이 합격해 나름대로 안면을 틔웠던 매월당 김시습처럼 자신이 겪게 될 일들을 책으로 내어 문인으로 명성을 떨치겠다는 욕망을 가지게 된 것이었다.

그는 선원들의 만류에도 불구하고 유빙을 맨눈으로 감상하다 눈병에 걸려 앓기도 했었고, 결국 괴상한 모양의 안대를 차고 생활해야 했었다.

선단이 북해를 지나 알래스카, 지금은 알류트족과 이누이트 이름을 따 아누국(亞懷國)으로 명명된 나라의 근해에 도착했을 땐, 선단을 따라 움직이는 거대한 흰고래를 보고 경악해 겁에 질리기도 했으나.

선원들에게 저 백경이야말로 북해의 터줏대감이자 제왕으로 불리는 영물이란 말을 듣곤, 망망대해에서 표류한 선원들이 고래와 사투를 벌이는 이야기의 영감을 떠올리기도 했다.

그는 선단을 호위하듯 따라오던 백경이 어느새 사라지고 나서 뭍에 상륙하자, 알류트족의 풍습과 복식을 상세히 기록했다.

김종직은 바다짐승의 생고기를 먹는 그들의 행태를 보곤 질색하기도 했으나, 동행한 선의가 식의학의 이치를 들어 이곳에서 귀중한 남새. 즉, 채소에 풍부한 양기를 익히지 않은 고기를 통해 대신 섭취하기 위한 풍습이라고 설명하자, 비로소 그들을 편견 없이 바라볼 수 있기도 했다.

그는 아누국을 거쳐 미주(美洲)로 명명된 신대륙의 주요 거점이자 항구인 신주성에 들렀고, 외지 근무를 거친 덕에 그에게도 익숙한 북방계 일족들과 더불어 백정으로 추정되는 이들이나 조선 본토 출신의 양인들이 오가는 모습을 보았다.

본래 원정 함대를 이끌던 최광손이 임시 거점으로 삼았던 신주성(샌프란시스코)은 위치상 내륙 수운의 중심지가 된 데다 이주민이 몰려오자 규모가 있는 마을로 발전했고, 본국의 시전에 비교할 수는 없지만 나름대로 규모가 있는 시장도 형성되어 있었다.

"목사 나리, 여기가 이리도 단기간에 번성한 이유가 있습니까?"

신주성을 구경하던 김종직의 물음에 그와 동행한 목사 권람이 답했다.

"여러 사유가 있는데… 아무래도 가장 큰 원인은 그거겠지."

"그게 무엇입니까?"

권람은 본래 자신의 의지와는 상관없이 해삼위에서 권농관으로 일했었다.

권람은 본래 목적이었던 해삼의 양식 대신 적게나마 다시마 양식에 성공했고, 그곳의 주민들을 훌륭하게 다스리기도 했기에 그 공을 이조에 인정받아 이곳의 목사로 부임한 것이었다.

어떻게든 공을 세워 집으로 돌아가 무위도식하고 싶었던 그의 바람과는 정반대가 되었지만, 그는 지금의 삶에 순응하고 말았다.

"여기서 이어지는 강 상류에 금맥이 발견되어서 그러네. 조만간 소문이 널리 퍼지면 더 많은 사람이 몰리겠지."

"금맥이요?"

"그래, 거대한 금광."

"그러고 보니, 임시로 지어진 가택이 많은 것 같습니다."

김종직이 걷던 길의 맞은편을 바라보자, 통나무를 대강 잘라 만든 움막이 보였고, 북방계 유목민 방식으로 만든 천막도 여럿 있었다.

"여긴 그나마 나은 편이네. 해안 쪽엔 해체한 배의 자재를 멋대로 가져다가 집을 짓고 사는 이들도 많아."

"대체 얼마나 큰 금맥이 발견되었길래 이럽니까?"

"내가 이곳에 부임하기 전의 일이긴 하지만, 제일 먼저 금맥을 발견해 관가에 신고한 이는 수 대, 아니, 십 대가 평생 놀고 먹을 정도의 포상을 받았다고 하더군."

"그럼 나라에서 금맥을 관리한다는 이야기인데, 사람들이 이리 몰리는 것은 이상한 일이 아닙니까?"

"저들은 금맥 그 자체보다 강에서 건질 수 있는 사금을 노리고 온 거라 그러네. 발견된 금맥의 범위가 넓고 지반이 단단해 캐기 힘들다 보니, 이를 이용해 적극적으로 이주를 권장하는 기조기도 하고."

"그럼 나라에서 저들이 캐낸 사금을 사주는 겁니까?"

"그렇지. 금을 노리고 이곳에 오는 이들에게 정착세도 받고 사금 채취권을 인정하는 증서도 별도로 팔고 있으니, 서로 좋은 게 좋은 거 아니겠나? 하하하!"

권람의 말대로 신주성에선 사금을 노리고 오는 새 이주민에게 사금 채취용 장비까지 제작해 팔아가며 수입을 거두고 있었다.

"그건 조정에서 내려온 방침입니까?"

"아닐세. 내가 이곳에 오고 사정을 파악한 다음 조정에 재가를 얻어 실행한 일이지."

김종직은 권람의 말에 신선한 충격을 느꼈다.

한때, 고리타분한 집안 어르신들의 영향을 받아 비슷한 성격을 가졌었던 김종직은 한성에서의 방탕한 생활을 거쳐 적당히 때가 묻은 데다가.

외지에서 고된 실무와 생존을 위한 투쟁을 겪어가며 많은 부분이 변했기에 예전과 같은 모습은 거의 남아 있지 않았다.

김종직은 권람처럼 유능한 관료가 되고 싶다고 생각하며 신주성 구경을 마쳤다.

신주성에서 이 주일간의 휴식을 마친 그는 배를 타고 남하해 조선의 새 조공국인 푸레페차를 거쳐 조선 직할령 멕시카에 도착했고, 그곳에서 해괴망측한 장식물과 벽화들을 보았다.

"영감, 소관이 감히 질문 하나만 해도 되겠습니까?"

김종직이 조선에서 온 관원 일행을 친히 인솔하던 왕충에게 조심스럽게 묻자, 그는 이런 질문에 익숙한 듯 그 내용을 끝까지 듣지도 않은 채 답변을 내놓았다.

"저건 이곳에 있던 옛 왕조의 만행을 그림과 이곳의 문자로 기록해 둔 것이네."

아즈텍에 대해 전혀 모르고 있던 김종직을 비롯한 신입 관원들은 사람의 인육을 토막 내 먹고 있는 그림들과 더불어 수없이 많은 해골이 조각되어 있는 장식물에 기겁했다.

"예? 그럼 저기 그려져 있는 흉측한 행태가 이곳에서 실제로 벌어졌었단 말씀이십니까?"

"그렇네."

"세… 세상에 이런 곳이 있었다니."

왕충은 그가 겪었던 일들을 자세히 이야기해 주면 김종직이 더 큰 충격을 받으리라 짐작하곤, 이야길 돌렸다.

"그보다 지금은 자네의 부임지인 마야왕부에 대해 알아봐야 할 것 아닌가? 이봐, 거기 자네들은 앞으로 여기서 계속 일하게 될 텐데, 익숙해지게나."

"예? 예, 그렇지요."

김종직과 함께 소란을 피우던 멕시카의 신입 관원들은 한숨을 내쉬며 고개를 저었다.

"내 미리 충고하는데, 이곳의 일을 자네들의 기준으로 판단하려 들지 말게나. 철저하게 지켜보는 태도로 임해야 할 것이야."

김종직은 왕충의 말에 홍문관에서 사관 교육을 받으며 들었던 비슷한 이야길 떠올렸고, 이내 평정을 되찾을 수 있었다.

"이 후배가 영감께 못난 모습을 보여 드려 송구합니다."

"아닐세. 비단 자네들만 그런 것도 아니었으니."

왕충의 말대로 본국에서 멕시카로 파견된 첫 번째 관원들은 아즈텍에서 벌어졌던 일들을 알게 되자 공포에 떨었다.

아즈텍인들을 교화해 보겠다는 사명감을 가지게 된 이들도 나왔지만, 그들의 신을 전면적으로 부정하는 관료들의 사상은 쉽게 받아들여지지 않고 겉으로 맴돌 뿐이었다.

한편, 이곳의 절제사 겸 관찰사인 왕충은 이곳에 실정에 맞춘 교화 방식을 내세웠고, 이들에게 뿌리 깊게 박힌 풍습인 인신 공양을 다른 방식으로 대체했다.

아즈텍엔 수많은 인신 공양 제의가 있었고, 그 방법의 하나인 전사끼리의 싸움에서 패자가 아닌 승자가 제물로 바쳐지는 방식을 변형한 것이다.

왕충은 중죄를 지은 죄수끼리 맨손으로 결투를 벌이게 하고 승자에겐 감형을 약속했으며, 패자는 형량이 늘어나도록 하며 관중들이 그 광경을 즐기게 만든 것이었다.

죄수들의 결투 와중에 사고로 사망자라도 나오면 그들은

오히려 열광했으니, 왕충의 정책은 나름대로 성공적이라 할 수 있었다.

그는 모르고 있었지만, 이는 한때 로마에서 벌였던 경기와 비슷했으며, 대중을 통제하기 위한 목적이란 점조차 유사한 방식이기도 했다.

관객들은 인육 대신 소나 돼지의 고기를 넣어 만든 토르티야를 즐기며 결투를 관람했고, 결투에 여러 번 나섰던 죄수들은 일부러 관중들에게 깊은 인상을 심어주고자 화려한 기술을 고안해 선보이기도 했다.

멕시카의 새로운 법 집행은 조정에서 법전을 거스른다며 논란이 되기도 했지만, 광무제는 말도 풍습도 다른 타국의 직할령에서 실정법을 모두 적용하는 건 시간이 더 필요하다며 왕충을 두둔했다.

광무제가 왕충보다 더 잘해낼 자신이 있는 관료들을 그곳으로 보내주겠다고 말하자, 반대하던 이들의 주장도 금세 힘을 잃고 말았다.

김종직은 멕시카에 잠시 머물며 나름대로 이 일대의 풍습과 실정에 대해 파악한 후, 마야에 도착해 남이의 이야기를 정리하게 되었던 것이다.

생각을 마친 김종직은 남이가 겪었던 일의 사초를 작성하게 되자, 언젠간 그의 허락을 얻어 책으로 내보고 싶다는 욕망을 잠시 품었다.

하지만 그는 사관의 본분을 먼저 지켜야 한다고 생각해, 자신의 임기부터 마치고 생각해 보자고 마음을 고쳐먹었다.

생각을 정리한 김종직은 항해 동안 구상했던 고래와 인간의 사투 이야기를 먼저 써 내려가기 시작했다.

*　　　　　*　　　　　*

1466년의 가을, 발칸반도에서 벌어진 전쟁도 어느새 막바지에 이르고 있었다.

오스만은 발칸반도에서 점유하던 영역을 대부분 상실했고, 수도인 에디르네와 지극히 적은 영토를 제외하곤 대부분을 동유럽 연합군에게 점령당했다.

왈라키아를 선제 침공했다가 화살에 맞아 사경을 헤매던 술탄 메흐메트는 병상에서 일어나 내부 정리에는 성공했지만, 전세는 돌이킬 수 없이 기울어지고 만 것이었다.

메흐메트는 자신이 부재했을 때 권력을 다퉈 위기를 초래한 귀족들을 사지로 밀어 넣었으며, 그들은 같이 투입된 병사들과 함께 죽어가거나 항복할 수밖에 없었다.

동유럽 연합에선 의례대로 포로들의 몸값을 받고 돌려보내려 했으나, 술탄의 거부로 성사되지 않자 애물단지가 된 그들을 조선령 사라이로 보냈다.

오스만의 포로들은 이슬람이라는 특성상 병사로 부리기도 힘든 데다, 영민으로 받아들이는 것 또한 여의치 않았던 것이다.

포로를 노예로 팔아 조선에 지고 있는 전쟁 부채 중 일부나마 상환하려 그리 조처한 것이기도 했다.

한때 로마의 주요 거점이었던 아드리아노폴리스는 100여 년 전 오스만에게 점령당한 후, 에디르네로 개명되어 아나톨리아 마르마라 지방의 도시 부르사와 함께 공동 수도 노릇을 했다.

동으론 로마의 수도인 콘스탄티노폴리스를 압박하며, 서쪽으론 발칸반도와 주변국을 아우르는 거점이었던 에디르네는 동유럽 연합군에게 포위되어 있었다.

"술탄이시여, 지금이라도 늦지 않았습니다. 술탄께서는 어서 아나돌루(아나톨리아)로 피하시지요."

오스만의 재상인 자아노스가 에디르네에 남아 있는 군대를 지휘하려는 메흐메트를 만류하자, 그는 고개를 저으며 답했다.

"아니, 이곳마저 포기하면 우린 끝이다. 발칸을 상실하는 것에 그치지 않고 아나돌루에 갇힌 채 서서히 말라 죽게 될 거다."

"그래도… 술탄께서 건재하시다면 훗날을 기약할 수 있는 법입니다."

"아니다. 난 위대하신 전대 술탄의 발끝조차 미치지 못한 멍청이일 뿐이지. 차라리 내 맏아들이야말로 나라를 안정시킬 만한 인재. 그 녀석을 새 술탄으로 임명할 테니 잘 부탁한다."

"바예지트 공자는 아직 어린아이일 뿐입니다! 어찌 건재하신 술탄을 이곳에 두고 제가 갈 수 있겠습니까?"

"난, 실패한 술탄으로서 그 책임을 지고 이곳을 사수해야 한다. 그리고 내 아들은 네 생각보다 훨씬 대단한 녀석이야."

"하지만……."

"난 사실 아버지를 좋아하진 않았다. 나라면 아버지처럼 로마의 찌꺼기들을 방치하지 않고 금세 굴복시킬 수 있다고 믿었었지."

"……."

자아노스가 침묵한 사이, 메흐메트는 담담하게 자신의 심경을 풀어놓았다.

"그런데, 내가 이 나라를 물려받은 후 어찌 되었느냐? 영토를 늘리긴커녕, 우리의 수도마저 적들에게 위협받고 있는 게 현실이다."

"그건 술탄의 실책이 아닙니다."

"아냐. 난 처음부터 선택을 잘못한 거야. 타타르 놈들이 남하하기 전에 무리해서라도 콘스탄티노폴리스부터 정리했어야 했고, 조선을 공격해서라도 사라이를 점령했어야 했어."

"하지만, 그 당시 사정을 고려해 보면 술탄의 선택은 결코 잘못되지 않았습니다."

"이번만큼은 네 판단이 틀렸다. 로마의 찌꺼기를 내버려 둔 결과, 오히려 그놈들이 세를 회복해 이곳을 침공했다."

"그건……."

"게다가 우리가 향신료를 팔아 취했어야 할 부는 머나먼 동방에서 온 이방인들이 대신 누리고 있고. 그래도 내 선택이 틀리지 않았다는 거냐?"

"……."

"아버진 예전에 패전의 책임을 지고 어린아이였던 날 술탄에 임명하셨었지. 나도 그럴 차례가 온 것뿐이야."

자아노스는 이제 무슨 말을 해도 그의 결정을 되돌릴 수 없다 여기며 고개를 숙였다.

"부디 알라께서 술탄을 굽어살피길."

"그래, 모든 것은 신의 뜻대로 이루어질 것이다."

자아노스는 몇몇 관료들과 함께 술탄의 아들과 호위병들을 데리고 에디르네에서 탈출해 아나톨리아로 향했다.

술탄이 이곳에 남기로 마음먹은 데는 나름대로 믿는 구석이 있기도 했기 때문이다.

그간 선보일 기회가 없었지만, 그에겐 콘스탄티노폴리스를 공격하기 위해 준비했던 200여 척의 갤리선 함대가 있었다.

흑해 일대와 더불어 유럽으로 이어지는 마르마라 해역과

콘스탄티노폴리스의 요충지인 금각만을 점거하고.

유럽 전역에서 콘스탄티노폴리스를 거쳐 사라이로 향하는 수많은 상선을 인질 삼아 연합군을 압박하려는 계획을 세운 것이다.

메흐메트는 해상무역로를 차단하면 이 일대의 나라에서 물자를 후원받는 연합군과 로마군을 후퇴시킬 수 있다고 판단했고, 오스만을 버리고 로마로 줄을 갈아탄 베네치아에도 쓴맛을 보여줄 기회라고 생각했다.

그간 많은 병사를 잃긴 했지만, 술탄이 거느리고 있는 수비 측의 병사 수도 연합군의 규모와 거의 동등했다.

공성을 시도하는 공격자가 수성 측을 이기려면 그 몇 배의 병사를 동원해야 한다는 것쯤은 상식이나 마찬가지였기에, 함대가 제해권을 장악할 시간을 벌어주면 다시 일어설 기회가 올 것으로 판단한 것이다.

에디르네엔 충분한 물자도 비축되어 있었고, 술탄이 직접 이끄는 병사들도 자신이 지게 되면 이단자의 노예가 될 거라 각오했기에 공성전의 시작은 오스만군에게 유리하게 흘러갔다.

현재 유럽에서 가장 발달한 화기를 갖추고 있는 데다, 그것을 제대로 다룰 줄 아는 숙련병의 수조차 비교할 수 없으니 당연한 일이기도 했다.

공성이 시작된 지 첫 달은 거센 공격이 이어졌지만, 날이 조금씩 쌀쌀해지며 공격의 빈도나 강도도 차츰 줄어들었고.

술탄이 에디르네 성에서 시간을 끄는 사이 오스만의 함대는 일대의 해상을 봉쇄하는 데 성공했다.

술탄의 예상대로 물자 대부분을 해운에 의존하던 로마는 철군을 고려해야 할 정도로 심각한 상황에 처했다.

"폐하, 상황이 좋지 않으니 일단 물러나는 것이 어떻겠습니까?"

바실레우스 콘스탄티노스 11세의 측근이자 친척이기도 한 테오필로스가 조심스럽게 제안을 내놓자, 황제는 고개를 저으며 말했다.

"아니다. 여기서 포위를 푸는 것이야말로 술탄이 노리는 바. 어떻게든 더 버텨야 한다."

"하지만, 현재 본국에 비축된 물자만으론 한 달 이상을 버티긴 힘들 겁니다."

로마는 모든 국력을 동원해 이번 공성에 나선 것이었기에, 실로 아슬아슬한 상황이었다.

"머저르의 군주에게 사정을 이야기하고 당분간 그들의 지원을 받는 수밖에."

"폐하, 저들은 현재 점유한 우리 제국의 옛 영토를 자기들끼리 멋대로 나누고 있는 상황입니다."

"그래, 나도 잘 알고 있네."

"만약 저들에게 빚을 지게 된다면 그들은 아드리아노폴리스의 권리마저 요구하게 될지도 모릅니다. 그러니 다시 한번 생각해 주소서."

"아니. 나도 생각해 둔 바가 있으니, 더는 이의를 받지 않겠노라."

"예, 알겠습니다. 폐하의 뜻대로 하소서."

테오필로스의 말대로 헝가리, 왈라키아, 그리고 알바니아 등 연합군에 참여한 나라들은 그들이 점거한 발칸반도의 영지를 나누어 가진 상황이었다.

가장 많은 영토를 차지한 곳은 당연하게도 후냐디와 블라드의 관계 덕에 가족이나 다름없는 헝가리, 왈라키아 측이었고, 제르지가 이끄는 알바니아가 그다음을 차지했고, 베네치아 같은 여타 나라들은 약속했던 보상금을 나누는 것으로 만족해야 했다.

로마가 다소 무리를 해서라도 이번 공성전에 참여한 것엔 현 오스만의 수도인 에디르네. 즉, 아드리아노폴리스의 권리를 주장하기 위함이었다.

"대체, 폐하께선 뭘 기다리시는 것인지 모르겠군. 자넨 아는 것이 있나?"

회의 장소에서 물러나던 테오필로스가 한탄하듯 말을 꺼내자, 질문을 받은 기사가 답했다.

"그분과 가장 가까운 경께서도 의중을 모르시는데, 제가 어찌 알겠습니까?"

"으음… 내 생각엔 차라리 적당히 협상해서 술탄이 물러나게 하는 게 나을 것 같은데……. 폐하도 그렇고, 연합의 다른 군주들도 어째서 무리를 하는지 모르겠군."

"저희야 명을 받은 대로 따를 뿐이니, 이렇게 이야기해 봐야 달라질 것은 없을 겁니다."

"하아. 저 악마 같던 술탄을 밀어붙일 때만 해도 이교도들을 이 땅에서 몰아낼 수 있으리라 믿었는데. 영 쉽지가 않군."

"제가 병사들에게 들었는데, 술탄은 매일 성벽에 직접 올라 병사들과 함께 싸운다고 합니다."

"그래? 이교도의 우두머리긴 하지만 정말 대단하군."

"그의 무용도 실로 대단하다고 합니다. 어제 전투에선 검은 기사단의 대장과 결투를 벌여 승리하기도 했답니다."

"허, 검은 기사단의 단장 정도면 우리 중에서 가장 강한 기사일 텐데, 그런 이와 결투를 벌여 승리했다고?"

"아무튼, 머저르 쪽에서도 그 일 때문에 사기가 죽은 듯 보였습니다."

"정말, 큰일이군. 이러다가 아무것도 못 하고 물러나게 되는 거 아닌지 모르겠어."

하지만 그의 비관적인 예상과 달리 연합군은 공세를 이어 갔다.

왈라키아의 공작 블라드가 나서 그의 별명을 적들에게 상기시켜 준 것이다.

그는 포로로 잡았던 오스만의 병사들을 끌고 와 술탄과 병사들이 지켜보는 앞에서 말뚝형을 집행했다.

그들은 천천히 죽어가며 술탄에게 살려달라고 애원했고, 성안의 병사들은 악마처럼 잔인한 블라드에게 겁을 집어먹었다.

"이 저주받을 놈! 당장 그 사악한 짓을 멈춰라!"

성벽 위에서 들려오는 술탄의 고함에 블라드는 능숙한 오스만어로 답했다.

"사특한 이교도 놈들 따위를 편하게 보내줄 것 같은가? 다음은 네 차례야!"

술탄은 블라드의 도발에 당장에라도 성문 밖으로 뛰쳐나가려 면갑의 가리개를 내렸지만, 측근들의 만류로 실패했다.

메흐메트는 검은 기사단의 대장과 결투하는 과정에서 왼팔에 부상을 입은 상황이었기에, 블라드와 결투가 성사된다 해도 승리를 장담할 수 없었다.

결국 화가 난 메흐메트는 그 울분을 풀기 위해 포열을 길게 만든 대포로 블라드를 노릴 수밖에 없었다.

블라드는 오스만의 포격이 시작되려는 것을 미리 눈치채곤

흙 포대를 쌓아둔 진지로 들어가 그들의 대포로 맞대응할 것을 지시했다.

조선과의 전쟁을 겪은 블라드와 제르지는 완전하진 않지만, 그들의 진지 구축법을 일부나마 따라 해 오스만과의 전쟁에서 많은 성과를 올릴 수 있었다.

하지만 비가 내리면 병사들 발에 생기는 병에 대처하는 법을 몰랐기에, 손실을 감수해야만 했다.

블라드가 말뚝형을 선보인 다음 날, 메흐메트도 그에 대항해 포로들을 성벽 위에서 처형했지만, 블라드가 한 발 앞서 보여준 충격적인 모습 덕에 별다른 효과를 보진 못했다.

서로 병력을 아낀 채 대포 공격을 주고받는 공성전이 이어지던 중 로마의 황제가 기다리던 것이 드디어 전장에 도착했다.

로마 측 비장의 무기가 도착한 다음 날, 메흐메트는 생전 처음 듣는 대포 소리에 잠에서 깨어났다.

"술탄이시여! 저 불신자들이 엄청난 토프(화기)를 동원했습니다!"

"대체 뭘 가져왔길래 그리 호들갑이냐?"

"그게 전엔 볼 수 없었던⋯⋯."

소식을 가져온 전령이 겁에 질린 모습을 보이자, 메흐메트는 짜증을 내며 답했다.

"설명은 되었다. 내가 직접 보러 가지."

메흐메트가 성벽에 오르자, 다시 한번 굉음이 울려 퍼졌고 이어진 진동 덕에 그는 가볍게 걸음을 비틀거려야 했다.

"저런 걸, 정말 토프라고 할 수 있는 건가?"

메흐메트는 로마에서 동원한 거포를 확인하자, 잠시 잊고 있었던 옛 기억이 떠올랐다.

사기꾼 같은 인상에다 머저르 출신이라고 자신을 소개했던 우르반이 생각난 것이었다.

그는 막대한 예산을 요구하며 자신이 전엔 볼 수 없었던 대 포를 만들어주겠다고 했었지만, 당시 타타르와 전쟁을 준비하 던 그에겐 그만한 대포가 필요가 없었기에 돌려보냈었다.

"설마, 저게 그놈이 말했던 그건가……?"

로마에서 동원한 거대한 대포는 우르반이 설계해 주조한 거포였고, 사라이에 다녀왔던 루카스에게 거포에 대한 이야길 들어 기억하고 있던 황제가 대가를 치르고 임대한 것이었다.

로마 측에선 전례가 없는 화기를 운용해야 했기에, 사라이 에선 조선의 무관들을 거포와 함께 파견했고, 로마의 병사들 은 그들의 지시로 물을 뿌려 발사했던 포신을 식혔다.

"이 대포의 이름이 바로 예리코의 나팔이라고 하더군. 이교 도를 무너뜨리는 데 이보다 더 적절한 무기가 있겠나!"

거금으로 임대해 온 대포 4문이 굉음을 내며 성벽을 두드 리는 광경을 본 콘스탄티노스 11세 드라가시스는 비로소 쾌

활한 표정을 지었고, 그의 측근들은 성경의 해당 내용을 떠올리며 웃음 지었다.

"예! 주의 가호로 저 이교도의 성벽은 금세 무너질 것입니다!"

메흐메트가 예상 밖의 사태로 공포에 질려 있을 때, 오스만에게 제해권을 장악 당했던 바다에서도 대대적인 반격이 시작되었다.

카스피해의 조선 항구에서 새로 제조된 2척의 전열함과 10척의 전선들이 베네치아의 해군과 합류하기 위해 콘스탄티노폴리스 인근의 해역으로 진입하기 시작한 것이었다.

*　　　*　　　*

유럽에서 흑해로 이어지는 마르마라 해역을 점거한 오스만의 함대는 지나가는 타국의 선박을 멋대로 나포했고.

승선한 이들을 모두 포로로 잡아 몸값 지급 가능 여부를 따져 그럴 능력이 없는 이들을 노예로 삼았다.

그렇게 나포된 배만 백여 척에 달했고, 그들이 적재하고 있던 재화는 모두 오스만의 소유가 되었으니, 실로 엄청난 횡포라고 할 수 있었다.

마르코폴로가 시작해 젠틸레 벨리니가 마무리한 동방견문록을 감명 깊게 읽고, 사라이 구경을 할 목적으로 첫 출항에

나섰던 제노바 출신의 견습 선원인 콜롬보와 친구들은 오스
만의 노예가 되었다.

　내심 악랄한 선장이라고 생각했던 이가 천사로 보일 만한
악독한 감독관의 담당하에 채찍을 맞아가며 길들여진 제노바
의 소년들은 오스만 함대의 신입 노잡이가 되었다.

　가혹한 노동에 시달리던 오스만의 새로운 노예들이 새 동
료들을 여럿 맞이하며 두 달가량이 흘렀을 무렵.

　그들은 흑해의 관문이나 다름없는 비좁은 보스포루스 해
협을 지나 흑해에 진입했고, 새로운 동료가 될 이들이 탄 선
단을 보게 되었다.

　일이 익숙지 않아 숙달된 노잡이들에게 욕을 먹어가며 노
를 젓던 신입들 중엔 속으로 그들의 신을 찾으며 저들이 무사
히 도망가길 비는 착한 이도 있었고.

　개중 콜롬보처럼 성격이 살짝 뒤틀린 놈들은 자신이 괴롭
힐 수 있는 신입이 오길 바라기도 했다.

　치프 테 슈툰의 총독이자 오스만 함대의 지휘관인 야쿠프
는 술탄 직속 기병대인 시파히의 일원으로 오이라트와의 전쟁
에서 공을 세워 출세한 인물이었고.

　중요한 요새를 오이라트에게 함락당해 술탄에게 재산을 몰
수당한 데다 매를 맞고 내쫓긴 발토울루 대신 그 자리까지 오
른 것이기도 했다.

그는 술탄에게 명령을 받았을 당시만 해도 해적 행위나 다름없는 작전을 실행해야 한다는 것에 조금 불만을 품었었지만.

그가 나포한 배들엔 미당을 비롯해 각종 향신료들과 더불어 두카트 금화들, 거기다 최근 들어 동유럽 일대에서 공용 화폐로 쓰이기 시작한 조선의 은화와 동화가 가득 차 있었다.

그런 성과를 본 야쿠프는 어느새 처음에 품었던 불만을 잊은 채 주어진 임무를 즐기는 지경에 이르렀다.

그는 자신의 핏줄 속에 자기도 모르게 타고난 해적의 기질이라도 있는 것이 아닐까 할 정도로 열성적으로 기함을 이끌고 작전에 나섰다.

그런 그에게 카락의 일종으로 추정되는 대형 범선 2척과 더불어 10여 척의 특이한 배들이 눈에 띄었다.

"파샤, 바로 공격하시겠습니까?"

"그래, 이젠 정선 경고 같은 것도 하기 번거롭구나."

야쿠프는 선임 지휘관의 물음에 귀찮은 투로 답하며 새로 나타난 배에는 얼마나 많은 보물들이 실려 있을지 상상했다.

"저들의 선두에 선 두 척의 거대한 배는 상선이 아니라 전함일 수도 있는데, 괜찮겠습니까?"

선임 지휘관의 말에 야쿠프는 한참 동안이나 새 먹잇감을 유심히 살폈고, 이내 의문을 표한 하급자에게 답을 주었다.

"이봐, 우리가 노가 없는 배를 전투함으로 사용하지 않는 이유가 뭔지 아는가?"

"예. 저도 알고 있습니다. 변덕스러운 바람 때문이 아닙니까."

"그래, 그런데 저 거대한 배에 노 따윈 보이지 않는군. 그보다 저기 오리같이 생긴 배들에 달린 노를 보면 그게 전투함이라고 생각되지 않나?"

야쿠프가 가리킨 10척의 배들은 선수는 잘라 버린 듯 평평했고, 배 중앙엔 탑처럼 생긴 구조물이 솟아 있는 데다 선미의 형상은 새의 날개처럼 위로 솟은 채 바닷물을 가르며 움직이고 있었으니.

얼핏 보면 오리나 백조가 머리를 세운 채 날개 끝을 위로 뻗고 헤엄치는 모습과도 비슷해 보인 것이었다.

"파샤의 말씀이 맞군요. 제가 큰 배를 보고 잠시 겁을 먹었나 봅니다."

야쿠프는 그런 선임 지휘관의 대답에 심드렁한 표정을 지으며 재차 명령을 내렸다.

"전방의 배에 신호를 보내라."

기함의 신호를 받은 갤리선 50척은 돛을 접은 후, 노잡이들을 혹사시켜 빠르게 물살을 갈랐고.

총 12척의 배로 이뤄진 새 먹잇감들을 포위하려 V자 형태로 서서히 갈라지기 시작할 무렵, 그들이 예상하지 못한 사태가 벌어졌다.

거대한 두 척의 배에서 연기가 오른 뒤 셀 수 없이 많은 포환들이 날아와 갤리선들을 공격했고.

잠시 후 6척가량의 갤리선에서 폭발음이 들리며 불타오르기 시작한 것이었다.

선임 지휘관의 예상대로 거대한 두 척의 배는 그들이 상상조차 하지 못했던 전투 능력을 갖춘 전함이었던 것이다.

오스만의 함대는 저게 말로만 듣던 그리스의 화탄이려니 여기며, 상대의 정체가 로마 해군이라 착각하기 시작했다.

그러나 그들의 예상을 벗어난 일은 그뿐만이 아니었다.

그들이 전투함이라고 짐작했던 10척의 배의 속도 또한 그들의 예상을 가볍게 추월했던 것이다.

오스만의 갤리선보다 노의 수가 적긴 했지만, 노를 물속에서 꺼내지 않은 채 휘젓는 생소한 방식으로 움직이는 배는 오스만 함대를 농락하듯 빠르게 따돌려 포위망을 벗어난 것이었다.

결국 오스만의 함대는 돛을 접은 채, 움직이지 않고 정박하듯 자리를 잡은 두 척의 배만 포위할 수 있었고.

포위망을 벗어난 열 척의 배가 되레 오스만의 갤리선들을 바깥에서 둘러싸는 형태가 되었다.

후방에서 그 광경을 지켜보던 야쿠프는 비로소 안일했던 자신의 대처에 조금 후회했지만, 그들이 잘 싸워주리라 믿었다.

"토프를 장전해라!"

두 척의 거대한 배를 둘러싼 갤리선들은 선수 쪽 방향을 적선에게 고정한 채 대포를 발사할 준비를 시작했지만, 새로운 공격이 그들의 머리 위로 쏟아졌다.

거대한 배의 선상에서 수없이 많은 쇠구슬과 더불어 총알들이 발사되어, 전투원들과 노잡이들이 피를 뿌리며 쓰러진 것이었다.

갤리선은 특성상 수많은 노를 운영하는 데다 위쪽이 개방된 단층 구조기 때문에 선수나 선미에만 대포를 적재할 수 있었고.

선원들은 선체보다 높은 곳에서 쏟아지는 공격에 그대로 노출될 수밖에 없었던 것이다.

그 와중에도 필사적으로 대포와 화살 공격을 시작한 배들도 있었지만, 전투원 손실로 인해 제대로 된 공격은 하지 못했다.

그들이 필사적으로 시도한 공격은 상대에게 아무런 타격조차 주지 못했으며, 곧바로 공포스러운 광경을 마주하게 되었다.

전신에 백 개의 눈을 가졌다는 발칸반도 전설 속의 괴물처럼 두 척의 배가 측면에 숨기고 있었던 포구들을 일제히 드러낸 것이었다.

정확하게는 한 척당 74문이었지만, 공포에 질린 오스만의 선원들에겐 백 개의 눈이 달린 괴물처럼 보일 수밖에 없었기도 하다.

양면의 포구를 일제히 개방한 채 발사된 일제 포화는 그야말로 재앙이 바다 위에 강림한 것이나 다름없었다.

화력은 말할 것도 없고 내구도조차 비교할 수 없던 오스만의 갤리선들은 금세 가라앉기 시작했다.

그나마 온전한 배들조차 수많은 노잡이를 상실하거나 돛대가 파손된 채, 항행 불능 상태로 처형을 기다리는 죄인의 처지가 되고 말았다.

그나마 포위망 외곽에 있던 배 중 무사한 선박들이 도망치려 했지만, 되레 10여 척의 배에 가로막혀 차단당했고.

그들은 총독이 이끄는 기함과 20척의 전선이 자신들을 구원하길 기다려야만 했다.

그러나 그들의 총독 야쿠프는 위기에 빠진 선봉대를 외면한 채 배를 남쪽으로 돌렸다.

그렇게 버림받은 배들은 어쩔 수 없이 항복 의사를 표했지만, 포연으로 가득해 시야가 흐려진 상황에서 바로 상대가 항복을 받아줄 리는 만무한 상황.

결국 50여 척에서 단 10여 척만 그나마 선원들과 배를 보존한 채 나포되었고.

그들을 미끼로 위기에서 벗어난 야쿠프는 그들이 보스포루스 해협에 진입하는 순간 기항지인 치프 테 슈툰도 안전하지 않으리란 판단에 어쩔 수 없이 항구의 모든 배들을 이끌고 남쪽으로 향해야 했다.

오스만 함대의 불운은 단지 그것으로 끝나지 않았다.

오스만에게 가장 많은 상선을 잃었던 베네치아 측에서 정규해군과 더불어 상선의 후원자였던 귀족들이 지원한 병사와 배들까지 동원해 200척에 달하는 배를 이끌고 온 것이었다.

그들은 오스만이 장악하고 있던 발칸반도 남쪽의 주요 해상 거점 레판토를 함락했고, 그나마 그곳을 거점으로 해군을 유지하던 오스만에겐 치명타가 되고 말았다.

결국 오스만에선 흑해 인근의 민간 상선까지 강제로 징발해 200척의 선단을 구성했고.

함대를 이끌고 마르마라 해역으로 남하했던 야쿠프 역시 같은 방법을 동원해 300척가량의 함대를 구성했다.

그렇게 전력을 정비한 오스만 해군은 로마의 함대로 추정되는 선단이 베네치아 해군과 합류하지 못하게 봉쇄할 목적으로 움직였다.

콘스탄티노폴리스의 입구인 금각만과 보스포루스 해협 남쪽 일대에 주력 함대 300척을 집중시킨 것이다.

그렇게 금각만을 봉쇄한 지 일주일의 시간이 흘렀을 무렵, 마침내 12척으로 이뤄진 적의 함대가 금각만 안쪽에서 모습을 드러냈고.

마르마라 해역으로 이어지던 경로를 봉쇄하던 300척 대 12척의 싸움이 시작되었다.

폭이 좁은 해협의 특성상 300척으로 이뤄진 오스만의 함대는 여러 겹으로 이뤄진 대열을 갖추고 상대가 남쪽으로 나오지 못하게 봉쇄한 상황이었다.

총독을 비롯한 일부 지휘관들은 거함의 전투력을 앞서 경험한바, 상대를 쉽게 생각하지 않았다.

오스만 함대는 수의 우세함을 내세워 12척을 향해 움직였고, 그들의 목적은 바로 보스포루스 해협 북쪽과 흑해 인근에서 징발한 배들 200척이 남하해 포위할 시간을 버는 것이었다.

오스만 측은 제아무리 강력한 전함이라 해도 적재한 화약이나 포환의 수에 한계가 있으리라 생각했고.

그렇게 소모전을 펼치다 거함들이 돛을 펼치고 후퇴하는 순간을 노려 돛을 집중 공격해 배를 나포할 수도 있으리라 생각한 것이었다.

하지만 그들은 일렬로 늘어서 있는 12척의 배를 따라잡으려 이동하다가 수많은 희생을 내었고, 대포를 피하려다 아군의 배와 부딪히거나 노가 얽히는 사고가 나기도 했다.

그렇게 멈춰진 배들은 좋은 표적이 되어 그리스의 불을 담은 포환에 불타 버리곤 했다.

더군다나 그들이 오판한 점은 한 가지가 더 있었다.

단지 특이한 형상을 한 쾌속선의 일종이라고 생각했던 오리 형상의 배가 측면에서 무수한 대포를 발사하곤, 그 자리에서 빠르게 회전해 반대 측면으로 포환을 다시 쏟아낸 것이었다.

이런 방식으로 전선을 운용하는 걸 본 적도 없고 예상도 못 했던 오스만의 함대는 노잡이를 잃고 항행 불능이 된 아군 선박이나 파손된 배들의 잔해로 인해 되레 전진을 방해받아야 했다.

결국 보스포루스 해협과 금각만의 좁은 지형이 오스만에게 독이 되고 만 것이었다.

오스만의 함대가 수도 없이 많은 배들을 제물로 바쳐가며 전투를 이어간 지 4시간 후. 그렇게 기다리던 지원 함대 200여 척이 도착했지만 그것만으론 결코 승리를 장담할 수 없었다.

한편 성벽에서 그들의 새로운 맹방인 조선이 오스만의 해군과 전투를 벌이는 것을 지켜보던 로마의 시민들은 환호했다.

그들의 황제가 고토를 되찾겠다며 군대를 이끌고 아드리아노폴리스로 떠난 상황이었기에.

남아 있는 주민이나 병사들은 오스만이 언제 쳐들어올지 몰라 조바심을 내며 살아야 했었던 것이다.

로마의 해군도 그나마 남아 있는 전력 보존을 위해 싸우길 주저했을 때, 보급을 위해 항구에 들렀던 조선 측에선 귀국에서 군이 나서지 않아도 된다며 그들을 안심시켰었다.

하지만 단 12척의 배로 로마에겐 악마와도 같았던 오스만 군에게 밀리지 않는 기적과도 같은 광경이 보이자, 로마의 해군도 참전을 결심하고 나섰다.

로마 측에서 12척의 전선을 동원해 금각만 밖으로 나서자, 마침 화약과 포환이 부족했던 조선의 배들이 교대하듯 항구 안으로 돌아갔고.

그들의 빈자리를 로마의 전선들이 메꿨다.

그런 식의 교대를 몇 번 거치다 보니, 아침 무렵부터 싸워 물자가 부족했던 조선의 함대는 만반의 상태로 전투를 지속할 수 있었다.

해가 질 무렵 오스만은 500척의 배 중 150여 척의 배만 남긴 채, 금각만 일대와 보스포루스 해역에서 완전히 물러날 수밖에 없었다.

로마 해군과 함께 콘스탄티노폴리스를 사수한 쌍룡 함대가 승전의 기쁨을 누리고 있을 때, 마르마라 해역으로 도망친 오스만 함대는 베네치아의 함대에 포착되었고.

역사에 길이길이 남을 대패로 전의를 잃은 오스만 함대를 상대로 베네치아의 해군은 손쉬운 승리를 거두었다.

그들에게 노예로 잡혔던 이들은 간신히 해방된 것에 기뻐하며, 자신들이 금각만에서 보고 들은 것을 베네치아 측에 이야기해 주었지만.

그들의 말은 전투의 공포에 질려 하는 헛소리쯤으로 치부되었다.

한편, 오스만의 수도에서 벌어졌던 공성전도 성벽이 무너지며 종막을 고하고 말았다.

로마의 유서 깊은 도시였던 아드리아노폴리스가 천년 제국의 품으로 다시 돌아왔고, 로마의 황제 콘스탄티노스 11세 드라가시스는 포로로 잡힌 술탄 메흐메트와 마침내 마주 보게 되었다.

『내가 바로 세종대왕의 아들이다』 12권에 계속…